KB265980

우리의 차와
미래의 문장들

우리의 차와
미래의 문장들

이소정 소설집

강

차 례

날씨에 대해 우리가 했던 말　7

테라스　45

밸런스 게임　75

오영과 해영　103

우리의 차와 미래의 문장들　137

지구의 밤　169

수영장　203

앨리스 증후군　237

훠궈　265

배드민턴　315

해설　무익한 지킴이라는, 불가능한 윤리 • 임정연　347

작가의 말　368

수록 작품 발표 지면　371

날씨에 대해
우리가 했던 말

택시비를 받으러 가야겠다고 생각했다.

*

　균열은 뒤틀린 노송처럼 은근하게 자라나 있었다. 빌라가 햇빛을 막으면서 쌓인 눈이 오래 녹지 않다가 이제서야 벽을 타고 흘러내리고 있었다. 임수정은 베란다에서 그것을 봤다. 언제 그렇게 틈을 벌렸는지 몰라 당황스러웠고 이번 여름을 무사히 보낼 수 있을까 걱정이 됐다. 흙더미에 깔려 죽고 싶지 않았다. 임수정은 젊었고 아직 해야 할 일이 많았다. 젤네

일 키트는 일주일째 협탁 위에 그대로 있었다. 고레에다 히로카즈의 에세이집은 그 밑에 있었다. 『걷는 듯 천천히』, 매일 밤 한 페이지라도 읽고 자려고 해도 그게 어려웠다. 한 페이지가 바위보다 무거웠다. '다독다독: 읽다, 쓰다' 어플의 독서 기록은 민망할 정도였다. 아직 학생이었을 때 임수정은 책을 좋아했다. 지금도 그렇지만 그때만큼 책을 읽지는 않았다. 임수정은 곧 다시 예전처럼 책을 읽을 수 있으리라 믿었다. 그래서 한 달에 한 번 광화문에 있는 교보문고에 갔다. 임수정은 책장 사이를 오래 산책하듯 걸었다. 제목과 표지를 유심히 보고, 띠지와 추천사를 꼼꼼히 읽고 신중하게 책을 골랐다. 스타벅스에 가서 돌체라테를 마셨다. 새 책의 페이지를 서너 장 뒤적이다 보면 꼭 매장 음악이 마음에 안 들었다. 음악이 독서를 방해하는 것 같았다. 에어팟을 꽂고 블루발렌타인이 올려놓은 플레이리스트를 들어야겠다고 생각했지만 인터넷 서핑을 하느라 시간을 모두 흘려버렸다. 그래도 임수정은 흐뭇했다. 뭔가 생산적인 일을 한 하루 같았고 지난 낭비를 처리한 느낌이 들었다.

그때 임수용이 전화를 했다.

"겨울은 왜 춥고 바람이 불고 눈이 많이 내리는 거야?"

"겨울이니까."

생각할 필요도 없는 말이었다. 임수정은 임수용이 또 심심한가 보다고 생각했다. 그러면서 아직 한 페이지도 제대로 읽지 못한 책을, 바랐으나 이루지 못한 일처럼 쳐다봤다. 임수정은 한때 모든 것이 될 수 있었지만 지금은 그 가짓수가 현격하게 줄었다고 생각했고 이러다 아무것도 되지 못한 채 더 빈곤해지거나 암에 걸릴까 봐 불안했지만 임수용에게는 말하지 않았다. 말할 필요가 없었고 암 같은 건 제대로 된 음식을 못 먹는 임수용이나 걸릴 것 같았다.

"뭐 먹고 싶은 거 없어?"

"냉면."

"그게 다야?"

"엄청 차가운 게 먹고 싶어."

밖으로 나오자 바람은 찼지만 햇볕은 적당히 따뜻하게 임수정의 정수리에 내려앉았다. 임수용 때문에 바깥에 눈이 온다고 생각했지만 아니었다. 어딘가 임수용의 세계에서는 눈이 올지도 몰랐다. 수분을 많이 머금은 습설. 임수용은 그런 애였다. 자기만의 계절을 아무렇지도 않게 사는 애. 한겨울에도 맨발에 슬리퍼를 신고 홍대에서 임수정을 기다리는 사람. 겨울에는 냉면을, 여름에는 노상 군고구마 타령을 하는 사람. 임수정은 반대였다. 계절에 따라 달라질 사람. 딱 계절만큼만 사는 사람. 사람들은 겨울 햇빛 속을 열심히 걷고 있었다. 그 속으로 임수정은 빨려들 듯 들어갔다.

　며칠 후 지방 공사 현장에서 올라온 임수용과 임수정은 우래옥에서 냉면을 먹었다. 임수용은 한 그릇을 다 비우고는 아! 이제 좀 살 것 같다고 했다.

　"살 것 같아."

　죽기 직전까지 갔다 온 사람이 하는 말처럼, 살 것 같다는 말인지, 살아질 것 같다는 말인지, 죽지는 않을 것 같다는 말인지, 살아서 좋다는 말인지, 살아서 슬프다는 말인지 알 수 없었지만 그 말을 하는 임수용의 팔뚝은 타고 남은 나무토막처럼 까맣게 말라 있었다. 임수정은 자신의 면을 덜어 임수용의 그릇에 옮겼다. 임수용은 채워진 그릇을 무섭게 비우기 시작했다. 임수정은 다시 임수용이 그런 애 같았다. 인생에 도무지 그득이란 게 없는 애.

＊

　균열은 벽을 타고 천천히 더 굵은 가지와 더 많은 잔가지를 뻗었다. 임수용은 이게 모두 자드락 숲 때문이라고 생각했다. 산자락을 깎아 만든 콘크리트 옹벽 위에는 너도밤나무와 졸참나무가 숲을 이루고 있었다. 참나뭇과의 강한 뿌리가 굵어지면서 숲이 공간을 확보하려는 것이었다. 벽과 뿌리가 균열을 두고 싸우는 것 같았다.

"꼭 가야겠어?"

임수용은 다시 한번 물었다.

"응, 꼭 가야겠어."

여름 장마가 지나면 눈에 띄게 기우는 외벽에 쇠 지지대를 댄 것도 벌써 삼 년 전이라고 했다. 둥근 쇠 파이프 일곱 개가 벽을 받치고 있었는데 벽과 닿는 부분은 네모 모양의 철판으로 마감되어 굵은 볼트를 모서리마다 박아 고정했다. 철근 아래쪽은 화단에 박혀 있었다. 처음 지지대는 임시였지만 이후 재개발 이야기가 나오면서 더 이상의 공사는 없었다. 임수용은 중학교 때 교실에서 책상 밖으로 한쪽 발을 빼놓고 앉아 있던 애들이 생각났다. 그 다리에 걸려 여러 번 넘어졌고 코피를 쏟은 적도 있었다. 그 애들은 늘 아무렇지도 않은 듯 어, 미안, 이라고 했다. 지지대를 볼 때마다 임수용은 이상하게 그 애들 얼굴이 하나하나 또렷이 기억났다.

"그래, 그럼 가야지. 그런데 내가 같이 가는 게 정말 좋겠어?"

"다 끝난 얘기잖아. 병풍이 필요하다고. 병풍의 기능이 뭐야? 뭔가를 막아주고 가려주는 거."

"그러니까 니가 맞으면 막아주고 니가 때리면 가려주는 거지? 내가?"

임수용은 임수정이 생각하는 그런 일진이 아니었다. 여러 번 말했지만 임수정은 믿지 않았다. 오토바이를 타고 수업에 자주 빠지면 다 그렇게 되는 줄 알았다. 더 웃긴 건 임수용이 중학교를 그만둔 지 벌써 십 년도 더 지났다는 점이었다. 하지만 임수정의 눈에는 임수용이 그때 이후로 한 뼘도 자라지 않은 것 같았고 그래서 임수용에게 늘 참교육을 시키려고 하는 것 같았다.

임수용은 그런 비슷한 교육을 받은 적이 있었다. 오래전 임수용의 아버지는 천안에 있는 공장에서 라인을 탔다. 자동차 내장재 부품을 조립하는 곳이었는데 회사에 대한 가족의 이해를 높이고 가족 구성원이 서로 소통할 수 있는 기회를 마련한다는 취지로 회사는 일 년에 한 번씩 가족들을 현장에 초대했다. 임수용의 엄마는 가장 좋은 옷을 입었다. 임수용에게 나비넥타이가 달린 체크무늬 남방을 입히고는 얌전히 굴라고 교육시켰다. 금속과 기계가 주는 압도적인 풍경이 있었지만 어린 임수용은 그게 볼만한 거라는 생각은 들지 않았다. 오히려 라인과 라인을 떠나지 못하는 사람들이 지루해 보였다. 공장 견학을 마치고 구내식당에서 가족을 볼모로 사장은 긴 연설을 시작했다. 아무도 숟가락을 들지 않았다. 시간이 흐르고 임수용은 넥타이가 자꾸 목을 조르는 건지 목이 마른 건지 알 수 없는 상태가 됐다. 아득한 허기에 질려 임수용이 아버지를 처다봤지만 흔한 가장들이 하는 방식으로 임수용의 아버지는 그것을 묵묵히 견딜 뿐이었다. 그렇게 일 년에 한 번씩 구내식당에 앉아서 임수용과 비슷한 또래의 아이들은 모두 아버지가 아닌 사장의 말을 들었다.

또 그 시절 임수용과 어울리던 친구들은 모두 부모에게 맞은 경험이 있었다. 교육을 위해 남자애들은 좀 맞아도 된다고 임수용의 아버지는 말했다. 한밤중에 자전거 체인으로 맞은 금속성의 기억이 임수용에게는 있다.

임수용은 정작 교육이 필요한 건 임수정 같았다. 임수정은 매일 밤 인터넷으로 꼭 필요도 없는 물건을 주문했다. 이걸 왜 사? 라고 물으면 매번 임수정은 싸서, 너무 저렴해서 샀다고 말했다. 사실이었다. 임수정이 사는 것들은 모두 싸고 양이 많았다.

"좋은 소비는 싼 걸 사는 게 아니라 꼭 필요한 걸 사는 거야."

임수용이 말하면 임수정은 정색하며 내가 그걸 몰라? 신경질을 냈다. 베란다 문을 열고 택배 박스와 포장지를 아무 데나 던져버렸다. 몇 번을 말해도 고쳐지지 않아 이제 뒤 베란다 전체가 쓰레기통이 됐다.

"좀 치우지?"

"그거라도 해야지, 니가."

임수용은 널린 쓰레기와 시원찮은 오줌발처럼 언 땅이 녹아 벽을 타고 흐르는 물줄기를 오래 쳐다봤다.

*

사실 택시비를 받고 싶은 건지 사과를 받고 싶은 건지 알 수 없었다. 가끔 임수정은 하지 못한 일보다 하지 말았어야 할 일이 더 괴로웠다. 대학교 은사는 그런 임수정에게 꿈의 파이를 키우라고 조언했다. 그녀는 정년이 한참 지난 명예교수였는데 가끔 교양수업을 맡아 직접 가르쳤다. 일학년 첫 수업 때, 그녀는 우리 과가 옛날에는 인기가 좀 있었어요, 그 당시 여유가 있는 집 여자애들이 가는 과가 정해져 있었거든요, 지금처럼 이렇게 퇴물은 아니었다고 말하며 이건 셀프 디스라고 했다. 그렇다고 내가 몇 학번인지 굳이 알려고 하지 말아달라고 했다. 그녀는 대학이 많이 변했다고 했지만 임수정이 앉아 있는 강의실에는 여전히 여학생이 많았다. 그녀는 그래도 실망하지 말라고 했다. 더 좋아진 것도 있다고 했다.

"예전에는 자기만의 방만 있으면 됐는데 이제는 아니잖아요?"

더 작은 것. 더 작아서 보이지 않는 것. 다음 말을 기다리는 학생들에게 그녀는 가볍게 손뼉을 치며 자기만의 주식과 코인이 필요하다고 말했다. 저는 그게 없고요. 실제로 몇 년에 걸쳐 지켜본 결과 은사는 모든 것이 단출했다. 봄가을로 두루 입는 버버리 트렌치코트가 한 벌 있었고 겨울에는 발목까지 오는 베이지색 알파카 코트만 입었다. 들고 다니는 가방은 브랜드를 알 수 없는 오래된 가방이었는데 모퉁이부터 가죽이 낡아 있었지만 오히려 손때가 잘 묻어 반질거리며 윤이 났다. 색깔은 검붉은색이었는데 이상하게 가을에는 붉은색에 더 가까웠고 겨울에는 검은색에 가까웠다. 검소하고 소박한 것이 궁상이 아닌 정신처럼 보이는 사람이었다. 여유 있는 집에서 태어났다면 임수정도 그런 사람이 됐을 것 같았다. 그래서 택시비가 얼마냐고 묻는 임수용에게 그건 중요한 게 아니라고 말했다. 그럼 중요한 게 뭐냐는 임수용에게.

"그건……"

"그건 뭐?"

임수용이 한 번 더 다그쳤지만 임수정은 아무 말도 하지 못했다. 갑자기 빌라 전체에서 우지끈하는 소리가 들렸기 때문이었다. 한꺼번에 뭔가가 주저앉는 소리였다.

뼈가 내려앉는 소리,

중심이 한꺼번에 무너지는 소리.

여자가 임수정의 뺨을 때렸을 때, 임수정은 중심을 잃고 바닥에 쓰러졌다.

*

　하늘은 빨지 않고 처박아둔 걸레 같았다. 공용 현관 앞에는 여러 사람이 나와 있었다. 일요일 아침이라 다들 편안한 복장이었고 모두 놀란 얼굴이었다. 조금씩 안면은 있었지만 서로 인사를 나눌 정도는 아니어서 서먹한 공기가 감돌았다. 뇌우 같던 소리와 달리 겉보기에 옹벽은 크게 변한 게 없어 보였다.
　"이거 무너지는 거 아니겠죠? 툭, 치면 무너질 것 같은데."
　남자는 빨간색 등산복을 입고 있었다. 일층이시면 그나마 낫지 않을까요? 아이고, 제일 걱정입니다. 그런 말들이 오가고 난 뒤 막힌 물꼬가 트인 것처럼 사람들은 불안을 쏟아놓기 시작했다. 대피부터 해야 하는 거 아니에요? 설마 무슨 일 있으려고요. 여기가 다 세입자들이잖아요. 그게 제일 문제예요, 문제. 이사를 가고 싶어도 좀 올랐어야지. 이 일대가 그나마 그래도…… 그런 말을 쏟아놓다 어느 순간 동시에 불안을 확인하는 것처럼 옹벽을 쳐다봤다.
　"내일 회사에 중요한 업무 보고가 있는데 차라리 무너지면 좋겠네요."
　조용해진 틈을 타 누군가 말하자 사람들은 동시에 그를 쳐다봤다. 그는 이내 차가운 분위기를 느끼고는 농담이에요, 농담이라고 말하고는 웃었다.

"이런 일에 농담하는 거 아니죠. 후쿠시마 몰라요?"

중년 여자는 개를 쓰다듬고 어르며 감자야, 그렇지 너도 그렇게 생각하지, 라고 말했다. 양쪽으로 아이 손을 잡고 있던 부부가 아이를 그들 쪽으로 더 끌어당겼다. 피하려는 것이 옹벽인지 후쿠시마인지, 둘 다인지 알 수는 없었지만 그들은 무리에서 약간 떨어졌다. 누군가 뒤늦게 119에 전화를 했다.

'이까짓 썩은 빌라 무너지면 그만이지!'

임수정이었다. 혼잣말을 다른 사람은 듣지 못하고 임수용만 들리게 했다. 지난주부터 임수정은 내내 택시비에 대해 생각했다. 돌려받기에는 애매하고 안 받기에도 애매한 돈, 미세한 균열을 일으킬 정도의 딱 그만큼이라고 생각했다. 그런 것들이 사람을 미치고 짜증 나고 화나고 팔짝 뛰게, 견딜 수 없게 만들었다.

가는 빗방울이 흩날리자 어떡하냐고요! 할 일도 많은데! 누군가 비명에 가까운 소리를 질렀다. 멀리서 소방차 소리가 요란하게 울렸다. 임수정과 임수용은 외출 준비를 모두 마친 상태였다. 임수정은 그래도 할 일은 해야지, 라며 임수용의 팔을 끌고 슬그머니 후문 쪽으로 걷기 시작했다. 지금? 가는 거야? 지들만 살겠다고? 어이없어! 뒤에서 수군거리는 소리가 들렸다.

처음에는 아주 작은, 보이지도 않는 실금 같은 것들이 모든 것을 집어삼키는 일이 얼마나 흔한지 임수정은 알았다. 아버지가 뇌졸중으로 드러누운 삼 년 동안 임수정의 집은 그렇게 됐다. 붉은 흙이 창문으로 쏟아져 들어오고 나무가 거실 한가운데 박히는 건 시간문제였다. 숲이 앞으로 쏟아지면서 나무뿌리가 허공으로 향하는 모습을 상상했다. 가랑이를 벌리듯 가지들이 꺾어지고 잎들이 몸서리치며 떨어졌다. 대학원에 가겠다는 임수정에게 그녀의 엄마는 말했다. 거꾸로 물구나무를 세워서 흔들어봐라, 내 주머니에서 떨어질 동전이 하나라도 있는지.

임수정이 빗속을 뛰기 시작하자 임수용도 따라 뛰었다. 임수용은 팔을 뻗어 손 우산을 만들어 임수정의 이마에 갖다 댔다.

"봄비는 쌀 비야. 많이 오면 가을에 곳간이 그득 찬다는."

*

"당신 계약직이라며? 잘려봐야 정신 차리지!"

지난해부터 마트 문화센터에서는 마술, 샌드아트, 비누거품 놀이 등 아이들을 위한 일회성 행사를 진행하고 있었다. 일회성 행사인 만큼 질보다는 선심성 공연이 대부분이었다. 공연자들의 보수는 적었고 강당의 아이들은 인원수 제한 없이 넘쳐났다. 보따리 장사나 다름없는 공연자들은 하루에도 여러 개의 스케줄을 소화했다. 그 때문에 시간을 제때 못 맞추는 경우가 잦았다. 공연 시간에서 오 분만 지나도 부모들의 항의가 빗발쳤다. 예보 없이 내린 비로 수요일에는 비누거품 공연자들이 빗길에 접촉 사고를 당했다. 공연이 완전히 취소됐다.

전날 저녁 임수용은 아침에 우산을 챙기라고 했다. 마침 뉴스에서는 일주일 내내 맑고 건조한 날씨가 계속된다고 알렸다. 어이없는 표정으로 쳐다보는 임수정에게 임수용은 자기가 오늘 하루 종일 하늘을 봤다고 했다. 세상의 모든 비는 생성, 성숙, 소멸의 단계를 거치는데 지금은 생성 단계야, 하늘이 그래, 뭔가가 만들어지고 있는 거지, 라고 했다. 임수정은 그 말을 단박에 무시했다.

'도대체 뭘 한 거야!'

임수정은 이 모든 게 임수용 탓 같았다. 젊은 나이에 왜 종일 하늘만 보고 있는지 한심했고 그 이유를 도무지 알 수 없어서 화가 났다. 하지만 화낼 시간도 없이 임수정은 공연 세 시간 전에 안내 문자를 서둘러 보내야 했다. 뭔가 한쪽이 무너지면 전체가 쏟아져 내렸다. 입장료를 환불 처리하고 안내 연락을 돌리는 정신없는 과정에서 사무실로 한 통의 전화가 왔다.

"야! 문센!"

복도로 나가자 대여섯 살로 보이는 아이의 손을 잡고 여자는 대뜸 소리부터 질렀다. 문센은 문화센터의 줄임말이었다. 취학 전 젊은 학부모들에게선 어떤 문센에 다니는지가 중요했다. 장소를 지칭하는 말이 대상으로 바뀌자 임수정은 억울한 마음이 들었다.

"이래서 마트 문화센터는 다니는 게 아니야. 질이 떨어져도 정도껏이지!"

임수정은 그 비슷한 말을 들은 적이 있었다. 한 블록 떨어진 백화점 문화센터는 아이들까지 모두 명품을 입고 다닌다고 했다. 뉴욕 아트테크 투어, 트윈클 영어 발레, 크레아트 퍼포먼스 미술, 생산적인 인문학 독서법 등 강좌 수준도 질적으로 다르다고 했다. 임수정은 거기서도 야! 문센이라는 말이 오가는지 궁금했다.

소란을 피운 여자는 막무가내로 보상하라고 소리쳤다. 그녀는 알고 보니 비누거품 공연을 예약한 고객이었다. 공연을 보기 위해 회사를 하루 쉬었고, 비가 와서 택시를 탔고, 공연이 취소됐다는 말에 아이는 마음에 큰 상처를 입었다고 했다. 물질적 정신적 보상을 두루 하라는 그녀에게 임수정은 연신 죄송하다는 말과 곤란하다는 말을 반복할 수밖에 없었다. 티켓 값을 환불해드리겠다는 임수정의 말에 여자는 그게 말이 돼? 라고 했다.

"야, 문센, 지금 그게 말이냐고?"

임수정의 입장에서 맞은 데를 자꾸 때리는 건 반칙이었다.

"저는 문센 아니고요."

사무실 안에서 마케팅 직원들은 복도 상황을 잘도 구경했다. 임수정은 지갑을 열어 삼만 원을 꺼내려다 오만 원을 꺼내 아이의 손에 쥐여줬다. 티켓 값은 오천 원이었다. 애가 지쳐 보여요, 택시 타고 가세요. 사실 지친 건 임수정이었다.

"이게 지금 누굴 거지로 보고!"

뺨은 아파서 아픈 것보다 놀라서 아팠다. 사무실 사람들과 마트에서 장을 보고 주차장으로 가던 사람들이 몰려들었다. 임수정은 뺨보다 시선이 닿는 모든 부위가 아팠다. 임수정은 한발 늦게 나보다 못하다고 생각되는 사람에게 받는 동정은 최악이라는 걸 기억해냈다. 비슷하게 임수정은 계약직이었지만 늘 마트 직원들과는 다르다고 생각했다. 문화센터 프로그램 담당자였고 평생교육사였기에 마트 파트타임이나 아웃소싱 업체 파견직들과 동급 취급을 당하는 게, 이런 대우를 받는 게 맞은 것보다 더 억울했다. 임수정은 자기도 모르게 주먹을 꽉 쥐었다.

"거기, 거기 가만히 있어요!"

골프를 치기 위해 이른 퇴근을 하던 점장이 하필 그 앞을 지나갔고 임수정은 그가 자신의 사무실로 그들을 불러 일을 처리하는 동안 시킨 대로 거기, 가만히, 있었다. 임수정은 그 순간 임수용이 어릴 때 했다는 얼음땡 놀이가 생각났다.

한번은 놀이가 끝난 줄도 모르고 임수용은 학교 운동장 구석에서 얼음인 채로 있었다고 했다. 해가 지고 사위가 모두 고요해질 때까지. 고개를 들자 세상에 혼자 남겨진 것처럼 조금 무서웠다고 했다.

"아무도 안 해준 거야?"

"응, 아무도."

"왜?"

"잊어버린 것 같아."

"그런 건 잊어버리면 안 되잖아."

"안 되지. 그래도 많이 잊기도 하잖아."

그 얘기를 하며 임수용은 웃었다. 지금 웃음이 나와? 묻자 다 지난 일이잖아, 라고 했다. 그런 일은 지난 일이 될 수 없다는 걸 임수용이 알고 있다는 것을 임수정은 알았다. 뺨을 맞고 복도에 서 있는 짧은 시간 동안 임수정은 임수용이 와서 땡을 해줬으면 하고 바랐다. 사무실 사람들이나 마트 사람들이 아니라 이상하게 그 일을 해줄 수 있는 사람은 임수용밖에 없는 것 같았다.

점장은 사무실로 그들을 데리고 갔다. 정중히 사과하고 티켓 환불 외에 특별히, 아무도 모르게 하겠다는 조건으로 이십만 원짜리 마트 상품권을 주고 간단하게 일을 처리했다. 특이한 점은 그녀의 태도였다. 점장과 대면한 그녀는 무례하지도 막무가내로 굴지도 않았다. 완전히 다른 사람이었다고 했다. 그녀가 가고 점장은 임수정을 불러 물었다.

"이게 정상과 비정상의 문제 같아요?"

"네?"

"진상과 개진상, 뭐 그런 거 같아요?"

어리둥절해하는 임수정에게 그는 현대사회의 계급은 더욱 세분화되고 정교해져서 반등과 이상은 현실과 더욱 멀어지고 이동은 더 어려워진다고 했다. 그럴수록 만족은 점점 낮아지고 포만감은 상대적으로 높아져서 오히려 모든 문제가 쉽게 풀릴 수 있는 여지가 많다고 했다. 먹방이 유행하는 것도 그 이유라고 했다. 집보다 차를 사는 과시도 그 연장선이라고 했다. 세상이 어려워요? 라고 말하고 자기는 세상만큼 쉬운 게 없다고 했다. 임수정은 가만히 그 얘기를 들었다. 쉬운 사람이 이 문제를 어렵게 만들 리가 없다고 생각하고 안심했지만 아니었다. 인사를 하고 돌아나가는 임수정을 점장이 신경질적으로 불렀다.

"옷 벗으세요!"

다음 날 전체 메일로 마트 직원에게 공지가 내려왔다. 고객

응대 시 마찰을 일으킬 만한 행동을 금지하는 대응 매뉴얼과
유니폼 위에는 뭘 걸치지 말라는 권고 사항이 주된 내용이었
다.

　"그런데?"

　임수용이 묻자 임수정은 짜증이 났다.

　"그런데 그 여자가 내가 준 택시비까지 챙겨간 거라니까.
알고 보니까 그런 컴플레인이 한두 건이 아니야."

　"그게 자기 일이었겠지."

　"그게 일이면 안 되잖아."

　"왜?"

　"엄마의 일이 그거면 애가 너무 불쌍하잖아."

　"그걸 니가 어떻게 알아?"

*

　지난여름 임수용도 자기 일을 하고 있었다.

　"어디야?"

　"지붕 위."

　"어?"

　"지붕 위에 있다고."

　낮 최고 기온이 40도가 넘는 날이었다. 임수용은 목수였다.

가구나 소품을 만드는 소목이 아니라 집을 짓는 대목이었다. 일이 있을 때마다 팀으로 움직였고 지방에서 몇 개월을 숙식하는 경우도 많았다. 주로 목조 전원주택 현장을 돌았다. 임수용은 소년원에 있을 때 목공 일을 배웠다. 관공서나 학교에 납품하는 만들기 키트의 작은 나무 조각들을 자르고 다듬었다고 했다. 세상에서 가장 작은 취급을 당했다고도 했다. 소년원을 나와서는 한동안 한옥을 짓는 공사장을 쫓아다니며 일을 배웠다.

"괜찮아?"

"뭐가?"

"덥지 않냐고?"

"이상하게 하늘이 물속처럼 파래."

"아니, 내 말은 죽을 만큼 덥지 않냐고?"

"일인데 뭐."

어떻게 괜찮아! 왜 넌 맨날 그 모양이야. 그게 어떻게 괜찮냐고! 너만 괜찮으면 다야? 너한텐 너밖에 없는데 그게 어떻게 괜찮아! 임수정은 갑자기 화가 났다. 임수용의 태도에, 본인 걱정을 본인만 안 하는 무심함에. 그건 모든 걸 포기한 사람들이 하는 거고, 인생 막장에 선 사람들이 모든 걸 내려놓을 때 하는 거고, 더는 갈 데 없는 사람들이 멈출 수 없을 때 자동으로 몸만, 마음은 아니고 몸만 끌려갈 때 하는 거라고 퍼붓고 나자 가만히 듣고만 있던 임수용이 힘없이 말했다.

"실은 엄청 뜨겁고 빨간 용광로를 생각해. 그러면 좀 괜찮아져. 그래서…… 괜찮아."

그날부터 임수정은 임수용이 늘 지붕 위에 있는 것 같았다. 파란 하늘 아래 뜨겁게 달궈진 지붕 위에서 지붕보다 더 높이 서 있는 것 같았다.

*

임수정과 임수용은 빌라 후문의 경사로를 걸었다. 정문과 다르게 후문 쪽은 황량한 들판이었다. 처음 이 길을 걸었을 때 임수용은 아직도 서울 근교에 이런 곳이 있냐며 신기해했다. 배밭이 있고 빈 축사가 있었다. 소 울음소리는 안 들리고 소똥 냄새만 났다. 마을버스가 서는 시립도서관까지는 급경사와 완만한 구릉과 평지, 다리, 인도 없는 도로와 제멋대로인 갓길을 걸어야 했다. 평소에는 자주 택시를 탔지만 택시비를 받으러 가는데 택시를 타는 건 좀 아니란 생각이 들었다. 그래서 임수정은 걸었다. 다리가 나오기 전까지는 들판이 제법 넓게 펼쳐져서 걸을 만했다. 임수정은 마음의 속도를 가늠하듯 급경사를 최대한 빠르게 걸었다. 엄청난 새소리, 그렇다고 크고 우렁찬 것은 아니고 참새나 뱁새 같은 작은 존재들이 쉴 새 없이 내뿜는 재잘거림을 들을 수 있었다. 지난해 피었던 들꽃들이 꽃받침만 든 채 말라 있었다. 꽃받침도 꽃 같았고 예뻤다. 그걸 보니 임수정은 김희선이 생각났다. 초등학교 때 반에서 가장 키가 크고 얼굴이 희고 예뻤던 애. 엄친딸 김희선은 임수정의 단짝이었는데 어딜 가나 사람들의 주목을 받았다. 아직도 모든 무대의 조명을 혼자 받는 것처럼 그렇게 살까 궁금했다.

*

목련은 며칠 사이 만개해서 낮게 뜬 구름 뭉치 같았다. 겨우내 천천히 무게를 버린 들꽃들이 바람에 맥없이 흔들렸다. 누런 강물 위에 돌들이 얼굴을 내민 것처럼 누워 있었다. 그 위에 거울처럼 햇빛이 반짝거렸다. 한때 임수용은 아침에 거울을 보는 사람이 되고 싶었다. 살아 있다는 것을 확인받는 기분으로 거울을 보고 감사하고 싶었다. 이제 임수용은 거울을 보지 않았다. 소년원을 나왔을 때, 오래 아프다 일어난 사람처럼 거울 속에는 약간 야위고 목 주변이 늘어난 티셔츠 때문인지 힘없는 꽃대처럼 늘어진 자신이 있었다. 감사의 말은 거울 속에 깊이 잠겨버렸는지 잘 보이지 않았다.

"이제 여기도 곧 개발이 될 건가 봐."

“진작에 땅 좀 사둘걸.”

“그러게.”

한참을 가다가 임수정은 그건 아니지, 우리 처지에, 라고 말했다. 전 시장이 몇 년 전부터 여기에 엄청나게 땅을 사뒀다고 했다. 정보가 없다고 우리에게는 그런 정보가 주어지지 않는다고 했다. 힘이 있으니까 지난 대통령이 정보 공개를 안 할 수 있는 거라고 말이다. 임수정의 정보는 너무 손쉽게 막 함부로 처리됐다고 했다. 나이, 이름, 학벌, 결혼 여부, 고객 응대 부적격, 계약직, 임수정에게 그 여자가 했다는 말. 임수용은 그런 말의 생태를 너무나 잘 알았다. 그런 말들은 함부로 임수용을 규정했고 그래도 되는 사람과 안 되는 사람 중에 그래도 되는 사람으로 손쉽게 분류했다.

무주의 한옥 공사 현장에서 대목장은 요즘 젊은 애들 같지 않게 엉덩이가 가볍고 눈썰미가 좋다며 임수용을 아꼈다. 하지만 임수용의 이력을 알고 나서는 그날로 임수용을 내쳤다. 나무는 잘릴 때부터 살릴 가지와 끊어낼 가지가 정해진다는 그의 말을 임수용은 지금도 생목처럼 기억하고 있다.

*

임수정은 임수용의 사귀자는 말을 여러 번 거절했다. 임수용과 자신이 만나면 되는 일보다 안 되는 일이 더 많을 것 같았다. 임수정은 좀 편하고 싶었다. 안 되는 일보다 되는 일이 더 많은 인생을 살고 싶었다. 힘들게 체력과 감정, 비용과 시간을 투자하지 않아도 되는 연애를 하고 싶었다.

임수정은 임수용을 카페에서 처음 만났다. 가끔가다 쉬는 날에 센터의 젊은 직원들끼리 뭉치는 경우가 있었다. 평일 오후에 만나 밥을 먹고 커피를 마시며 마트와 센터 사람들 욕을 했다. 임수용은 데스크 직원 이둘레의 친구라고 했다. 받을 게 있어서 잠시 들른다는 말에 임수정은 고개를 끄덕였다. 이야기가 한창 재밌어지려는데 비가 왔고 누군가 태풍이라고 했다. 카페는 오래된 목욕탕을 개조한 곳으로 물때를 벗기고 고슴도치를 풀어놓았다. 임수정은 그날 처음 살아 있는 고슴도치를 봤다. 고슴도치가 움직이는 형태가 오물오물 씹는 것 같아, 잠깐 누군가를 씹고 있었는데 점장인가? 그렇게 말하며 모두 웃었다. 한창 재밌어지려는데 임수용이 나타났다. 사람들은 잠시 주춤했고 태풍의 눈처럼 분위기가 조용해졌다. 그런데도 임수용은 가지 않고 딱히 누구에게랄 것도 없이 모두에게 왜 11월에 말도 못하게 많은 비가 오고 천정이 새는지 이해할 수 없지만 지난해 비가 새는 본가 지붕을 수리해야 했고 은행에 가서 자신이 가진 돈의 전부를 부쳤다고 말했다. 거기에는 자신의 새 코트 값도 포함돼 있었다고, 이거 진짜

TMI다 그죠? 라고 말하며 혼자 웃었다. 이후로도 임수용은 계속 말을 했다. 그를 제외한 모두가 한번씩 일어나 고슴도치를 만지고 고슴도치 털이 하나도 안 따가워서 놀랐다고 똑같이 말했다. 빗방울이 돌멩이처럼 유리창을 때렸다. 임수정과 일행들은 임수용이 이제 가줬으면 했고 그때 임수용은 일어나 인사도 없이 가버렸다. 임수정은 임수용이 이상한 사람이라고 생각했다. 그가 가자 경영지원팀 직원이 머들러가 휘젓는 사람이라는 뜻도 있다는 거 알아요? 라고 했고 모두가 알겠다는 듯 고개를 끄덕이며 웃었다.

하지만 임수용은 가지 않았다. 임수용은 온몸이 흠뻑 젖어서 돌아왔다. 편의점에 우산을 사러 갔다 왔다고 했다. 황당해하는 사람들 앞에서 임수용은 이건 가는 길에 맞은 비예요, 오는 길에는 하나도 안 맞았어요, 라고 말하며 수줍게 웃었다. 그리고는 우산을 두고 다시 사라졌다. 그날 임수용이 놓고 간 우산을 아무도 가져가지 않았다. 하지만 임수정은 이상하게 그날부터 모든 태풍은 11월에 온다고 믿었고 그 속에는 임수용의 새 코트 값도 포함돼 있다고 생각하게 됐다.

임수용의 연락처를 묻는 임수정을 이둘레는 이상하게 쳐다봤다. 그게 다였다. 뭘 더 묻지도 않고 센터에 이렇다 말을 옮기지도 않았다. 임수정은 가끔 임수용에게 전화했고 밥을 먹었다. 그러다 임수용이 육 개월째 지방에 내려가 있었던 적이 있었다. 임수정은 먼저 전화하지 않았다. 전화하지 않는 것과는 별개로 임수정은 임수용의 전화를 기다렸다. 전화를 하지 않는 동안 전화를 한 것보다 더 많은 일들이 임수정의 마음속에서 일어났다. 임수용과 할 수 있는 모든 일들을 상상했고 임수용과 하게 되면 안 될 모든 일들을 상상했다. 임수용이 전화해 광폭 벨트 그라인더가 바지를 찢고 허벅지를 파고 들어 다쳤다고, 손가락도 스쳐 여기저기 피범벅이 됐다고 했을 때 임수정은 고개를 끄덕였다. 대꾸 없음으로 또 언제가 될지 모르지만 임수용의 전화를 기다릴 수 있을 것 같았다. 다시 한 달 후 임수용은 누나가 자살을 했다고 했다. 누나가 아파트 옥상에서 뛰어내렸는데 그게 모르는 아파트였다고, 좀 쉬고 싶다고 직장을 그만둔 후 우울감이 있었지만 가족 모두 계절 감기 같은 가벼운 것으로 알고 있었다고 했다. 그런데 알잖아, 감기로도 사람은 죽잖아, 오히려 큰일에는 잘 안 죽는 게 사람인 것 같아, 라고도 했다. 임수정은 그때도 고개를 끄덕였다. 불쌍한 척하는 임수용에게 흔들리지 않는 자신이 대견했고 그 힘으로 다시 임수용의 전화를 기다릴 수 있을 것 같았다. 그해 말 임수용은 비가 온다고, 그냥 비가 많이 온다고 했다. 11월이었고 임수정은 그 모든 상상의 말들 가운데 가장 하면 안 되는 말을 내뱉어버렸다.

"보고 싶어. 지금 당장 튀어와!"

　그렇게 임수용은 임수정의 집에 얹혀살게 됐다. 임수용은 몇 달은 일을 했고 몇 달은 임수정의 집에서 빈둥거렸다. 낼 수 있을 땐 생활비를 냈고 없을 땐 내지 않았다. 같이 밥을 먹고 티브이를 봤지만 임수정은 애인이나 동거인은 아닌 것처럼 굴었다. 그럼에도 첫날 임수정과 임수용은 섹스를 시도했다. 옷을 벗고 누워 임수정은 생각했다. 임수용과 섹스를 하면 어떨까? 결혼하고 아이를 낳으면 그 아이는 누굴 닮을까? 언제 있을지 모를 정규직 심사를 기다리는 마당에 이런 생각이 드는 게 제정신인가 싶으면서도 나무토막처럼 딱딱한 임수용의 몸속에 자신을 밀어 넣고 어떤 접지 부분을 더듬고 싶은 생각을 그전에는 왜 한 번도 해보지 않았을까 궁금했고 임수용이, 임수용이란 존재가, 임수용의 세계가 미칠 듯이 궁금했다. 임수용은 임수정의 희고 둥근 모든 부분을 만졌다. 이마와 눈두덩, 양 볼과 인중, 어깨와 가슴, 둔부와 치골, 천천히 내려가 무릎과 종아리까지. 허벅지를 쓰다듬을 때 임수정은 움찔거렸다. 어릴 적 교통사고로 다친 수술 상처가 떠올라서였다. 임수용은 그런 임수정의 생각을 읽은 듯 혀로 천천히 상처를 핥았다. 이끼처럼 습하고 미끄러운 감각이 느껴졌고 임수정은 대일 밴드를 붙인 것처럼 안심하며 그곳을 기억할 것 같았다. 어떤 상처는 상처가 아니라 상처가 치유되는 순간

을 위해 존재하는 것 같았다. 임수용이 이제 들어가도 되냐고
물었다.

"나 들어가?"

임수정은 아직이라고 말하고 임수용의 손금이나 미간의 주
름, 관절의 접지 부분을 접어둔 페이지처럼 펼쳐보는 상상을
했다. 지느러미처럼 부드러운 주름을 만들며 임수용의 몸속
으로 헤엄쳐 들어가는 게 가능할까. 따뜻한 물속에 잠겨 평화
롭고 고요하게, 온갖 소음으로 가득한 세상으로부터 멀어지
는 게 가능할까. 그렇게 임수용의 세계에 들어가는 게 가능할
까. 지금이 그 타이밍이고 지금이 아니면 안 되는 순간이라고
해도 그러면 안 될 것 같았다.

"아직…… 아직은 아닌 것 같아."

임수용이 조용히 돌아눕자 임수정은 마음이 이상하게 뜨겁
고 눅눅해서 스콜이 지나간 한낮의 대기처럼 자신을 감싸는
것 같았다.

한 달 후 임수정은 곧 유학을 간다는 경영지원팀 직원과는
섹스를 했지만 여전히 임수용과는 하지 않았다.

*

며칠 전 임수용은 대청소를 했다. 청소기를 돌리고 방을 닦

았다. 자세히 보지 않으면 알 수 없는 곳을 꼼꼼히 닦아냈다. 자신이 하지 않으면 오랫동안 임수정이 하지 않을 일들을 했다. 창틀은 젖은 신문지를 이용해 닦았고 방충망은 세탁소 옷걸이에 안 신는 수면 양말을 끼워서 닦았다. 세면대는 치약을 묻혀 닦으면 새것처럼 반짝거렸다. 베란다 창틀까지 닦아내자 물속에 있는 것처럼 옹벽 너머 숲 안쪽으로 사람들의 그림자가 물결처럼 어른거렸다. 창에 비친 자신을 여러 번 못 본 척 지나쳤다. 임수정보다 어둠이 먼저 집으로 돌아오는 것 같았다. 임수용은 사선으로 성큼성큼 떨어지는 그림자를 식탁 옆에서 내려다봤다. 샤워를 하고 사용한 수건과 갈아입은 옷을 모아 세탁기를 돌렸다. 선득해져서 체온계로 열을 쟀지만 지극히 정상이었다. 그사이 집 안에는 어둠이 완전히 침범했다. 최근 들어 임수정은 자주 늦고 종종 연락이 되지 않았다. 임수용은 할 일이 없었고 그래서 어쩔 수 없이 자신의 미래를 생각했다. 미래의 어떤 날. 임수용은 임수정이 자신의 오지 않는 미래일까 생각했다. 아니, 누군가가 누군가의 미래가 되는 일이 좀 유치하다는 생각을 했다.

그날 밤 임수용은 돌아누운 임수정에게 지지대 애기를 했다.

"빌라 외벽 말이야, 안 무너질 것 같아. 그런 애들은 쉽게 안 망하거든. 그런 애들은 무너져도 자기는 안 다쳐. 자기는 끝까지 안 죽어."

임수정은 그게 임수용의 중학교 시절 얘기란 걸 알았다. 어쩌면 소년원에 가게 된 이유일지도 몰랐다. 아니면 집주인과 세입자에 대한 얘기인지도 몰랐다. 몰랐지만 알아도 뭐? 라고 생각했다.

"피곤해…… 피곤해 죽겠어."

*

아파트 입구에 섰을 때, 임수정은 뭔가 다시 한번 결심을 다지는 의미로 임수용을 쳐다봤다. 구부정한 자세와 왜소한 체격에 저절로 한숨이 나왔다. 왜 요즘 더 마르는지 알 수 없었다. 편의점에 들어가서 임수정은 자신을 위해서는 캔 커피를 임수용을 위해서는 불가리스를 샀다. 그냥 불가리스가 뭔가 건강에 좋은, 장수 마을에서 먹는 음료 같아서였다. 임수용에겐 건강이 전 재산이었고 그것마저 없으면 임수용은 개털이나 다름없었다. 임수용은 좋아라 불가리스를 뜯어 마셨다. 입 주위에 동그란 자국이 남았다.

미리 알아둔 108동 403호의 벨을 누르자 여자가 나왔다. 여자는 조금 놀란 듯했고 금세 임수정을 알아봤다. 그리고 임수정 옆에 짝다리를 짚고 서 있는 임수용을 보고는 경계하며 팔짱을 살짝 풀었다. 아, 그때는 미안했어요, 라고 짧고 빠르게 말했다. 임수정이 뭐라고 대꾸할 새도 없이 임수용이 끼어들었다.

"아줌마, 그건 그렇게 쉽게 하면 안 되잖아요? 그러니까 미안하면 다야? 같은 말이 생긴 거예요. 성의 없이, 예의 없이."

여자는 조금 놀란 것 같았지만 태도를 바꾸지 않고 말했다.

"뭐래? 지금 미쳤어요? 뭘 더 바라요, 그럼."

이번에는 놓치지 않고 임수정이 말했다.

"택시비."

임수정은 더 작은 것에 대해서만 말했다. 그날 받은 부당한 대우와 폭력에 대해서 말하지 않았다. 어떤 훼손에 대해서가 아니라 돈을 말했다. 돈만 말했다. 복구가 아니라 보상을 말했다. 여자는 기가 찬다는 표정으로 집으로 들어가더니 지갑을 가지고 나와 만 원짜리 다섯 장을 내밀었다. 임수정은 고개를 저었다.

"여기 오는 택시비, 가는 택시비."

없는 사람들은 없는 사람들만 괴롭혔다. 임수정은 어쩔 수 없다고 생각했다. 이런 일이 한두 번이 아니던데, 마트에서 언제까지 모를 것 같아요?

"미친년!"

여자는 다시 만 원짜리 다섯 장을 더 꺼내 바닥에 던지고는 도망치듯 집으로 들어가버렸다. 임수정은 쪼그려 앉아 돈을 주웠다.

"누나도 이런 기분이었을까?"

임수용은 아무렇지도 않은 듯 생전 처음 가보는 남의 아파트 옥상이었어, 라고 말했다. 임수정은 자신의 내부에서 뭔가가 급격히 무너지는 것을 느꼈다.

"우리 집도…… 너한텐 남의 집이야!"

그 순간 임수정은 언젠가 넌 왜 날씨에 대해 모르는 게 없어? 라고 물었을 때 임수용이 어이없다는 표정으로 밖에서 일하잖아, 라고 했을 때처럼, 너네 집은 구질구질하게 왜 늘 그 모양이야? 라고 물었을 때 그게 어떤 모양인데? 라고 되물었을 때처럼, 임수용의 뭔가가 훼손됐다는 것을, 복원 불가능한 균열이 일어났다는 것을 알았다.

지난주 점장은 모든 여직원을 불러 모았다. 유니폼 위에 뭘 걸치지 말라고 다시 한번 경고했다. 여러분들이 마트의 얼굴이라고 했다. 임수정은 왜 여자들만 마트의 얼굴이 되는지 알 수 없었다. 임수정의 생각을 읽은 듯 점장은 임수정을 보며 결혼이나 임신 가능성이 있는 직원은 반드시 미리 얘기해야 한다고 했다. 임수용과의 연애가 마트 안에서 공공연한 비밀이라는 걸 임수정은 그제야 알았다.

그날 임수정은 이둘레를 찾아가 임수용과 자기는 동성동본이고 알고 보니 먼 친척이라고 말했다.

"알잖아, 걔가 좀 사정이 불쌍하잖아."

이둘레는 알겠다는 듯 걔가 좀 그렇지라며 무섭게 동조했다. 그리고는 아무렇지도 않게 다른 화제로 이야기를 돌려, 무조건 싸고 양 많은 것들을 카트에 밀어 넣고 보는 여자들을 비웃었다. 진짜 자기가 쇼핑을 잘한 줄 알아. 어차피 다 쓰지도 못할 싸구려를 산 거면서. 임수정은 고개를 끄덕이며 희미하게 웃었다. 다른 건 못 사니까. 그냥 지금 당장 살 수 있는 걸 사는 거라는 말을 그때 임수용에게도 지금 이둘레에게도 하지 못했다.

*

임수용은 그 아이가 꼭 어린 자기 같았다. 체념과 무기력으로 고요하게 점멸하는 세계. 자기 자신도 사라지고 마침내 세상도 사라지는 순간을 떠올렸다. 그날 문화센터에서 얇게 실눈을 뜨고 서 있었다는 조그만 여자아이. 오늘은 없고 그때는 있었다는 협박용 아이. 엄마가 행패를 부리고 만족스러운 협상을 끝내는 동안 아이는 아무런 미동도 없이 서 있었다고 했다. 보채지도 짜증을 내지도 울지도 않았다는 아이. 구내식당에서 오래 박힌 돌처럼 미동도 없이 앉아 있던 아버지의 오래

단련된 힘줄 같은 게 떠올랐고 임수용은 줄곧 그게 나쁜 교육 같았다.

*

버려진 임수용은 다시 임수정을 버리고 아파트 단지를 빠르게 걸었다. 임수정은 그런 임수용을 기어이 불러 세웠다.

"그냥 너 써."

"왜?"

"그냥 갖고 싶은 거 하나 사. 아니면 친구들 불러서 놀아. 니가 술도 사고, 커피도 사고, 노래방도 쏘고."

"그러니까 왜?"

임수용은 의심스러운 눈빛으로 물었고 임수정은 임수용이 이런 순간에도 의심이 많은 게 싫었다. 그건 없는 사람들의 특징 같았다. 늘 미련하게 자기 것과 남의 것을 의심했다.

"니가 도와줘서 돈 받았잖아."

"그럼 같이 써야지."

"몇 푼이나 된다고."

임수정은 임수용의 점퍼 주머니에 돈을 찔러 넣었다. 임수정은 택시비를 받으러 온 게 아니라 임수용을 버리러 온 게 확실해졌고 이제 바닥에 돈을 던진 건 그 여자뿐만이 아닌 게 됐다고 생각했다.

이미 오래전에 임수정은 자기 자신보다 임수용을 더 사랑하고 있다는 것을 알았다. 또 사랑은 아무것도 아니란 것을 알았다. 임수정이 사랑하는 그 세계는 임수용만의 세계가 아니라 임수정 자신의 세계라는 것도 알았다. 이상하게 1+1이 되면 더 저렴해지는 세계였다. 작은 포만감이라고 했지만 그게 전부여서 휘둘릴 수밖에 없는 세계였고 합리적인 등가 교환이 아니면 섹스도 불가능한 세계였다.

*

아파트 화단에는 눈향나무와 눈주목이 심겨 있었다. 둘 다 눈이 들어가는 키가 작은 나무였고 겨울에도 잎이 푸르렀다. 임수용은 일 년 전 대안학교 목공실 공사를 가서 그 나무들을 봤다. 자세히는 알 수 없지만 눈을 맞아도 푸른 나무 같았다. 그래서 둘 다 눈이라는 글자가 들어가는 것 같았다.

"좋은 아파트네."

임수용은 임수정이 가고 나서도 한참을 그대로 서 있었다.

*

오래된 빌라도, 균열도 그대로였다. 508호에서 인테리어 공사 중이라 양해를 구한다는 안내문이 뒤늦게 게시판에 붙어 있었다. 임수정은 최소한 이번 여름에는 죽지 않을 것 같았다. 아니, 죽을 것 같았다.

*

4월이 돼도 임수정은 여전히 추웠다. 정직원이 됐지만 유니폼 위에 아무것도 입을 수 없는 건 마찬가지였다. 본격적인 나들이 철임에도 불구하고 마트 매출이 계속해서 떨어지고 있었다. 지난달 경영지원팀 직원이 유학을 간다는 거짓말을 하고 경쟁 마트로 이직을 하자 점장은 그를 쥐새끼라고 했다. 배에 빌붙어서 식량을 갉아먹다가 배가 기우니까 다른 배로 옮겨가서 그 배에 있는 식량을 갉아먹는 짓이라고 했다. 그날 점심시간에 임수정은 직원들에게 날씨에 대해서 말했다.

봄이 되면 집에서 키우는 열대어의 색깔이 진하고 화려해져서 수족관 볼 재미가 난다고. 봄이 그래. 토끼털이 연갈색으로 변하고, 닭의 벼슬이 빨갛게 물들고, 꿩의 꼬리도 더 예뻐진다는 그런 얘기. 그게 다 일조량이 많아져서 그렇다고.

언젠가 임수용이 한 말이었다. 그날 밤 본가에서 임수용이 유치원 때부터 키우고 있다는 물고기가 궁금해져서 임수정은 양치를 하다 울었다.

*

다시 일 년이 지났지만 외벽의 균열을 타고 여전히 누런 물이 흘러내렸다. 화단의 돌들이 얼굴을 내민 것처럼 누워 있었다. 지지대는 여전히 미동도 없이 박혀 있었다. 휴일이면 쓰레기가 가득 찬 베란다에서 임수정은 햇볕을 쬈다. 집에서 키우는 열대어도 자기 자신이 된다는, 색깔이 진하고 화려해져서 수족관 볼 재미가 난다는. 거기까지 생각하다 만약에 다음이 있다면 임수용이 그런 것들로 태어나도 좋겠다고 생각했다. 임수용이 그런 것들로 태어날 수만 있다면,

닭, 꿩, 토끼…… 열대어.

자신은 쥐새끼로 태어나도 좋다고 생각했다.

테라스

아버지는 형의 추리닝을 입고 발톱을 깎고 있었다. 지나치게 신문을 넓게 펼쳐뒀다. 명절에 전을 굽기 위해 깔아둔 신문 같았고 그렇게 보니 집은 아무도 찾아오지 않는 명절 아침처럼 말갛게 쓸쓸했다.

"왜 늘 그 옷이에요?"

"편해서 그런다. 집인데 뭐 어떠니?"

딱, 딱 발톱 깎는 소리가 일정했다. 거실로 햇빛이 쏟아지고 있었고 그 때문인지 발뒤축의 각질이 더욱 하얗게 일어난 것처럼 보였다. 포슬하게 잘 삶아낸 감자를 떠올리자 갈라질 것처럼 아버지의 발뒤꿈치가 꿈틀했다. 아버지는 발톱을 깎는 게 아니라 숫제 발톱을 만드는 것 같았다. 아버지 옆에는 손톱깎이와 문구용 조각칼이 놓여 있었고 그것들을 번갈아 가며 사용했다.

조용한 집을 사정없이 흔들듯 아버지의 구형 폴더폰이 울렸다. 아버지는 한동안 전화기를 노려볼 뿐 받지 않았다.

"전화요."

아버지는 나를 빤히 한번 쳐다보고는 말했다.

"나이가 들면 안 두꺼워지는 게 없다. 발톱 좀 봐라. 이렇게 애를 먹인다."

아버지는 신문지 밖으로 튀어 나간 발톱을 찾아 손가락에 침을 발라 붙였다. 전화벨이 끈질기게 울렸지만 끝내 받지 않았다.

"네 엄마 봐라. 얼굴이 얼마나 두꺼워졌니?"

나는 주방 쪽을 쳐다봤다. 그 말을 어머니가 들었는지 알 수 없었다. 대신 주방에서 평일인데 네가 웬일이냐는 소리가 들렸다. 말끝에 무심함을 가장한 조심스러움이 거스러미처럼 일었다. 나를 호출한 사람은 어머니였다. 거의 한 달 만의 통화에서 어머니는 형의 여자가 온다고 했다. 우리 식구는 형이 죽고 나서는 한 번도 그 여자를 본 적이 없다. 다 같이 모여서 그 여자를 기다리자. 왜요? 무슨 말을 하는지 들어는 봐야 할 거 아니냐, 어머니는 서둘러 전화를 끊어버렸다.

오래된 주택의 거실과 분리된 주방은 햇빛이 가장 안 드는 북쪽에 있었다. 어머니는 대부분의 시간을 그곳에서 보냈다. 요즘 누가 이렇게 주방을 뒤쪽에 빼니? 여자는 숨어서 밥이나 하라는 못돼 처먹은 생각인 거지, 어머니는 자주 투덜거렸다. 어머니에게 그것은 오래된 구조의 문제처럼 보였다. 어머니는 예비 며느리를 앉혀놓고 넌 포베이로 가라, 주방이 떡하니 가운데 있는 집을 구해야 해, 라고 말했다. 하지만 며느리에게 주방을 얘기하는 어머니의 구조는 여전히 낡고 고루한 틀처럼 보였다.

"두꺼워진 얼굴이 더는 갈 데가 없을 때 주름이 진다. 파도처럼 밀려 나가야 하는데 그걸 몰라."

아버지는 다양한 방식으로 어머니를 비난했다.

"발톱 무좀이에요. 나이 때문이 아니라고요, 아버지."

"그게 그거야. 그런 것들이 찾아올 만큼 늙은 게지."

오래된 알루미늄 새시가 뿌옇게 흐려 있었다. 군데군데 녹물이 타고 흘렀지만, 그것마저도 바래 특별히 상한 인상을 보태주지는 않았다.

"언제 온대요?"

"……모른다."

아버지는 이제 발톱을 깎는 게 아니라 연필을 깎는 것 같았다. 열 자루의 뭉툭한 연필이 아버지의 손에서 자꾸 미끄러졌다. 아버지의 엄지발가락에 빨갛게 핏물이 뱄다.

"피 좀 뽑아 와."

"네?"

"파! 파, 좀, 뽑아 오렴."

주방에서 들린 목소리는 너무나 선명하고 컸다. 피 같았다. 순간 아버지의 등이 움찔했다고 느꼈지만 그건 그의 등을 타 넘어오는 햇빛 아지랑이일지도 몰랐다. 나는 슬리퍼를 대충 꿰신었다. 신고 보니 아버지 슬리퍼였다. 이렇게 아무렇지 않게 서로를 침범하는 게 가족 같았다. 아버지의 발톱 무좀이 내 발에 옮겨올까 봐, 이번에는 아버지 쪽에서 다시 나를 침범할까 봐 걱정이 됐다. 눈에 보이지 않는 벌레들처럼 내 발톱을 두꺼운 나무껍질처럼 만들어버릴지도 몰랐다. 나는 슬리퍼도 걱정도 벗지 못한 채 어정쩡하게 마당으로 향했다.

현관문을 열자 삐걱 소리가 났다. 문에 걸린 나무 십자가가 위태롭게 흔들렸다. 구멍에 비해 터무니없이 작은 못 때문이었다. 언젠가 떨어져 누군가의 머리나 발등을 찍을지도 모른다고 생각했지만 누구 하나 손대는 사람 없이 문을 열 때마다 자기 몫의 불안을 확인할 뿐이었다.

형의 여자는 딱 한 번 우리 집에 온 적이 있었다. 지나는 길이라는 것이 사실인 듯 자신을 정미숙이라고 소개한 그녀는 형과 같은 서비스센터 작업복을 입고 있었다. 사실 그건 본사 점퍼였고 형의 목표는 본사 정규직이었다. 작업복에도 차별이 있다고 언젠가 형은 해맑게 말했다. 남색 칼라가 달린 상의 오른쪽에는 익숙한 대기업 마크가 있었고 그녀에게는 좀 커 보였고, 그래서 애초에 형의 것을 빌려 입은 것인지도 모르겠다는 생각이 들었다. 그날 형은 그 여자만 쳐다봤다. 바보처럼 실실거리며 형수라고 부르라고 했고 정미숙은 눈을 흘겼지만 싫지 않은 눈치였다.

현관문을 열면 단을 높인 테라스가 있고 정면과 측면으로 내려가는 짧은 계단이 있다. 그날 우리는 테라스에 돗자리를 깔고 숯불을 피워 고기를 구워 먹었다. 숯불에 구운 고기 맛은 늘 좋았다. 하지만 눅눅한 테라스 아래 숯을 넣어놓는 바람에 늘 연기가 말도 못하게 피어올랐다. 고기가 아니라 연기를 먹다 배가 부른 식이었다. 형은 살짝 탄 부위를 좋아했는데, 어머니는 탄 음식을 먹으면 암에 걸린다며 고기의 가장자리를 일일이 가위로 잘라내곤 했다. 까맣게 잘린 부위들이 쌓이면 정작 어머니는 그걸 입에 털어 넣고 오래 씹어 먹었다.

"그걸 왜 먹어요!"

그날 내가 화를 냈는데 어머니가 암에 걸릴까 봐 불안해서였다.

"기미가, 기미가 좋잖니?"

그 얘기를 듣고 정미숙도 한 점 까맣게 탄 돼지고기를 집어 먹었다. 그 모습을 보며 우리 가족들은 모두 이상하게 안심이 됐다. 나쁜 것도 나누는 것이 가족이라고 생각해서일까. 우리는 그날 소주와 맥주, 연기를 양껏 나누어 마시고 헤어졌다.

지난해 어머니가 갑상샘암에 걸리고 나의 묵은 불안은 이상한 안심으로 굳어졌다. 어머니가 뭔가를 나눠 진 것 같았다. 어머니도 이제 형에게 덜 미안하게 됐다고 그 비슷한 말을 했다. 어머니가 목울대의 종양을 잘라내고 호르몬제를 포함한 두툼한 약봉지를 들고 퇴원하던 날, 그것 보세요, 어머니, 탄 음식을 먹으면 암에 걸린다고요, 나는 그렇게 말했다. 탄 자리를 떼낸, 멀쩡한 살들만 날름날름 받아먹었던 죄책감 때문이었다. 어머니는 그런 나를 물끄러미 쳐다볼 뿐이었다.

택시를 기다리는 동안 우리는 병원 장례식장 앞에서 검은 상복을 입은 한 무리 사내들을 봤다. 언뜻 보기에도 비슷하게 생긴 남자들이 둥글게 서서 담배를 피우고 있었다. 무슨 얘기 끝인지 남자들은 하얀 연기를 뿌리며 사레들린 것처럼 웃고 있었다. 그 웃음이 너무 밝고 경쾌해서 나는 그들이 나누었을 이야기가 궁금했다. 만약 고인에 대한 이야기라면 어떤 죽음은 농담 같았다.

"다복한 집안인가 보다."

다복이라니, 그건 좀 이상했다. 죽음의 세포를 막 떼내고 나온 어머니가 다행이라고 말하지 않고 다복이라고 말하는 것이 장례식장을 품은 병원만큼이나 익숙하지만 낯설었다. 이제 암은 어머니의 몸속에 장례식장을 품은 병원만큼이나 익숙하지만 낯선 풍경이 될 것 같았고 그것은 끔찍해서 견디는 일밖에는 할 수 없는 일이었지만 언젠가는 웃을 수도 있는 일 같기도 했다.

어머니는 이제 테라스에서 고기를 굽지도 탄 음식을 먹지도 않았다. 대신 평생 아침저녁으로 호르몬제를 복용해야만 했다. 형의 죽음은 암이 아니라 과로사였다. 하청에서 본사로 계단식 연락을 하는 동안 골든타임을 놓쳤다고 했다. 진짜 모두가 다 농담 같았다.

테라스에는 가운데 살이 하나 빠진 빨래건조대가 위태롭게 놓여 있었다. 작은방 창문 앞에 심어진 파 한 뿌리를 뽑아냈다. 생각보다 헐하게 박혀 있어 과한 힘을 준 내가 괜히 민망해졌다. 늘 대비를 하는 버릇은 어디서부터 생긴 걸까? 그 점은 아버지를 닮은 것 같기도 했다. 아버지는 늘 노후를 걱정하고 대비했지만 한 번도 순리에 맞게 계획하고 실행에 옮긴 적은 없었다. 아버지는 노후든 대비든 늘 한 방에 해결하고 싶어 했다. 얼른 해치우고 따뜻한 방에 누워 귤을 까먹고 싶어 했다. 귤을 까먹고 싶어 한다는 것은 순전히 내 추측이다.

형과 내가 초등학교에 다닐 때 새 사업을 구상하러 나갔던 아버지가 제주도에서 귤을 박스째 사 들고 온 적이 있었기 때문에, 그건 또 너무 황당한 일이라, 나는 그렇게 믿고 있는지도 몰랐다. 귤을 사기 위해 제주도에 갔다 온 아버지가 이해되지 않았다. 더욱 이해되지 않는 것은 그 귤들이 모두 새파랬다는 것이다. 익지도 않은 귤을 사 올 만큼 아버지는 멍청한 걸까? 나중에 안 사실이지만 아버지는 우리 생각보다 좀 더 멍청했다. 아버지의 새 사업이란 귤밭이 아니라 귤, 천 평이나 되는 귤밭의 귤들만 모조리 매입하는 것이었고, 그 귤들은 아무 연고도 없는 제주도에서 처치 곤란으로 노랗게 익어서 종국에는 어떻게 돼버렸다. 우리 식구는 천 평짜리 귤밭의 귤을 모두 샀지만 받은 것이라고는 맨 처음 아버지가 매입서와 함께 들고 온 초록 껍질의 귤 한 박스뿐이었다.

나무 상자 안에 담긴 초록색 귤을 내려다보며 어머니는 이건 귤이 아니야, 라고 단호하게 말했다. 그 끔찍하게 시기만한 귤을 오기로 다 까먹으며 어머니는 끝까지 이건 귤이 아니야, 라고 말했고 그건 어쩌면 전체적으로 덜 익은 아버지 인생에 대한 비난이었고, 그 귤을 까먹고 있는 자신의 처지에 대한 부정이었다. 나는 초록색 귤이 어떻게 노랗게 익어가는지에 대해 종국에는 어떻게 돼버렸는지에 대해 가끔 생각했는데 그건 낡은 주택을 담보로 연금을 받으며 겨우 살아가는 아버지의 노후와 크게 다르지 않다는 데 늘 다다르곤 했다.

"귤은 원래 파란 것을 딴다. 후숙은 약품처리로 하는데 그래야 무르지 않고 바다를 건넌다고 하더라."

아버지는 음모처럼 또는 변명처럼 그 얘기를 자주 했고 그래서인지 형은 새파란 나이에 일을 시작했다. 가끔은 포기도 실력인 것 같아. 진학 대신 하청의 하청 서비스센터에 취직한 형의 전화는 하루 종일 울렸다. 형은 주로 텔레비전 설치와 AS 업무를 했다. 사람들은 갑자기 화면이 안 나와요, 소리만 나와요, 라고 완전히 세상과 단절된 사람처럼 센터에 전화를 해댄다고 했다. 센터에서 정직원인 기사를 콜하고 그들의 업무량이 넘치면 다시 형에게 연락을 하고 형은 다시 고객과 통화를 하고 방문했다. 대부분이 백라이트 문제라고 했다. 형이 가고 나면 그들은 다시 텔레비전을 켜고 세상과 연결될 수 있었다. 하지만 진짜 문제는 형에게는 고칠 백라이트조차 없다는 거였다.

나는 파의 뿌리 부분을 계단에 두 번 쳐서 흙을 털어냈다. 흙은 파슬하게 떨어졌다. 마당은 넓지도 좁지도 않았다. 삼십 년 전 지어졌다고 하면 좁은 편인지도 몰랐다. 집 주위로 똑같은 집이 오십 채나 있었다. 처음에는 사택으로 조성된 주택

단지였다. 집이 회사보다 수명이 길었다. 회사가 망하고 직장 동료들이 하나둘 떠나고 새 주인을 맞는 과정에서 똑같은 집들은 대부분 헐리거나 리모델링됐다. 아버지도 그동안 여러 직장과 사업을 전전했다. 유일하게 그 당시 20호로 불리던 아버지 명의의 집만 그대로 남았다.

20호.

그건 동네에서 우리 가족을 부르는 이름이었다. 오십 가구 중 스무번째 집 둘째 아들이 20호로 불렸다면 형은, 형은 어떻게 불렸을까? 형도 20호 큰아들이었다. 어머니도 20호 여자, 아버지도 20호 남자였다. 20-1 같은 건 없었다. 모두 다 20호였다. 형과 나는 19호와 50호 아이들과 친하게 지냈다. 그중 19호는 부모님의 이혼으로 중학교 때 이 동네를 떠났고, 50호는 언제 어떻게 멀어졌는지 기억나지 않는다. 선명한 것은 모두 다 바지가 내려갈 정도로 구슬을 호주머니에 가득 넣고 다녔던 것. 그게 그 당시 우리의 우주 비슷한 거였다는 것만 생각난다. 20호의 형제들과 19호, 50호의 아이들은 늘 구슬치기를 했다. 나는 구슬을 가득 모아놓고 깨는 걸 좋아했는데 늘 끝에는 구슬을 모두 잃었다. 그래도 좋았다. 그때는 흩어지는 구슬들이 우리에게는 은하계 비슷한 거였다.

마지막으로 신혼집을 보러 간 날 아버지가 그 집 보일러실 바닥을 맨손으로 쳤다.

"세상에 그렇게 크고 단단한 벌레들이 사방으로 흩어지는데 까무러치는 줄 알았다. 그것뿐인 줄 아니?"

어머니는 파를 듬뿍 넣은 미역국을 식탁에 올렸다. 나는 대답 대신 미역국에 누가 파를 넣어요? 라고 되물었다. 아버지를 쳐다봤지만 그는 파국인지 미역국인지 알 수 없는 그것을 묵묵히 떠 넣고 있었다. 어떤 파국에도 아버지는 묵묵히 밥을 먹을 수 있는 사람 같았다. 파도 항암식품이야, 많이 먹어 나쁠 건 없지 뭐니! 어머니가 말했다. 파가요? 그래 파가! 나는 파 웃음이 났다.

"걔가 왜 온대니? 걔가."

밥을 먹다 말고 어머니가 혼잣말처럼 중얼거렸다.

"통화를 한 건 어머니잖아요?"

"내가? ……뭘 물어볼 새도 없이 전화를 끊지 뭐니? 혹시 뭘 알고 그러는 건 아니니?"

"아니요, 아닐 거예요."

분명 아니요, 라고 말했는데도 어머니는 다음 단계의 질문을 시작했다.

"그 일, 그 돈……"

"시끄럽다!"

아버지가 말을 막자 어머니는 어쩔 수 없다는 듯 숟가락을 다시 들었다. 그렇다고 질문을 멈추지도 않았다.

"너는 왜 결혼은 안 하니? 네가 왜 그런다니? 너보다 못한 것들도 하는 결혼을 네가 왜 안 하고 있다니?"

"저보다 못한 것들이요? 그게 어떤 것들인데요?"

예비 장인은 집을 얻어주겠다고 했다. 요즘 젊은 사람들은 자력으로 일어서기가 힘들기 때문에 부모가 보조를 해줘야 하는 게 당연하다고 호탕하게 말했다. 어머니는 그보다 못한 우리의 처지를 재빨리 인식하고 슬리퍼에 눌려 죽은 벌레보다 더 납작하게 엎드려야 했다. 하지만 어머니는 집은 우리가 하겠다고 고집을 부렸다. 믿는 구석이 있었다. 처음에는 입주를 앞둔 새 아파트를, 다음에는 작은 평수의 아파트를, 그다음에는 크고 단단한 벌레들이 사방으로 퍼지는 좁고 오래된 주공 아파트들을 보러 다녔다. 이제 더는 볼 데가 없을 때 나는 파혼을 했다.

"새삼스럽게 뭘 그러니?"

어머니의 문제는 구조가 아닌 계급의 문제였다. 실은 그게 그거였다. 서비스 정신이 뭔 줄 아니? 서비스를 받는 사람은 늘 받기만 한다. 서비스를 해야 하는 사람은 늘 그걸 줘야 해. 그 시소는 바뀌지 않아. 형이 그 말을 할 때 몹시 피곤해 보였다.

방사선 치료를 받는 동안 어머니도 피곤하다는 말을 입에 달고 살았다. 이건 삶이 아니야, 라고 여러 번 말했다고 한다.
간호사들은 입원실 문을 삐죽이 열고 팔만 뻗어 방사선량을
체크하고는 돌아갔다. 치료가 끝나고도 어머니는 집으로 곧
장 돌아오지 않았다. 아버지는 '피폭'이라고 말했다. 나는 아
버지의 말을 이해할 수 없었다. 형의 죽음으로 우리는 이미
한 차례 피폭된 상태였다. 그 일에는 반감기도 없는 것 같았
다. 다시 한번 가족들이 혹시 피폭당할지도 몰라서 나름의 반
감기를 정한 어머니는 퇴원을 해도 퇴원하지 않았다. 대신 어
머니는 '여행'이라고 말했다. 어머니는 또다시 허름한 모텔에
서 일주일을 보내고 돌아왔다. 텔레비전을 봤다고 했다. 저
건 삶이 아니야, 일일 드라마를 보며 일주일을 버텼다고 했
다. 눈을 감으면 어떤 광선 속으로 빨려들 것 같았다고, 차라
리 텔레비전 전파 속으로 자신을 몰아넣기로 작정했다고 말
했다. 그때 드라마를 보며 많이 울었어. 드라마의 주인공들은
하나같이 너무 기구하더라, 내가 주인공이 아닌 게 얼마나 다
행이니? 어머니는 너무나 당연하게 자신의 인생의 주인공이
자신이 아니라고 생각하고 있었다. 그러면 어머니 인생의 주
인공은 누구일까? 한참을 생각해봤지만 도무지 떠오르지 않
았다. 주인공의 삶은 얼마나 피곤한가를 생각하며 그즈음 우
리 가족은 주인공의 자리를 서로에게 미루기에 바빴다.

　형이 죽고 나서 하청구조 문제에 대한 짧은 뉴스가 방영됐

다. 뉴스에서도 정작 형이 주인공은 아니었다. 우리 가족은 달랐다. 형은 죽고 없는데 우리 가족들 사이에서 형은 여전히 주인공이었다. 어쩌면 죽어서도 형은 피곤할 것 같았다.

"산에 가자."

발톱을 다 깎고 파가 들어간 미역국 한 그릇을 다 먹은 아버지가 말했다. 늘 그렇듯 아버지는 상황을 피하기만 했다. 나는 잠시 고민했다. 그사이 형의 여자가 올지도 몰랐다. 그런 내게 어머니가 눈짓을 했다. 전화를 하겠다고 했기에 나는 아버지를 따라나섰다. 평일이었고, 그 여자를 기다리는 것 말고는 딱히 할 일이 없었다. 등산로 입구에 큰 소나무가 한 그루 서 있었다. 속은 다 썩었지만 갈라진 껍질은 악착같이 붙어 있었다. 적송 껍질은 벗겨주는 게 나무에 좋다며 아버지는 누군가의 혓바닥을 잡아 빼듯 껍질을 벗겼다.

"어! 어! 어! 이것 봐라."

소나무 껍질 아래에는 지네같이 생긴 다지류의 곤충이 다글다글 모여 있었다.

"소나무 벌레네요."

"그런 것도 있냐?"

"몰라요. 있겠죠."

아버지는 그것들이 자신의 혓뿌리에서 나오기라도 한 양

퉤! 퉤! 하고 침을 뱉었다. 어디든 숨어드는 것들이 있다, 잘
도 숨었다고 생각했겠지, 라고 말하며 아버지는 그것들을 털
어내기 시작했다. 그것들은 아무런 저항도 없이 스르르 떨어
져 내렸고 아버지는 그 일이 몹시 즐거운 것 같았다. 형의 죽
음에 대해 앞으로 일절 책임을 묻지 않겠다는 서류에 서명하
고 돌아온 날의 아버지가 떠올랐다.

"아버지가 그랬잖아요?"

"뭘 말이냐?"

다급하게 다시 폰이 울렸다. 아버지가 나를 쳐다보고는 아
무렇지도 않게 번호를 확인하고 이번에는 아예 끊어버렸다.
화가 난 사람처럼 나를 앞질러 성큼성큼 걸어갔다.

"약수다. 먹어라."

산 중턱에 운동기구 몇 개가 놓인 약수터가 있었다. 엄지손
가락만 한 플라스틱 호스 두 개에서 물이 졸졸 새어 나오고
있었다.

"싫어요."

아버지는 억지로 물을 먹이려고 바가지를 내 입에 갖다 댔
다. 아버지는 예전에도 그랬다. 본인이 좋다고 생각하는 것들
을 모두 아들들에게 시켰다. 웅덩이 바닥에는 누런 솔잎이 가
득 가라앉아 있었다. 아버지가 내민 파란색 바가지는 짐승이
할퀸 것처럼 여기저기 생채기가 나 있었다. 누군가의 입술이

닿았던 바가지가 꺼려졌다.

"효도하는 셈 치고 한 바가지 먹어라."

무슨 자격으로 아버지가 그것을 요구하는지 알 수 없었지만 나는 말없이 물을 마셨다. 그리고 곧 후회했다. 돌아가는 길에 나뭇잎들에 묻힌 오래된 안내판 하나가 쓰러져 있었다. 자세히 보지 않으면 알 수 없는 버려진 안내판이었다. 이 물은 식수 부적합 판정을 받아 음수가 불가능합니다. 아버지에 대한 적개심이 뱃속을 돌아다녔다. 절의 개들이 짖기 시작했다.

집으로 돌아오자 오후 두시였다. 어머니는 그동안 화분에 물을 준 모양이었다. 다육이 화분을 놓은 거실 바닥이 모두 흥건하게 젖어 있었다. 아버지는 욕실에서 발을 씻고 오래 닦았다. 어머니는 나에게 과일을 먹을 건지 물었다. 물을 마시기 위해 냉장고 문을 열었을 때 생각보다 과일이 많아 놀랐다. 어떤 대비를 모두 마친 어머니는 그럼에도 불안해 보였다. 우리는 이제 뭘 해야 할지 몰랐다. 그러면서도 우리는 서로의 시선을 피했다. 모두가 하나만 보는 일은 숨통이 막혔다. 어머니가 저녁에 올 모양이다, 라고 말하고 일어섰다. 구청 헬스장에 다녀오겠다고 했다. 아버지가 쳐다보자 마치 불침번을 서듯 번갈아, 번갈아 해요, 라고 말했다. 아버지는 곤란한 표정을 잠시 짓다가 고개를 끄덕였다.

"너도 갈래?"

나는 당황했다. 저도요? 너도 이제 몸 관리 좀 해야지, 라고 어머니는 말했다. 내 몸을 훑어보고는 너는 거울도 안 보니? 했다. 형의 죽음 때문인지 나잇살 때문인지 체중이 16킬로가 불었다.

"해도 안 돼요."

"하기는 해봤니?"

나는 그 말이 너는 살아 있잖니? 그런데 왜 그렇게 사니? 라는 비난 같았다. 한동안 단지 그걸로 나는 열심히 살아야 할 것 같았다. 바통터치 하듯 형 대신 결혼도 하고 아이도 낳고 집도 사고 그렇고 그런 시시한 주인공의 삶을 살아야 할 것 같았다.

늦은 오후의 헬스장에는 사람이 별로 없었다. 중년의 여자가 드라마를 보며 러닝머신 위를 달리고 있었고, 나이를 가늠할 수 없는 남자가 덤벨 운동을 하고 있었다. 자세히 보니 나이 든 남자의 탄탄한 몸과 얼굴이 어긋나 보였다. 마치 잡지에서 잘라낸 젊은 몸에 자신의 얼굴을 붙여둔 것 같았다.

나는 적당히 엉덩이를 걸치고 앉아 자전거를 탔다. 어머니는 내 옆에 앉아 저 할머니 또 오셨네, 라며 혀를 찼다. 중년의 여자들도 대놓고 못마땅한 듯 쳐다봤다. 할머니는 거의 정지에 가까운 느린 동작으로 끌고 온 유모차를 입구에 세웠다. 구청 헬스장 이용 신청을 하는 날 맨 앞줄에 서 있는 노인이라고 했다. 65세 이상은 50퍼센트 할인을 적용받아 석 달에 만오천 원을 낸다고 어머니는 궁금하지도 않은 말을 했다.

"유모차를 밀고 매일 헬스장에 오는 거야. 걷지도 못하는 노인네가 악착같이 굴고 잔소리는 또 얼마나 심한지. 자기가 세를 냈나?"

헬스장 탈의실과 화장실의 불을 끄고 다닌다고 했다. 샤워 꼭지를 틀어놓고 씻으면 물 좀 아끼라고 악다구니를 퍼붓는다고 했다. 그런 얘기를 들으며 나는 줄곧 어머니 자신은 그 할머니와 얼마나 멀리 떨어져 있다고 생각할까, 라는 의심이 들었다. 이십 분 자전거를 탄 어머니는 샤워를 하고 집에 가자고 했다. 정미숙이 올 것 같다고 말이다. 나는 샤워는 하지 않고 기다리겠다고 했다. 어차피 돈을 내고 온 것도 아니었기에 샤워까지는 좀 그렇다고 했다. 어머니는 그럼 너는 좀 더 해, 라고 말하고는 사물함에서 목욕 바구니를 챙겼다. 바구니가 너무 커서 어머니가 헬스장이 아닌 목욕탕에 온 사람 같았다.

기다린 어머니가 아니고 샤워실에서 젊은 여자가 나온다. 긴 머리카락을 손가락으로 쓸며 머리를 턴다. 그때 뒤에서 어머니가 뛰쳐나온다.

"야! 너, 이게 뭐야?"

어머니가 긴 머리카락 한 올을 들고 다시 소리친다.

"공공장소 몰라?"

여자는 당황한 듯 어머니를 쳐다본다. 중년 여자 둘이 호기심에 샤워실 입구로 온다. 그럴수록 어머니는 신중한 수사관처럼 증거품을 모으려고 한다. 여자는 어머니가 바닥에서 들어 올리는 그 구불거리는 물성이 낯선지 한동안 쳐다보기만 한다.

"어디서 질질 흘리고 다녀? 너 다른 것도 이렇게 흘리고 다니니?"

어머니가 말하자 젊은 여자가 갑자기 피식 웃는다.

"샤워기 앞에서 자기도 모르게 줄줄 오줌 싸놓고 나보고 지랄이야. 진짜! 안 하려고 했는데 사무실에 말해야겠네."

어머니는 순간 당황한다.

"그렇게 하기만 해봐!"

"왜요? 여기 공공장소라면서요?"

어머니는 갑자기 샤워실 문을 열고 들어가버린다. 그 뒤에 대고 젊은 여자가 질질 흘리고 다니지 좀 마요, 라고 소리친다. 더러워요!

한참 후 샤워실을 나온 어머니는 아무렇지도 않은 듯 정수기로 가서 물 한 잔을 달게 마시고는 가자고 말한다. 나는 천천히 어머니와 공원을 가로질렀다. 집으로 가는 길에 어머니는 나이가 들면 괄약근부터 풀린다고 했다. 그 속에서 온갖 오물들이 쏟아져 나온다고 말이다. 길이 자꾸 길어지고 구부러지는 듯한 이상한 기분이 들었다.

"뭐든지 조절이 안 되는 나이잖니?"

"더 이상 숨길 수 없을 때까지 숨기셨어야죠. 그게 예의죠."

어머니가 울었다. 나는 모른 척했다.

집으로 돌아와 나는 화장실 수챗구멍에 걸린 머리카락을 걷어낸다. 의도치 않게 뜯겨 나가고 빠져나가는 것들을 본다. 각질과 땀과 눈물 같은, 형의 열심 같은 것들. 검은 뭉치가 손바닥만 한 욕실 창을 막아 저녁이 오는 것 같다.

"정미숙이가, 정미숙이가 늦네."

어머니가 한 번도 울지 않은 사람처럼 말한다. 어머니는 주방에 들어가 김치전을 부친다. 기름 냄새가 고소하게 집을 돌아다닌다. 한동안 우리는 물속에서 누가 오래 숨을 참는지 내기를 하는 사람들 같았다. 누군가 물 밖으로 올라오지 못하도록 머리를 누르고 있는 것 같았다. 시계의 초침 소리만 째깍거렸다. 정각이 되면 새집 모양 시계의 작은 창문이 열리면서 새가 튀어나왔다. 두시면 두 번 쏘꾹! 쏘꾹! 소리를 냈다. 오래전 형과 함께 작은 창을 테이프로 막는 장난을 쳤다. 새는 머리로 톡톡 창문을 두드렸지만 열리지 않았다. 이후로 종종 우리는 새를 가둬 놓고 킥킥거렸다. 세시의 새가 울지 않으면 마치 그 시간이 사라진 것 같았다. 주말에 형을 더 자게 하려고 나는 자주 새집을 막았다. 형은 그렇게 훌쩍 지나간 시간을 확인하고는 깜짝 놀라곤 했다. 형이 죽고 나는 문을 완전히 밀봉해버렸고 누구도 그 이유를 묻지 않았다. 한동안 나는 형이, 형의 시간들이 그 속에 갇혀 있는 건 아닐까 생각했다. 조용히 숨죽이고 때가 되면 문을 열고 형이 나타날 것 같았다. 정미숙과 함께 나타나 형수라고 부르라고 할 것 같았다.

딩—동.

오래 고인 숨을 토해내듯 초인종 소리가 울렸다. 아버지가 나를 날카롭게 쳐다본다. 우리는 형의 부음을 들었을 때처럼 한동안 가만히 있는다. 초인종은 딱 한 번 울렸다. 참을성 없는 아버지가 제풀에 벌떡 일어선다. 어둑한 거실에 불을 켜자 아버지 얼굴에도 반짝 두려움이 켜진다. 불행은 누군가에게 깜깜한 과거가 누군가에게는 대낮처럼 환할 때를 말하는 건지도 몰랐다.

"누가 있어요?"

"대문 밖에 누가, 누가 서 있는 것 같은데……"

아버지는 말끝을 흐렸다. 16호 주택 앞에 설치된 가로등은 너무 멀어 닿지 않았다. 불빛이 교묘하게 비껴가는 집이었다. 아버지는 내 뒤를 바짝 따라왔다. 천천히 현관문을 열고 우리는 테라스에 섰다. 세로로 긴 마당을 지나 성긴 쇠살이 박힌 대문은 한눈에도 허술해 보였다.

"누구시오?"

아버지 목소리가 떨렸다.

"누구냐니까!"

좀 더 크게 소리쳤다. 그러자 대문 밖의 검은 형체가 약한 구조 신호처럼 흔들렸다. 대문의 개폐기는 고장 난 지 오래였다. 대문을 사이에 두고 이제 막 어둠과 분리된 그림자와 우리는 한동안 대치했다. 누군가 던져 놓고 간, 내용물을 알 수 없는 자루 같았다. 어둠이 엉킨 그림자가 천천히 손을 뻗었다. 성긴 살 사이로 손을 밀어 넣어 반대쪽 잠금쇠를 잡고 대문을 열기 시작했다. 깊은 흙 속에 묻힌 손처럼 축축하고 느릿하게 움직였다.

형이었다.

문살 사이로 손을 넣어 반대편 빗장 고리를 잡고 열면 문은 쉽게 열렸다. 그렇게 문을 열고 들어올 수 있다는 걸 아는 사람은 우리 식구밖에 없었다. 어둠 속에 형이 서 있었고, 천천히 문이 열리고 있었다. 나는 다급하게 테라스를 내려갔다. 동시에 그림자가 불쑥 마당으로 들어왔다.

"왜 이런 짓을 하는 거예요!"

형의 점퍼를 입고 어머니가 서 있었다. 낡은 점퍼가 차마 버리지 못한 기대처럼 서 있었다. 어머니는 놀란 우리를 보고 빙그레 웃었다.

"미친 게지!"

아버지가 사납게 돌아섰다. 다리에 힘이 풀렸는지 계단을 오르다 약하게 발이 꺾였다. 그 모습을 보고 어머니가 소리 내 웃기 시작했다.

킥킥,

소녀처럼 웃고 있는 어머니에게서, 자신의 인생에 일어날 일들에 대해 아무것도 몰랐던 시절로 돌아간 듯 얼굴 가득 홍조를 띤 어머니에게서, 어머니가 입고 있는 형의 점퍼에서, 그 모든 것을 지우듯 눅눅한 기름 냄새가 났다.

"……놀래켜주려고 그랬다."

"뭘요? 도대체 뭘요? 누구를요!"

나는 악에 받쳐서 소리쳤다.

"나는 우리 인생에 놀랄 게 남았다는 게 더 놀라워요. 벌써 치매예요!"

어디선가 바람이 불었다. 대문은 여전히 열려 있었고 어머니는 자꾸만 뒤를 돌아보며 점퍼를 여몄다.

"우리가…… 우리가 아직 산 사람인지 확인해보려고 그랬다."

어머니는 풀이 죽어 조금 전에 나왔을 법한 주방 뒷문으로 걸어갔다. 고양이 한 마리가 담을 공유하고 있는 19호 마당으로 풀쩍 뛰어내렸다.

어머니는 손으로 김치전을 죽 찢어 아버지에게 내민다. 아버지는 마지못한 듯 그것을 받아먹는다.

"기억나요? 형이 병원이라고 곧 좋은 소식이 있을 거라고 했던 말?"

어머니의 얼굴에 묘하게 금이 간다.

"나는 모른다. 그 애가 뭘 흘리고 다녔는지."

다시 전화벨이 울렸다. 어머니가 도저히 참을 수 없다는 듯, 신경질적으로 아버지의 폰을 집어 들었다.

"너네만 잘 먹고 잘살면 좋냐!"

고모의 목소리가 튀어나온다. 사고 후 형의 합의금 액수를 알게 된 고모는 하루걸러 전화를 했다. 고모뿐만이 아니었다.

"아들 두고 시체 장사 했잖아? 그 돈 좀 나눠 쓰면 죗값 갚는 거라고 했어? 안 했어?"

아버지는 번호를 바꾸지도 폰을 없애지도 않았다. 벌을 받는 것처럼 매일 저녁 가슴을 졸이며 전화를 받았다. 전화를 끊고 나면 홀가분한 마음으로 텔레비전을 봤다.

"나는 그 돈 하나도 안 썼다. 나를 위해서는 단 한 푼도."

우리는 정미숙을 기다렸다. 정미숙이 이 집에서 우리를 꺼내줄 수 있을 것 같았다. 붙여둔 테이프를 떼어내고 우리를 밀고하고 자백을 받아낼 것 같았다. 어머니는 형의 보상금으로 집을 얻어주겠다고 했고 나는 모른 척했다. 집을 보러 다니는 동안 우리는 깨달았다. 그 돈은 생각보다 작았고 어머니는 비로소 큰아들의 죽음의 크기에 대해 마음 놓고 슬퍼할 수 있었다.

"정미숙이 오늘은 안 올 모양이다."

"우리가 죽기 전에는 오겠지. 한 번은."

드라마 할 시간이다, 라고 말하고 아버지가 텔레비전을 켰다. 제명을 다해 사는 것들, 차고 넘치게 질긴 것들이 징그럽다고 드라마의 내용인지 알 수 없는 말을 중얼거리며 어머니는 주방으로 들어가 아이의 머리통만 한 복숭아를 가져다 깎았다. 무른 복숭아 과즙이 손등에 줄줄 흘렀고 어머니는 연신 자신의 손등을 빨아먹었다. 눈이 자꾸 짓물러서 큰일이다. 처진 눈꺼풀 때문에 눈 주위가 자주 벌겋게 헐었다. 암보다도 어머니를 더 괴롭히고 있었다. 그런 사소한 아픔에 시달렸다. 무릎과 이가 시렸고, 손톱과 발톱이 두꺼워졌다. 당뇨약과 혈압약을 번갈아 먹으며 사소한 고통에 시달리느라 지난 고통을 생각할 겨를이 없었다. 늙어서 받는 벌은 다른 사람의 아픔을 생각할 겨를이 없다는 것인지도 몰랐다. 하루 종일 자신이 주인공인 통증에 시달리며 자신만 생각하는 일일 드라마가 늙음인지도 모르겠다고 나는 생각했다.

"눈꺼풀이 따갑고 아파서 드라마도 제대로 못 보겠다야!"

아프다는 그 말에 아무도 대꾸를 하지 않는다. 우리는 서로를 좋아하지 않았다. 가족이란 결코 그럴 수 없는 존재 같았다. 대신 밤이 늦도록 이대로 함께 텔레비전을 볼 것이다. 아무것도, 아무 일도 일어나지 않는 하루를 보내고 텔레비전을 켜면 우리에게 일어난 일들이 너무 흔해서 일일 드라마로 주구장창 만들어진다고 생각하면서도, 가해자가 피해자가 되고 피해자가 가해자가 되는, 매번 그런 일들에 아이구, 저런 같은 추임새를 반복하며 텔레비전을 볼 것이다. 그러다 어머니는 김치 싸대기를 때리는 늙은 여자와 한쪽 뺨을 감싸는 젊은 여자를 노려보며 누가 더 아프겠냐? 물을 것이다. 그러면 나는 짚으로 묶은 배추단이 생각나고 그 누렇게 들뜬 잎들 뒤 테라스 창고 안에 아버지가 숨겨놨던 형의 보상금이 생각날 것이다. 은행은 믿을 게 못 된다.

형의 일이 있고 난 뒤 한동안 우리는 얼굴을 보지 않았다. 서로의 얼굴을 보고 밥을 먹는 게 힘들었다. 가족이라면 함께 해야 할 모든 일들이 끔찍했다. 평일의 가족과 휴일의 가족이 함께해야 하는 시간들이 있다면, 우리도 그래야만 했지만 그러면 안 될 것 같았다. 공범자들은 서로를 가장 못 견뎌 했다.

뭔가를 공유하는 집단의 무거운 공기 같은 것이 늘 집을 떠다녔다. 그것을 공기처럼 마시고 양념처럼 먹고 이불처럼 덮고 잤다. 형은 이제 이 집에 없고 그렇다고 해서 우리가 가족이 아닌 게 아닌 것처럼 오늘이 평일이라고 해서 일일 드라마가 주말 드라마보다 더 막장이 아닌 것은 아니었다.

아니었다.

언젠가 형은 웃으며 말했다. 골든타임이 언제인 줄 알아? 뭐? 드라마 시청률 같은 걸 말하는 거야? 아니, 고객이 가장 만족하는 골든타임. 그게 언젠데? 바로 지금. 지금 당장.

진실은 형이 죽던 날이 내 생일이었고 밥을 사주겠다는 형의 약속을 아무 이유 없이 내가 안 지켰다는 거였다. 추운 겨울밤, 형은 꽁꽁 언 정미숙이와 함께 미리 알아둔 대게집 앞에서 내게 전화를 걸었다. 계속해서 나는 전화를 받지 않았다. 그러는 동안 배고픈 정미숙이는 혼자 집으로 가버렸다. 홀로 남은 형은 저녁 시간을 훌쩍 넘겨, 아마도 쫄쫄 굶은 채로, 한참을 어둠 속에 서 있다 콜을 받고 다시 일을 하러 갔다. 골든타임이라는 게 있다면 그때였을 거라고 나는 줄곧 생각했다.

오랫동안 나는 형이 아니라 형의 생업을 생각했다. 추운 겨울밤, 여전히 형을 혼자 둔 것 같은 생각이 들면 나는 지금이라도 당장, 미친 듯이 달려가고 싶어진다. 그리고 꽁꽁 언 형을 만나면 늦어서 미안하다는 말 대신 여기서 뭐 해? 라고 말하고 어쩌면 형은 점퍼를 벗어 내게 줄지도 모른다고 생각한다. 그 점퍼를 서로 안 입겠다고 미루다가 나는 말하고 싶어질지도 모른다. 알록달록한 구슬의 우주를 빌려,

형아, 그런데 말이야. 지금이 있다면 어딘가에는 영원도 있지 않을까.

하지만 나는 끝내 내가 이 말을 아무에게도 하지 못할 것을 안다. 그러면 늦은 밤, 아주 늦은 밤, 잠자리에 누워서야 아버지는 뒤늦게 발을 감싸 쥐며 아주 천천히, 어쩌면 나를 대신해, 내가 더 아프다고 늦은 대꾸를 할 것이다. 우리는 제각각 아프다는 말에 내가 더 아프다는 언제나 주인공의 자세로 평일의 고해를 마무리할 것이다. 그리고 내일이면 다시 정미숙이를 기다릴 것이다.

밸런스 게임

많은 일요일들을 지나왔다고 윤은 생각했다. 징검다리 같은 일요일들에는 아들과 그녀, 단둘뿐이었다. 심지어 택배기사도 찾아오지 않는 요일이라고 윤은 베란다에서 머리카락을 자르며 생각했다. 곳곳의 구멍 뚫린 방충망 사이로 총알 같은 햇빛이 들어왔다. 지난여름 술 취한 남자가 화단을 넘어 우산의 물미로 방충망을 내리찍는 일이 있었다. 어떤 흔적들은 오래 두고 본다고 해서 그 공포가 사라지지는 않았다. 장마가 시작되면 곳곳의 물웅덩이에 모기들이 알을 깔 것이다. 그전에 방충망부터 수리해야겠다고 윤은 마음먹었다.

오래된 아파트 일층이었고, 6월이면 작약이 피는 작은 화단이 있었다. 윤은 방충망을 열고 숱을 쳐낸 머리카락을 쏟았다. 아들 건희는 이제 사학년이 됐고 부쩍 키가 자랐다. 지난 여름에는 건희의 살이 좀 더 물렀다. 꽉 잡았다 놓으면 물기를 많이 머금은 수박처럼 발그레하게 번지던 손목이 이제는 제법 단단해지고 검은빛을 띠었다. 불과 일 년 만에 그런 일이 일어날 거라고 윤은 생각하지 못했지만 건희는 그랬다. 또래보다 머리 하나는 더 컸다. 건희는 웃자랐고 표정은 단단해졌다. 바람직한 방향성이라고 생각하면서도 윤은 가끔 무른 건희가 그리웠다.

그날 이후 모든 게 미세하게 변했다.

장래 희망란에 건희는 무조건 힘센 사람이라고 적었다. 힘센 사람이 되고 싶다는 건희는 못된 아이가 됐다. 단지와 학교에서 문제를 일으켰다. 윤은 가끔 그전으로 돌아가면 어떨까 생각했지만 그런 일은 일어나지 않았다. 일어날 수 없는 일이었다. 티브이를 보던 건희가 일어나서 발바닥을 털었다. 먼지와 부스러기들이 떨려 나왔다. 청소에서 손을 뗀 지가 언제인지 기억도 나지 않았다.

현관문을 열고 집을 나설 때 윤은 발을 헛디뎌 휘청거렸다. 마트 매대 사이에서도 윤은 자주 그랬다. 윤은 자신에게는 보이지 않는 함정이 있다고 믿었다. 음모론을 믿었다. 오랫동안 사용한 접시에 이가 나간 것을 발견했을 때, 복도를 다 지나갈 때까지 센서 등이 켜지지 않을 때, 지갑에서 사라지는 돈의 액수가 점점 커질 때, 한 치수 크게 산 건희의 운동화가 꽉 낄 때, 양말들이 한 짝씩 사라질 때, 구형 통돌이 세탁기 뒤에 고인 어둠과 하수구 냄새를 손으로 휘저어 사라진 것들의 행방을 찾을 때마다.

공용 현관으로 나오자 흰빛과 분홍빛이 그러데이션으로 핀 작약이 화단에 어지럽게 떨어져 있었다. 올해는 유난히 더 풍성했다. 떨어진 꽃잎은 이내 누런색에서 검은색으로 시들었다. 처음 작약이라는 이름을 들었을 때, 윤은 작고 약한 어떤 것을 떠올렸다. 매년 좁지만 작은 화단의 검은 흙들이 떨어진 꽃잎의 분홍을 순식간에 빨아먹는 것 같아 섬뜩했다.

윤은 숄더백 안을 다시 한번 확인했다. 집을 나서기 전 책 사이에 윤은 흰 봉투를 끼워 넣었다.

학교에서 연락이 온 건 금요일 오후였다. 평일은 마트 일이 바빠 일요일밖에 시간이 없다고 윤은 둘러댔다. 담임은 기다렸다는 듯 어차피 당직이라 괜찮다고 했다. 윤은 곤란한 표정을 지었다. 시든 시금치 단에 할인 바코드를 붙이며 얼굴을 찌푸렸다. 윤은 핸드폰을 어깨와 귀 사이에 끼우고 손은 바삐 움직였다. 한동안 대치하듯 담임은 아무 말이 없었고 윤은 더 이상 버틸 수가 없었다. 감사하다는 담임의 말에 고집을 피우는 애인에게 마지못해 져준 것처럼 자신도 모르게 미소가 번졌다. 담임의 호출은 이번이 여섯번째였고 더는 미룰 수가 없기도 했다. 전화를 끊고 윤은 처음 붙인 바코드 위에 새 가격표를 붙였다. 생물은 시간이 지나면 가격이 추락했다. 바코드를 다섯 번까지 다시 붙이는 일도, 상한 것들을 골라내고 재포장하는 일도 있었다. 윤은 손바닥을 비벼 마른세수를 했다. 깨끗한 피부는 타고난 거라고 했다. 하지만 이제는 그마저도 자신이 없었다.

그날 윤은 퇴근길에 동네 책방에 들러 책 한 권을 샀다. 여러 번 지나쳤지만 막상 서점의 문을 열고 들어간 건 처음이었다. 윤은 내용은 보지도 않고 제목과 표지가 단정한 책을 사서 얼른 책방을 나왔다.

윤은 담임과 시간 약속을 정하지 않았다는 사실을 집을 나서고 나서야 알았다. 전화를 할까 했지만 귀찮게 하고 싶지 않았다. 일단 학교에 가서 안 되면 그때 해도 늦지 않다고 생각했다. 마을버스는 좁은 서랍을 부려놓은 듯 사람들로 가득했다. 다음 주까지 징검다리 연휴를 몰아 쉬는 곳이 많았다. 차는 자꾸 밀려서 너울성 파도를 넘듯 중간중간 자주 멈추고 달리기를 반복했다. 교복을 입은 예쁘장한 여자아이가 눈에 띄었다. 블라우스 단추가 가슴 부위에서 약간 벌어져 있었다. 교복만 아니었다면 전혀 아이로 볼 수 없는 성숙한 얼굴이었다. 윤은 그 나이 때 자신을 떠올려보려 했지만 잘 생각나지 않았다. 아이는 비좁게 선 사람들 사이에서 멍하니 창밖을 바라봤다.

'저 아이는 뭘 보고 있을까?'

아이는 푸른 잎을 펄럭이는 가로수보다 높은 곳을 보고 있었다. 고개를 꺾고 더 높이. 윤은 아이의 시선을 좇았다. 증권사 빌딩 꼭대기에 있는 송전탑을 발견하고 윤은 반가웠다. 하지만 이내 윤은 아이가 보는 게 그건 아닐 거라고 생각했다. 작고 녹슨 송전탑. 수신이 끊긴 지 오래인. 그건 마치 윤의 인생 같았다. 이제 막 피어나기 시작하는 아이가 볼만한 것은 아니었다. 하늘을 보는 거겠지. 꿈꾸듯 뭔가 나른하고 게으른 꿈을 꾸던 때가 윤에게도 있었던 것 같았다. 이후 뭔가를 꿈꾸지만 잘 안 될 가망성이 더 많은 나이가 기다리고 있겠지. 저 아이 앞에도. 윤은 안쓰러운 마음이 자신을 향한 것인지 아이를 향한 것인지 몰라 잠시 당황스러웠다. 그런 것들과는 아무 상관없이 아이는 어느새 자리를 잡고 앉아 태연하게 핸드폰을 보며 환하게 웃기 시작했다. 오늘도 예쁘고 내일도 예쁠 것이었다. 윤은 누가 더 안쓰러운지 확실해졌다고 생각했다.

"늦어?"

윤을 보지도 않고 티브이에 시선을 둔 채 건희는 그렇게만 물었다. 거실로 쏟아진 햇빛이 맑은 개울물처럼 찰랑거렸다.

빛바랜 나이키 티셔츠를 입고 소파에 앉은 건희가 거기에 발을 담그고 있는 것처럼 보였다. 윤이 아니, 안 늦어, 라고 말하자 더 이상 말이 없었다. 티셔츠 한가운데에 적힌 fear of god라는 글자가 대답 대신인 것 같았다. 윤은 학교에 간다고 말하지 않았다. 볼일이 있다고 말했을 뿐이다.

"아니, 늦을지도 몰라. 늦을 거야."

윤은 뭔가에 쫓기듯 다급하게 다시 말했다. 일부러 그래줘야만 할 것 같았다. 윤과 눈을 마주치지도 않고 말수도 줄었지만 그럴 나이였다. 부모 몰래 무언가를 하고 싶어 하는 나이. 건희가 오늘은 좀 더 티브이를 많이 볼지도 모르겠다고, 얌전히 앉아 배고픈 줄도 시간이 가는 줄도 모르고 그렇게 물속에 발을 담그고 앉아 있을지도 모르겠다고 윤은 생각했다. 먼저 이혼한 걸로 선배라고 말하기를 좋아하는 명애는 우리는 평생 내가 나를 먹여 살려야 하는 팔자라고 했다. 셀프 가장이라고도 했다. 지레짐작한 명애에게도, 그 누구에게도 윤은 이혼한 적이 없다고 말하지 않았다. 아이가 대부분의 시간에 혼자 있다고 말하지 않았다. 대신 바쁜 윤은 건희가 아주 어릴 때부터 티브이를 틀어줬다. 잠깐 이거 좀 보고 있어. 윤은 잠깐이라고 생각했지만 건희는 일기에 티비는 내 친구, 라고 적었다. 글씨체가 아이답지 않게 단정한 것이 마음에 들었다.

교문에는 빛바랜 플래카드가 걸려 있었다. 학교는 세상에서 가장 안전한 놀이터입니다. 정문 오른쪽으로 모래를 깐 저학년 놀이터가 있었다. 놀이터 둘레에는 폐타이어들이 반쯤 파묻혀 경계를 세우고 있었다. 기역자 건물에 가린 모래 놀이터와 달리 대운동장은 학교 중심에 있었다. 트랙들과 마른 흙들이 햇빛을 받아 바짝 말라 있었다. 아이들 몇이 가방을 골대 앞에 던져두고 축구를 하고 있었는데 키가 모두 제각각이었다. 윤은 그 가운데 한 명쯤 건희를 아는 아이도 있지 않을까 하는 의심으로 아이들의 얼굴을 유심히 살폈다. 아무리 봐도 그중 누가 건희를 알지는 알아낼 수 없는 수수께끼 같았다. 건희는 한 번도 친구를 집으로 데려온 적이 없었다. 친한 친구의 이름을 물으면 그냥 다 친하다고만 했다. 학교생활에 대해서는 거의 말을 안 했다. 마트로 학부모 모임을 끝낸 엄마들이 장을 보기 위해 몰려온 적이 있었다. 라면과 냉동식품 코너 사이를 무리 지어 다니며 남자애들은 원래 그래, 라고 했다. 윤은 이벤트 매대를 정리하다 그 말을 듣고 안심이 됐다. 그리고 윤은 그날 또 한 가지 사실을 알았다.

"남자애들은 두 가지 일을 동시에 못해. 껌을 씹으며 계단을 못 올라가."

엄마들이 함께 웃었다. 윤도 표시 나지 않게 따라 웃었다. 웃다가 순간 멈췄다. 윤은 평일의 참관수업이나 면담, 학부모 모임에 가지 않았다. 청과 담당인 윤은 마트에서 로컬 푸드가 입고되는 오전 타임을 빼기가 곤란했다. 애초에 그런 말을 하는 것이 거북했다. 올해 초 마트는 주 35시간 근로시간 단축을 시행했다. 하지만 그 이면에는 휴게시간 단축이라는 꼼수가 있었다. 익산이 고향인 점장은 배려가 사람들을 다 베린다며 근무 중 화장실에 가는 것조차 못마땅해했다. 그래서 윤은 일을 하는 동안에는 물을 마시지 않았다. 자주 목이 말랐지만 배려가 아닌 권리를 말하기가 쉽지 않았다. 건희는 늘 괜찮다고 했기에 대수롭지 않게 생각했다.

몇 달 전 명애가 반에서 건희만 보호자가 오지 않았다고 들어 들은 말을 해줬다. 요즘은 대부분 양쪽 부모가 다 온다, 하나도 아니고 둘 다, 무슨 병풍처럼 서 있는다고 명애는 억울한 듯 말했다. 그 말을 듣고 윤은 갑자기 얼굴이 붉어져서 싹이 난 감자를 골라내고 재포장하는 일을 엉망으로 하고 말았다. 건희의 등 뒤에서 수군거렸을 사람들을 떠올렸다. 건희는 한 번도 교실 뒷문을 쳐다보지 않았을 것이다. 괜찮다고 했으니까. 혹시 내내 뒷문을 신경 쓴 게 아닐까? 저 중 한 아이는 그 모습을 목격했을 것 같았다. 그리고 건희를 놀렸을까? 누구일까? 윤은 싹이 난 감자를 골라내듯 그 아이를 찾아내 혼을 내주고 싶었다.

아이들이 일으킨 흙먼지가 가라앉자 운동장을 가로질러 젊은 남자가 윤을 지나쳤다. 통화를 하며 급하게 교문 밖으로 뛰쳐나갔다. 어딘가 낯이 익다고 생각했지만 어디서 만났는지 알 수 없었다. 마트 단골손님이겠지. 바다색 폴로셔츠에 상아색 면바지를 입은 그는 어느새 사라지고 없었다. 윤은 운동장을 가로질러 건물 안으로 들어갔다. 유리문에는 외부인 출입 금지 안내판이 걸려 있었다. 윤은 아들 건희가 매일 아침 이 안내판을 보는 건 아닌지 궁금했다. 처음 담임의 전화를 받고 느꼈던 거북한 감정들이 떠올랐다. 이번 통화에서 담임은 용건을 말하지 않고 학교로 오실 수 있냐고만 물었다. 커터 칼로 여자아이의 머리카락을 잘랐다든가, 체육 시간에 다른 아이에게 나무에 올라가라고 부추겼다든가, 비싼 물건을 말도 없이 빌려 갔다든가 하는, 아들에게 약간의 문제가 생겼다는 말도 작은 사고가 있었다는 말도 없었다. 윤은 아들 건희가 이제 돌이킬 수 없는 학교의 외부인이 돼버린 건 아닌지 더럭 겁이 났다. 여기까지 와서 문을 열고 들어가기가 망설여졌다. 그런 윤의 등을 떠밀듯 운동장에서 단단한 사탕을 깨무는 것 같은 아이들의 웃음소리가 들렸다. 건희를 데려올 걸 그랬다 싶었다. 상담을 하는 동안 운동장에서 어쩌면 친구일지도 모를 아이들과 놀게 할걸.

오늘처럼 건희를 혼자 기다리게 하는 일이 많았다. 잠깐 있어. 엄마, 금방 갔다 올게. 그리고 사탕을 줬다. 점점 사탕을 더 많이 요구하는 어린 건희에게 녹여 먹어, 라고 말했다. 건희의 유치는 시커멓게 썩어 들어갔다. 마치 자기 몫의 인생을 녹여 먹으라는 듯 왜 그랬을까. 다 시든 잎의 가장자리만 조금씩 떼서 가지라고 왜 그랬을까. 한꺼번에 와락 깨 먹는 즐거움도 있다는 것을 왜 가르쳐주지 않았을까. 윤은 다시 운동장으로 돌아 나가고 싶지 않았다. 외부인 출입 금지 팻말이 있더라도 앞으로 나가야 했다. 그런 인생을 살아야 한다고 건희와 오롯이 둘만 남겨졌을 때 윤은 다짐했다.

"정 선생을 만나러 오셨지요?"

교무실이 아닌 나란히 붙은 교장실 문이 열렸다.

"네, 4학년 건희 엄마입니다."

윤은 뒤늦게 안녕하세요, 라고 덧붙였다. 타들어가는 목소리였다. 목이 말랐다. 그는 자신이 이 학교 교장이라고 말했다. 정 선생이 급한 일이 생겨 방금 전에 나갔다고 했다.

"못 보셨어요?"

윤은 방금 전 교문을 나간 남자를 떠올렸다. 익숙함은 목소리 때문인 것 같았다. 친절하고 따뜻한 목소리, 용기를 내세요. 윤은 뒤늦게 얼굴이 붉어졌다. 서서히 퍼지는 열망에 차가운 물을 붓는 것처럼 윤에게 교장은 좀 들어오세요, 라고 단호하게 말했다. 윤은 어떤 감정을 들킨 것 같아 조바심이 일었다. 교장은 전체적으로 체구가 작고 말랐다. 걸을 때마다 바지 밑단이 펄럭거렸다. 몸이 아니라 뼈를 넣어둔 것 같았다. 얼굴이 파리했고 피곤해 보였는데 일요일이라 그랬는지 수염을 깎지 않아 더욱 부스스했다.

교장실에 윤을 혼자 두고 나가 그는 커피를 타왔다. 윤은 뚱뚱한 벽돌색 가죽 소파가 마주 보고 있는 교장실이 불편했다. 열린 창문으로 여전히 아이들의 목소리가 들려왔다. 해가 질 때까지, 어쩌면 해가 지고 나서도 운동장을 떠나지 않을 것 같았다.

언젠가 학교 운동장에서 졸업을 하지 못하고 죽은 아이가 밤마다 그네를 탄다는 얘기를 들은 적이 있다. 밀어주는 사람 하나 없이 오지 않는 친구들을 기다리며 혼자 그네를 타는 아이. 그 아이의 마음을 왠지 알 것도 같았다. 왜? 알 것 같지? 알지 말지. 그런 것. 누구도 영원히 알지 못했으면 하는 것들이었다.

"혼자 아이를 키우신다고요?"

교장은 연민도 동정도 없이 말했다. 윤은 그런 걸 어느 정도 기대했다. 그렇다면 일이 좀 더 수월해질지도 몰랐다. 윤은 말없이 고개만 끄덕였다. 교장도 한동안 말이 없었다. 윤을 쳐다보는 시선이 묘하게 사람을 불편하게 했다.

건희는 학교 토끼장에 개를 집어넣었다.

"본교 아이들이 아끼고 사랑하는 장소였지요."

윤은 처음 듣는 얘기였다. 학교에 토끼가 살았다는 것도 몰랐고 개가 함께 살았다는 것도 몰랐다. 당연히 건희가 학교에서 따로 떨어져 살던 토끼와 개를 한 우리에 집어넣었다는 것도 몰랐다. 그리고 이 일이 어떤 의미인지, 이 사건의 크기가 얼마만큼인지 몰라 당혹스러웠다.

"누가 다쳤나요?"

교장은 한참 뜸을 들인 뒤 말했다.

"죽었죠."

윤은 순간 검은 물이 울컥 쏟아져 들어오는 것 같았다. 가방 안에 든 책과 책 속에 든 흰 봉투만으로는 안 될 일이 일어났다고 생각했다. 명애는 아무도 모르게 담임의 책상에 놓고 나오면 된다고 말했다. 요즘도 그래? 너는 그런 적 있어? 라는 말에 우리 애는 잘하잖아, 라고 말했다. 윤은 우리 애는 잘한다는 비교에 화가 났다. 하지만 지금은 그 말이 사실이 되어버린 것 같아서 두려웠다..

"……죽었죠. 토끼가 두 마리나."

윤은 어리석었고 뭘 몰랐다. 학부모 모임 같은 데를 빠져도 된다고 생각할 만큼 윤은 자신이 허술하고 만만하다는 걸 알고 있었다. 그래서 그런 일들에 속수무책으로 당하고 싶지 않아서, 들키고 싶지 않아서 윤은 아무도 모르는 곳으로 이사했다. 이사한 곳의 놀이터에서 엄마들과 친해지지 않았고 가진 것보다 더 가지려고 애쓰지도 않았다.

"토끼가 죽어서 다행인가 보군요."

윤은 목이 말랐다. 떨리는 손으로 물 대신 커피를 마시다 그를 쳐다봤다. 그럼 다행이 아니란 말인가? 불쌍한 토끼들이 떠올랐지만 그럼에도 윤은 다행이라고 생각했다. 다행은 다행인 거였다. 교장은 윤을 못마땅하게 쳐다봤다. 죄송합니다, 라고 말하자 당연하다는 듯 교장은 고개를 끄덕였다. 그리고는 더 말할 필요도 없다는 듯 자세한 이야기는 정 선생이랑 나누세요, 라며 손사래를 쳤다. 집으로 돌아가면 건희가 왜 그랬는지 물어봐야겠다고 생각했다가 이내 묻지 말아야겠다고 생각을 고쳐먹었다. 이유가 있었겠지. 재미로 그런 일을 할 아이는 아니라고 믿었다. 아니, 재미로 그런 일을 할 수도 있는 나이라고 생각했다. 결과가 어떻게 될지 아무것도 모른 채. 결과는 너무 까마득해서 시작만 하기에도 바쁜 나이였다.

교장실을 나와 교무실 안을 들여다볼 때 교장은 윤을 다시 불러 세웠다.

"시간이 되면 이것 좀 보고 가세요!"

목소리가 너무 차갑고 날카로워 윤은 놀랐다. 담임을 만나고 싶었다. 한동안 윤은 하루 종일 댓글만 보던 때가 있었다. 같은 뉴스에도 극명한 온도 차가 있었다. 담임이라면, 그는 좀 더 다른 이야기를 들려줄 것 같았다. 지난봄 담임은 건희의 일기장에 용기를 내세요, 라고 적어두었다. 일기는 엄마가 울었는데 아무래도 이유를 모르겠다는 내용이었다. 이후로 윤은 담임의 전화를 받는 것이 즐거웠다. 담임은 건희가 아주 예쁜 아이라고 말했다. 사랑이 많은데 표현이 서툴러서 쉽게 오해를 받는다고 말이다. 윤은 일부러 담임을 만나지 않았다. 그런 이야기들을 계속해서 끝도 없이 듣고 싶었다.

담임과의 통화가 길어질수록 건희가 이런저런 말썽을 부려도 싫지 않았다. 윤은 오히려 기다리기까지 했다. 윤은 담임의 전화를 받은 날이면 건희에게 잘했어, 라고 말해줬다. 잘했는데 다음부터는 그러지 마, 라고 말했다. 건희는 곧잘 고개를 끄덕였다. 오늘은 잘했다는 말을 해줄 수 없을 것 같았다. 건희에게도 자신에게도. 건희가 더 큰 잘못을 저질러서가 아니라 아직 담임의 이해를 얻지 못했기 때문이었다.

교장이 윤을 데리고 간 곳은 최근 새로 지은 학교 체육관 앞이었다. 작은 연못이 있었고 주차장으로 아이들이 돌발적으로 들어가지 못하게 화단 둘레로 울타리용 나무를 심어놓았다. 휴일인데도 주차된 차가 있었다. 병설 유치원의 노란색

버스가 가장 끝에 주차돼 있었다. 교장이 멈춰 선 곳은 건물 외벽과 붙은 사육장이었다. '달방앗간'이라는 나무 팻말이 달랑거렸다. 토끼장 안에는 물을 마실 수 있도록 작은 통나무를 깎아 만든 물통이 있었다. 윤이 들여다보니 2단짜리 케이지는 비어 있었다. 교장은 사건 현장을 보여주려고 윤을 부른 것이었다. 폴리스 라인과 어지러운 핏자국, 오 년 전에도 건희는 그곳에 있었다.

엄마, 토끼 키워도 돼요? 몇 달 전 건희는 그렇게 말했고 윤은 고개를 저었다. 윤은 이제 자신이 뭔가를 잘 못 키울 것 같았다. 너무 귀여워요, 건희는 아쉬운 마음을 그렇게 표현했다.

"동물을 키워본 적이 있습니까?"

"아니요."

"그렇다면 잘 모르시겠구나. 책임진다는 것에 대해서 말이에요."

교장은 뒷짐을 지고 서 있었다. 윤은 교장이 있는 곳에서 한 발짝 떨어져 그의 등을 쳐다봤다.

"저는 여기가 무덤 같습니다. 그 아이들이 생각납니다. 눈이 빨갛고, 하얀 털이 북실처럼 온몸을 감고 있었지요. 토끼를 실제로 본 적이 있으세요?"

윤은 교장이 무슨 일을 벌이려고 하는지 몰랐다.

"토끼가 아니면 작고 약한 것들은요? 보신 적 있겠죠. 우리 주위에는 너무 많으니까요."

　교장은 추궁하듯 물었다. 그런 말들을 윤은 지금도 기억하고 있었다. 기사에 달린 댓글들이 생생하게 떠올랐다. 윤은 그 말들이 새삼 토끼의 잘린 팔다리 같았다. 피 같았고 뽑힌 털 같았다.

　"아니요, 먹어본 적만 있어요!"

　어쩌면 그런 적이 있었는지도 몰랐다.

　"저런."

　그는 한동안 말이 없었다,

　"한번은 토끼 한 마리가 캑캑거리고 있는 거예요. 자세히 보니 토끼의 목에 뭔가가 걸린 것 같았습니다. 재빨리 귀를 잡고 입속에 손을 넣었지요. 털 뭉치가 나왔습니다. 토끼도 그루밍을 해요. 그러다 죽을 수도 있고요. 아이를 사랑하시지요? 그렇다면 더더욱 가르쳐야지요. 생명은 아주 하찮은 일에도 죽을 수도 있다고 말이에요."

　교장은 갑자기 돌아서서 어떤 교훈을 준다는 듯 윤의 어깨를 세게 잡았다 놓았다. 그리고는 가볍게 돌아섰다. 윤은 그도 댓글을 다는 사람일 것 같았다. 한 번도 본 적 없는 사람들이었고 모두가 위로나 비난에 부지런했다. 아침마다 댓글에 대댓글이 쌓였다.

　꽃잎이 쌓인 아파트 화단에서 아이는 동생을 잃었다. 만취

한 운전자가 조금 더 핸들을 옆으로 돌렸다면 동생이 아니라 아이가 죽었을지도 모를 일이었다. 그날 그랜저 승용차는 보도블록 위를 조금 더 달리다 화단을 뭉개고 아파트 벽면에 부딪치고 나서야 멈췄다. 신물이 올라왔고 머리가 어지러웠다. 윤은 빈 케이지를 붙잡고 아침으로 먹은 된장찌개를 토했다.

윤은 도망치듯 학교를 나왔다. 이제 담임의 위로도 도움이 되지 않을 것 같았다. 그를 지나쳤고 모든 일이 너무 늦었다는 생각만 들었다. 집에 가면 어떤 말을 해야 할까? 윤은 잠시 쉬고 싶었다. 서두를 필요는 없었다. 늦을 거라고 말했기 때문에 건희는 오래도록 티브이를 볼 것이다.

어디로 가야 할지 몰라 윤은 학교 앞을 서성거렸다. 주변을 돌았다. 핫도그 가게는 문이 닫혀 있었다. 가게의 유리문에는 이름이 적힌 선불카드가 다닥다닥 붙어 있었다. 학년별로 색깔이 다른 카드에 건희의 이름은 없었다. 건희는 이런 것들이 필요 없는 걸까? 윤은 한참 동안 카드에 적힌 이름 아래 적립된 금액과 차감된 금액을 봤다. 마트가 쉬는 날 들러 건희의 카드도 만들어야겠다고, 넉넉하게 오만 원을 충전해야겠다고 생각하자 배가 불렀다.

영어와 피아노 학원을 지나 윤은 계속해서 골목을 걸었다. 연립주택이 즐비한 낯선 골목에 들어섰고 생각지도 못한 곳에서 작은 과자점을 발견했다. 연립주택 일층에, 따로 간판도 없었다. 활짝 열린 문으로 끈적한 설탕 냄새가 흘러나오지 않았다면 그냥 지나쳤을 가게였다. 작은 테이블이 두 개 있었고 오픈 주방이었다. 색색의 마카롱과 휘낭시에, 에그타르트, 무화과 파운드케이크가 유리 선반 위에 진열돼 있었다. 주인은 매장 판매보다는 주문 위주로 운영하고 있다고 말했다. 손등이 부드러운 반죽 색이었다. 윤은 무화과 파운드 한 조각과 커피를 시켰다. 케이크를 다 먹고 하얀 테이블 위의 부스러기를 손으로 모아 접시에 담을 때 맞은편 골목 모퉁이에서 여자가 뛰쳐나왔다. 뒤이어 쫓아온 남자는 여자를 잡아 앉혔다. 한낮의 전봇대 앞에 불편한 자세로 쪼그려 앉는 남자와 여자가 이상하게 보였다. 이내 둘은 세상에 둘뿐인 듯 큰 소리로 말하기 시작했다.

"죽을 거야!"

"안 돼!"

흥분한 목소리는 바로 옆에서 듣는 것 같았고 윤은 그 말이 신기했다. 죽음도 허락을 구하고 또 반대도 할 수 있는 거라는 그 순진한 무기가.

"그럼 방법이 없잖아요. 하루하루가 지옥이에요. 알아요? 내가 얼마나 무서운지? 그런데 그거 알아요? 내가 무서우면 선생님도 무서워해야 할 거예요. 혼자만 당할 줄 알고!"

94

윤은 그제야 여자를 알아봤다. 버스에서 봤던 아이였다. 하지만 윤이 놀란 건 아이 때문이 아니었다. 연신 담배를 피우고 있는 남자, 윤을 지나쳐 교문 밖을 뛰쳐나가던 건희의 담임이었다. 바다색 폴로셔츠에 상아색 바지가 그대로였다.

'……아!'

윤은 그를 알아보지 못한 죄책감을 그제야 털어버린 듯 순간 반가웠다. 반가웠다가 윤은 천천히 자신의 좁은 내부에서 어떤 기대가 서서히 죽어가는 것을 느꼈다.

"나쁜 짓 할 생각 마! 내가 다 해결할 거야."

"이보다 더 나쁜 짓이 어디 있어요? 풍선처럼 배가 커질걸요?"

햇빛을 많이 받고 단시간에 자란 것들이, 예쁘고 싱싱한 것들이 가장 먼저 상했다. 어둠의 재를 묻힌 감자나 당근 같은 것들은 비교적 나중에 할인 매대에 올랐다. 윤은 그제야 아이의 파리하고 건조한 얼굴이 이해가 됐다. 아니, 건희의 담임일 리가 없었다. 교장이 지금까지 윤을 놀리고 있는 거라고, 착오가 있을 거라고 윤은 생각했다.

"우리 선생님 엄마 줄까요?"

지난달 담임과의 통화가 끝나자 건희가 말했다. 윤은 뭐? 라고 물었고 건희는 그냥, 이라고 말했다. 윤은 건희가 농담을 하고 있다고 생각했다. 어떻게? 라고 다시 물었고 건희는 단단한 표정으로 무슨 수를 써서라도요, 라고 말했다. 윤은 더럭 겁이 났다. 건희의 표정이 감자 싹처럼 검고 불길해서 윤은 애써 농담처럼 웃으며 그래, 그래라, 그렇게 말하고 말았다. 설마 그래서 건희가 토끼장에 개를 집어넣은 걸까? 윤은 불안했다.

"……미안해."

"아니, 내가 더 미안해요."

한낮의 폭죽처럼 화를 내던 둘은 이제 서로 무릎을 꿇고 앉아 울었다. 여자아이는 대성통곡을 했다. 주인 여자가 반죽을 밀다 말고 그 모습을 한동안 쳐다봤다. 계속될 것 같은 눈물은 또 어느 순간 뚝 그쳤다.

"우리 밸런스 게임 해요."

종잡을 수 없는 여자아이였다. 남자는 못 말리겠다는 듯 고개를 끄덕였다. 그리고 언제 그랬냐는 듯 둘은 서로의 눈물을 닦아주고는 웃었다.

"여친 집에 다른 남자 속옷? 다른 남자 집에 여친 속옷?"

담임의 얼굴이 다시 울어야 할지 웃어야 할지 모르겠다는 표정이 됐다.

"친구 팬티 속에 내 손? 내 팬티 속에 친구 손? 토 맛 토마토? 토마토 맛 토?"

그가 목을 잡고 토하는 시늉을 했다.

"잘 생각해봐요. 그래도 해야 돼요."

여자아이의 질문에 윤은 자신의 가방 속의 지나치게 단정한 책 제목을 떠올렸다.

"자, 마지막! 뽀뽀하기? 뽀뽀 받기?"

"그건…… 둘 다."

그 말이 신호처럼 둘은 입을 맞췄다. 윤은 고개를 돌렸다.

"우리 조금만 더 용기를 내자."

윤은 놀랐다. 용기를 내자는 말에 이토록 반응하는 자신이, 그럼에도 그 말이 전혀 퇴색되지 않았다는 사실에. 누군가에게 던지는 말랑한 위로이자 스스로에게 하는 단단한 다짐 같은 그 말을 윤은 자신의 딱딱한 혀 위에 한동안 올려만 두었다.

반죽 색깔의 손등이 밀고 당기는 흰 덩어리를 쳐다봤다. 밀당을 잘하는 여자아이. 시간이 지나자 오래 쪼그려 앉은 다리가 저린지 여자아이와 남자는 서로를 부축해 반대편 골목으로 사라졌다. 윤은 과자점을 나와 갔던 방법 그대로 돌아왔다. 마을버스를 탔다. 여자아이가 가볍게 벗어버린 마음을 자신이 챙겨온 것처럼 창밖을 봤다.

남편은 일요일마다 건희를 만나러 왔다. 올 때마다 반찬거리를 사 왔다. 윤이 마트에서 일하는 것을 전혀 모르는 것처럼 안 하던 짓을 했다. 검은 봉지를 윤에게 내밀었다.

"식탁에 올려둬."

아이들이 아직 어려서 남편은 윤이 일을 시작하는 걸 말렸다. 조금 더 있다 제대로 된 일을 찾아보라고 했지만 윤은 한 사코 마트에 취직을 했다. 첫 한 달은 너무 좋았다. 조금 더 부지런하게 몸을 움직였고 많은 사람을 만나는 것도 좋았다. 아이들은 손을 잡고 아파트 안의 어린이집을 다녔다. 사고가 있던 날 윤은 조금 늦었다. 블랙데이 기간이라 한꺼번에 손님이 몰려왔고 카운터를 하나 더 열어 도와달라는 말을 거절하지 못했다. 바코드를 찍는 손이 바쁘게 움직였다. 티브이를 보라고 했다. 만약에 엄마가 어린이집으로 너희들을 데리러 가지 못하면 동생과 함께 집으로 돌아와 잠깐만 티브이를 보라고. 윤은 아파트에서 요란한 사이렌 소리가 울리는 동안에도 아이들이 티브이를 보고 있을 거라고만 생각했다.

"이런 죽은 것들 좀 사 오지 마!"

검은 비닐에서 고등어의 피비린내가 확 끼쳤다.

"내가 밖으로 나돌아다닐까 봐? 그러느라 애를 잘 못 챙겨 먹일까 봐?"

남편은 한 번도 윤을 원망한 적이 없었지만 그의 모든 행동은 그것과 다름없다고 윤은 생각했다.

"이제 오지 마. 건희는 밖에서 봐."

윤의 남편은 말없이 고개를 끄덕였다. 돌아가면서 이제부터 잘 못 올지도 모르겠다고 했다. 미안해, 라고도 했다. 윤은

시어머니로부터 그에게 여자가 생겼다는 얘기를 이미 들었
다. 쾅, 현관문이 닫히는 소리와 함께 집 안으로 한꺼번에 검
은 물이 쏟아져 들어오는 것 같았다. 점점 차올라 윤의 몸이
천천히 잠기는 것 같았다.

"임신한 개였어요."

건희가 묻지도 않은 말을 내뱉었다. 혼자 있는 것보다 같이
있는 게 좋을 것 같아서요. 생각지도 못한 말이었다. 윤은 한
참 후에야 이해했다는 듯 아주 어렴풋이 작게…… 아, 라고
말할 수 있었다. 지난여름 술 취한 남자가 작약 화단을 넘어
방충망에 우산의 물미를 사정없이 내리찍는 일이 있었다. 그
가 사라질 때까지, 한 시간 가까이 윤과 건희는 어둠 속에서
서로를 부둥켜안고 있었다. 온몸이 비 오듯 흐르는 땀으로 흠
뻑 젖었다. 건희가 한 일은 그런 일이 아니었다. 건희가 가끔
그 일을 떠올리는지 묻지 않았다. 그 일이 아이의 인생을 바
꾸는 일이 되어서는 안 됐다. 대신 윤은 건희를 데리고 편의
점에서 색색의 츄파춥스 한 통을 샀다.

"엄마, 싸울 때 왜 사람들이 주먹을 쥐는지 알아요?"

fear of god, 그의 낡은 신이 말했다.

"왜?"

빈손이니까요, 펼쳐보면 빈손이지만 뭉치면 주먹이 된다고

말했다. 주먹이라도 내밀어야 해요. 불쑥 윤에게 주먹 쥔 손을 내밀었다. 순간 윤은 알았다. 아이는 엄마의 관심을 끌기 위해 매번 주먹을 날렸고 점점 나쁜 아이가 됐다.

윤은 오랫동안 신의 물음에 대한 답을 생각했다. 그들이 너를 가장 필요로 하는 시간에 너는 어디에 있었니? 신이 물었다. 그러는 당신은 어디 있었냐고 윤은 되물었다. 윤의 물음에 수십 건의 악플이 달렸다. 윤은 일부러 건희를 혼자 뒀다. 아이에게 잘해주면 죽은 아이를 배신하는 것 같았다. 그러면 안 될 것 같았다. 건희를 방치했고 오랫동안 사탕은 엄마의 사랑 대신이었다.

"내가 안 죽어서 다행이에요?"

윤은 천천히 고개를 끄덕였다. 다행은 다행이었다. 그걸 뭐라고 할 수 없었다.

"만약 둘 중에 누구를 선택할 수 있다면 나를 선택할 거예요?"

가장 나쁜 것과 가장 나쁜 것 중에 하나를 선택해야 하는 지독한 밸런스 게임 같았다. 게임의 공식은 둘 중 어느 것도 쉽게 고를 수 없도록 밸런스를 적절하게 맞추는 것이었다. 윤은 균형을 잃은 것처럼 잠시 어지러웠다. 윤은 다시 고개를 끄덕였다. 이번에는 세게. 누군가 윤의 머리와 턱을 동시에 잡고 흔드는 것처럼. 그래야만 했고 그럴 수밖에 없는 일이었다. 앞으로 살아가야 한다면 그럴 수밖에 없었다. 건희도, 윤 자신에게도 그것은 너무 이상하고 끔찍하지만 그렇게 믿을 수밖에 없는 일이었다.

건희의 선생님으로부터 이제 전화는 오지 않는다. 일요일이면 남편은 다시 아이를 보러 왔다. 여자와는 잘 안 됐다고 시어머니는 아이를 생각해서 합치라고 부쩍 자주 전화를 했다. 윤은 남편이 돌아갈 때마다 그가 현관문에 등을 기댄 채 한동안 서 있다 간다는 것을 알았다. 쿵, 소리가 나고 발소리가 한참 후에 아주 느리게 다시 시작됐다. 다른 위로가 필요했던 거라고 윤은 생각했다. 남편도 자신도 그랬다고. 비가 오는 동안은 비가 그치기만을 기다리는 방법밖에 모르는 사람들 같았다. 언젠가 그칠 비를 종일 맞고 있는 사람. 하루하루가 지옥이에요, 알아요? 내가 얼마나 무서운지? 윤은 남편에게 그런 말을 한 번도 해본 적이 없다는 걸 떠올렸다. 사랑받기와 사랑하기, 그것은 언제나 용기의 문제인 것처럼 이내 고개를 저었다.

본격적인 장마가 시작되자 거실 밖에서 쏟아져 들어온 물그림자가 암막 커튼처럼 종일 집 안을 어른거렸다. 윤과 건희는 온전한 물의 세상에 갇혔다. 물의 깊이가 세상에서 가장 깊은 곳에 앉아 있는 것처럼 집은 깜깜했다. 수심 10미터. 그

것보다 깊은 물속은 거의 대부분의 빛이 투과되지 않는다고
했다. 비가 그치고 여름이 끝나면 봉투에 넣었던 돈을 꺼내
방충망을 새로 해야겠다고 생각하는 동안에도 집은 한층 더
깜깜해졌다. 윤은 집이 점점 가라앉는 것 같았다.

20미터…… 30미터…… 눈을 감고 윤은 집이 물속으로 점
점 더 깊이 내려가는 모습을 상상했다. 40미터…… 비스듬히
기울어진 창과 문이 서서히 잠기고 끝내 아무것도 보이지 않
게 되는 죽음 같은 순간…… 윤은 목이 말랐다. 마치 너무 많
은 물속에서 몸이 균형을 잡으려는 것처럼.

오영과 해영

해영이 뒷자리를 모두 차지하고 앉는 걸 보고 나서야 오영
은 해진 시트를 수건으로 덮어둔 보조석에 앉았다. 차는 바로
출발했다. 새벽부터 일어나서인지 모두 말이 없었다. 톨게이
트를 벗어날 때쯤 민석은 뜬금없이 봉고차 얘기를 했다. 민석
은 인도네시아의 시골 마을에서 소매치기를 당한 적이 있었
다. 언제 어디서 당했는지 몰라 민석은 더 황당했다. 그나마
바람막이 안쪽에 넣어둔 비상금이 딱 다시 돌아가는 차비만
큼이었다고. 그렇게 모든 걸 포기하고 버스를 타러 갔는데 흙
먼지가 이는 길가에 폐차 직전의 버스가 서 있었다. 차 뒤에
는 자전거 여러 대가 얼기설기 매달려 있었고 지붕에는 정체

를 알 수 없는 보따리가 위태롭게 쌓여 있었다고, 15인승 버스였는데 한눈에도 작은 봉고차였다고 말했다. 차 안에는 통로까지 사람들로 빽빽하게 차 있었는데도 출발을 하지 않은 게 신기할 정도였다고 했다. 사람들로 가득 차 한 사람도 더 들어갈 자리가 없는데도 기사는 들어가 자리를 잡으라고 민석에게 태연하게 눈짓을 했다. 신기한 것은 그런대로 자리를 잡고 앉았다는 거였다. 민석이 타자 사람들이 조금씩 몸을 움직이기 시작하더니 정말 딱 한 사람 자리를 만들어내더라는 거였다. 버스가 출발하고 땀이 비 오듯 흐르는 것도 모자라 서로 축축한 살이 닿는 것이 불편했는데 이내 한 몸인 것처럼 흔들렸다고, 버스가 길인지 아닌지도 모를 자갈길을 위태롭게 달렸다고. 그런데 그날 그들의 표정이 너무 태평하고 평화로워서 놀랐고 이후로 돌고 돌아 다섯 시간을 가는 동안 자신도 약간 자포자기가 섞인 그런 기분이 돼버렸다고 했다.

"거긴 왜 간 거야? 여행?"

오영이 묻자 민석은 일하러, 라고 시큰둥하게 대답했다.

"무슨 일?"

"나쁜 일."

그리고는 그날 어떻게 이 사람들은 이렇게 평화로울 수 있지 싶었다고 한 번 더 말했다. 오영은 그 얘기가 가족에 대한 애기 같았다. 정확하게는 해영과 자신의 이야기. 거대한 해영이 봉고차 같은 버스의 좁은 통로를 걸어가면 아무렇지도 않게 움직이는 사람들의 모습이 떠올랐고 해영이 그곳으로 여행을 가면 좋겠다고 오영이 생각할 즈음 민석은 라디오를 켰다.

셋은 건천 휴게소에서 내렸다. 지붕이 층층이 기와였다. 그걸 빼면 고속도로 휴게소 풍경은 어딜 가나 비슷했다. 파라솔이 펼쳐진 간이 테이블과 스낵코너가 전면에 있었다. 차에서 내린 사람들은 모퉁이 화장실부터 찾았다. 해영도 그랬다. 해영은 문밖에서 대기하고 있던 오영을 다급하게 불렀다. 급하게 속바지를 내리느라 팬티에 오물이 묻었다며 도움을 요청했다. 오영은 다시 차로 돌아가 가방에서 익숙하게 물티슈와 속옷을 챙겨 해영이 있는 화장실 칸에 들어갔다. 이런 일이 처음은 아니었다.

옆 칸에 들어온 사람이 이게 무슨 냄새냐며 다시 문을 닫고 나가는 소리가 들렸다. 너무 세게 문을 닫고 나가는 바람에 해영과 오영이 있는 칸막이가 심하게 흔들렸다. 휴게소로 들어올 때 봤던 여러 대의 관광차에서 내린 여자 중 하나일 거라고 오영은 짐작했다. 사람들은 모두 울긋불긋한 등산복을 입었는데 멀리서 보면 모두 한 사람의 몸에 난 여러 개의 심한 멍 자국 같았다. 오영은 레버를 당겨 연거푸 물을 내렸다. 변기의 소용돌이를 보며 해영은 가만히 서 있었다. 오영은 기와처럼 층층이 프릴이 들어간 체크무늬 원피스를 올리고 사타구니에 묻은 오물을 닦아냈다. 복사뼈에 걸려 있는, 고무줄이 넉넉하게 들어간 사각의 면 팬티를 벗겼다. 그 일이 수월하도록 해영은 선 채로 다리를 한 발 한 발 나누어 약간씩 들어 올렸다. 웬만한 성인 남자의 티셔츠 같은 팬티였다. 갈아 입힐 팬티도 똑같았다. 색도 모양도 특색 없이 컸다.

"잠시만."

오영은 옆 칸에 들어왔던 얼굴도 모르는 여자와 혹시 마주칠지 몰라 바로 나가지 않고 기다렸다. 들어올 때 화장실 문에는 양변기라는 글자가 적혀 있었다. 와변기라고 적힌 칸도 있었다. 언젠가 오영은 두 발을 딛고 선 자국이 선명한 양변기를 본 적이 있었다. 어떻게 볼일을 본 걸까 생각하다 그 모양이 떠올라 당황했다. 자신은 더러움을 뿌리면서도 다른 사람의 더러움을 묻히고 싶지 않은 더러운 마음.

잠시 후 누가 들어도 일행인 것이 분명한 한 무리의 여자들이 빠져나가는 소리가 들리고 나서야 오영은 무모증 해결이라는 스티커가 반쯤 구겨진 채 붙어 있는 잠금쇠를 풀었다.

지난 월요일 퇴근한 오영은 현관문을 열기 전 압력밥솥의 남은 증기를 뿜듯 길게 한숨을 쉬었다. 문을 열자 바닥에 빈 피자 상자가 뚜껑이 열린 채로 있는 게 가장 먼저 눈에 띄었다. 오이피클의 시큼한 냄새가 신발장까지 닿았다. 해영은 보이지 않았다. 숄더백을 그대로 멘 채 오영은 거실을 가로질러 피자 뚜껑부터 닫았다. 종이 상자는 도무지 단속이 안 되는 해영의 입처럼 다시 벌어졌다.

"안 보내면 안 돼?"

지난주 엄마는 해영을 보내겠다고 했다. 잠시 언니를 맡아달라는 말을 부탁이 아니라 명령처럼 했다. 오영은 이 년 전 독립했고 이후 의식적으로 집에 가지 않았다. 지난 설에는 편의점에서 즉석 떡국을 사 먹었다. 창밖으로 눈이 왔고 가래떡이 아니라 차가운 눈을 씹는 것 같았다. 왜 자꾸 겉돌아? 엄마에게는 충분히 그렇게 보였을 수 있겠다 싶었다. 여러모로 살가운 딸은 아니었다. 시원한 대답을 듣지 못한 엄마는 통화 말미에 너도 이제 나 고생한 거 좀 갚으라고 했다. 나중에는 고작 일주일도 못 봐주냐고 소리를 질렀다. 개가 뭐 널 잡아먹니? 엄마는 해영을 기어이 오영의 신림동 자취방 입구에 세워두고 앙코르와트로 가버렸다. 그게 벌써 일주일 전이었다. 지금까지 엄마는 해영을 데리러 오지 않았고 연락도 되지 않았다. 버린 걸까, 버려진 걸까, 그 마음에 대해 해영에게 물어볼 수도 있었지만 오영은 답을 알고 싶지 않았다. 어느 쪽이든 자신은 책임이 없다고 생각했다. 오영은 주말까지도 연락이 없으면 인천 집으로 쳐들어갈 생각이었다.

"일어나! 일어나라고!"

오영은 자신의 싱글 침대에 누워 핸드폰을 보고 있는 해영의 머리를 때렸다.

"아파. 몇 번을 말해. 사람 머리를 그렇게 때리면 안 된다고."

해영은 사람이 아니면 때려도 된다는 듯 말했고 그게 자기가 사람이라는 항변 같았다. 모자란 취급을 해서인지 해영은 퇴행하듯 점점 더 그렇게 돼가는 것 같았다. 해영은 누운 채로 고장 난 시곗바늘처럼 몸 전체를 반 바퀴 돌려 침대 헤드를 손으로 잡았다. 그리고 멈췄다. 백팔십오 킬로그램의 고도비만인 해영은 그런 일에도 결심이 필요했다. 남들보다 터무니없이 굳은 결심이.

침대에서 일어나는 일, 자신의 몸을 씻는 일, 화장실에 가는 일, 그 사이사이 숨 쉬는 일조차 그랬다. 태어난 이후로 해영은 언제나 심각하게 무거웠고 느렸다. 덕분에 해영의 인생도 무겁고 느려졌다. 학습이나 취업은 물론 연애에서도 해영은 대부분의 일반적인 속도를 따라가지 못했다. 해영은 걸을 때 거대한 자루처럼 몸을 질질 끌고 다녔다. 바닥이 터진 자루처럼 종일 음식물을 입으로 밀어 넣었지만 아무것도 가진 게 없다는 듯 텅 빈 눈을 할 때가 많았다.

오영은 해영을 이해할 수도, 이해하고 싶지도 않았다. 이해

가 가능한 범주 너머에 있는 것들처럼 오영에게 해영은 한 번
도 가보지 못한 먼 나라, 아무도 가본 적 없는 먼바다, 먼 우
주, 먼 미래처럼 무한히 확장하다 결국은 자신과는 상관없는
무용한 존재처럼 느껴졌다.

"집 좀 치우라고 내가 몇 번을 말해."

해영이 온 후로 매일 음식 포장지가 집 안을 돌아다녔다.
크게 숨을 한번 들이쉰 해영은 결심이 섰는지 침대 헤드를 지
지대 삼아 몸을 반쯤 일으켜 세웠다. 인천 집에는 곳곳에 해
영의 동선에 맞춘 안전바가 있었다. 그게 없으면 해영에게 집
은 온갖 부상이 난무하고 목숨을 잃을 수도 있는 살육 현장과
다름없었다.

"기다리면 내가, 내가 다 해."

쿵! 해영은 침대에서 바닥으로 대책 없이 몸을 날렸다. 커
다란 젤리처럼 몸이 출렁거렸다. 해영은 바닥에 손을 짚었다.
다음은 좀 수월했다. 앉은 상태에서 조금씩 몸을 끌며 거실로
이동했다. 집에서는 주로 걷는 것보다 그런 식으로 움직였다.
해영은 아주 거대한 연체동물처럼 느리고 지루하게 그 일을
했다. 살이 접히는 부분은 늘 축축한 분비물을 뿜었다.

그날 저녁 민석은 집 앞 편의점이라며 뭐 좀 사갈까, 라고
물었다. 오영은 해영을 보면 있던 입맛도 달아났다.

“맥주.”

어느새 다가온 해영이 핸드폰에 얼굴을 들이밀고 제부, 저는 눈알 젤리요, 라고 했다. 오영은 해영이 연습한 듯 그 말을 자연스럽게 하는 것이 징그러웠다.

“신경 쓰지 마.”

서둘러 전화를 끊었다. 해영은 늘 자기를 닮은 물컹하고 진득한 젤리를 좋아했다. 어렸을 때 그들이 다니던 초등학교 모래 놀이터에서 버려진 애벌레 모양의 젤리를 주워 먹던 해영의 모습을 오영은 지금도 잊을 수 없었다. 더러워! 버려! 라고 말하는 오영에게 왜? 깨끗한데? 라고 했다. 너는 그게 구별이 안 돼? 그날 오영은 해영을 버리고 혼자 집으로 돌아왔다.

라지 사이즈 피자 한 판을 다 먹고도 해영은 눈알 젤리와 과자를 입으로 쑤셔 넣었다. 오영과 민석은 술을 마셨다. 저녁 내 셋은 넷플릭스의 좀비 시리즈를 정주행했다. 학교에 좀비 바이러스가 퍼져 아이들을 모조리 물어뜯는 내용이었다. 좀비는 폭력 교사와 일진들뿐만 아니라 죄 없는 아이들까지 모조리 물어뜯었다. 좀비는 그게 구별이 안 되는 존재라고 오영이 말하자 민석은 아니라고 했다. 다 구별하면서도 죽일 사람이 너무 많기 때문에 시간이 없어 못하는 거라고 했다.

“그게 그거 아니야? 그리고 모두 죽이는 게 공평하지.”

오영은 웃었고 민석은 웃지 않았다.

"공평이 평화는 아니잖아?"

민석이 말했지만 공평하게 좀비는 자기 부모도 물어뜯었다. 해영은 좀비 떼가 달릴 때마다 그들이 마치 자기 쪽으로 쫓아오는 것처럼 몸을 흔들고 비명을 지르며 기괴하게 웃었다.

으흐흐 으흐흐흐.

웃을 때마다 해영의 엑스엑스엑스엑스엑스라지 면 원피스가 조금씩 올라가고 하얀 허벅지가 점점 더 많이 드러났다. 벌어진 가슴에 과자 부스러기가 지저분하게 걸려 있었다. 오영은 민석이 그걸 볼까 봐 신경이 쓰였다. 그만 먹어, 살쪄, 해영에게는 의미 없는 말이었지만 오영은 기어이 그 말을 했다.

시리즈가 중반으로 넘어갈 때쯤 오영은 민석과 눈빛으로 신호를 주고받고 화장실을 가는 척 둘만 방으로 갔다. 옷을 모두 벗지 않고 어둠 속에서 서로의 맨살을 더듬었다. 해영이 온 이후로 처음이었다. 민석의 거친 손이 오영의 티셔츠를 밀어 올렸다. 민석은 냄새만으로도 오영을 다 가질 수 있다는 듯 오영의 가슴에 얼굴을 파묻고 살냄새를 찾아 큼큼거렸다.

"오늘은 뭔가 더 야해."

민석이 말했을 때, 오영은 방문을 아주 조심스럽게 열 때 나는 소리를 들었다. 쩍, 찐득한 것을 밟을 때 나는 소리와 함께 광선검처럼 아주 좁은 빛이 새어 들어왔다 꺼졌다. 그들이 다시 거실로 나왔을 때 해영은 처음 그 자세 그대로 분별없는 좀비들을 보고 있었다.

"자고 가."

민석은 내일 아침 파주 인쇄소로 바로 출근해야 한다며 자정의 현관에서 신발을 신었다. 인쇄기가 늘 문제라고 말하고 갑자기 생각났다는 듯 주말에 경주 갈래? 라고 물었다. 경주에서 펜션을 하는 선배가 언제든 오면 방을 내주겠다고 했다고 말했다. 오영이 대답하기도 전에 해영이 끼어들어 가요, 가, 라고 했다. 민석은 자신의 계획에 해영은 없었다는 듯 그럼 방이 두 개가 필요한데, 라고 말하고 곤란한 표정을 짓다가 이내 얼굴을 폈다. 그래요, 그럼 다 같이 가요.

"뭐 하러 그래?"

오영은 그런 민석이 못마땅했다.

"좋을 거야."

오영은 순간 어둡고 작은 방에서의 이상한 흥분과 열기가 떠올랐다. 동시에 딱 그 거리에 해영을 두고 싶었다. 그게 해영의 자리고 더 이상 가까워지면 안 된다고 생각했다.

"다른 풍경을 보는 거잖아. 우리가 함께."

"모르면 가만히 있어."

그런 말이 입 밖으로 튀어나온 것이 당황스러웠다. 오영은 민석이 무슨 낌새라도 챌까 봐 성급하게 그를 현관 밖으로 밀

어냈다. 민석이 가고 난 뒤 해영은 경주를 다녀와야지만 집에
가겠다는 단서를 붙였다. 나를 데려가. 너는 그렇게 해야 해.
아니, 너는 그렇게 할 거야. 그리고 돌아오면 다시는 너를 보
지 않겠다고 했다.

"이번 생에는."

내색은 안 했지만 해영이 이대로 눌러 있을 가능성에 대해
오영이 느끼는 위기감은 커서 그 말은 진짜 협박 같았다.

그들이 함께 살 때도 해영은 습관적으로 여행을 가자고 했
다. 해영은 늘 그걸 원했다. 그때마다 오영은 귀찮은 듯 날이
풀리면, 봄이 오면, 이라고 대충 말했다. 해영을 두고 수학여
행을 갈 때도, 오영이 천안에 있는 대학에 합격해 기숙사에
들어갈 때도 그렇게 말했다. 그 말은 어릴 때 살은 모두 키로
간다는 말, 살 빠지면 예뻐진다는 말, 살 빼고 대학 가면 남자
친구가 생긴다는, 해영이 무수히 들었던 말처럼 진실과는 전
혀 상관없는 말이었다. 그렇게 몇 번의 봄을 보내고 언젠가
더 이상 봄을 미룰 수 없는 봄이 왔을 때 오영은 완전히 집을
떠났다. 이후로 오영은 해영의 전화를 받지 않았다. 틈을 주
면 언제고 대책 없이 비집고 들어올 해영의 마음이 버거웠다.

결과적으로 둘은 함께 여행을 간 적이 없었다. 고작해야 마
트나 집 앞 시민공원이 다였다. 그마저도 시식 코너 주변을
지날 때 느껴지는 의심의 눈초리 때문에 점점 발길을 끊었다.

공원에서도 해영은 특별히 이상한 사람이었다. 한번은 벤치에 나란히 앉아 있는 자매에게 다가와 이런다고 정상이 되지는 않아요, 애쓰지 마세요, 라며 무례하게 말하고 가는 사람도 있었다. 그때마다 해영은 아무렇지도 않게 넘겼지만 아무리 해도 오영은 아무렇지 않아지지가 않았다.

새벽까지 해영은 온몸을 출렁거리며 청소를 했다. 그럴 때 해영은 풍랑이 이는 먼바다 같았다. 엄마에게 전화를 했지만 그쪽도 멀기는 마찬가지였다. 오영은 남은 맥주를 마셨고 다른 풍경과 함께라는 말을 같이 쓰는 민석을 떠올렸다.

오영은 입시 전문학원의 사무 일을 시작한 이후, 민석을 일상처럼 마주해왔다. 학원에 필요한 물품이나 인쇄물을 제작해 일주일에 한두 번 민석은 오영이 일하는 사무실에 들렀고 그때마다 둘은 눈인사만 하고 지나쳤다. 민석의 눈이 늘 빨갛게 충혈된 것이 특이했지만 오영은 피곤한가 보다고 생각했다. 오영에게 민석은 젊은 나이에 만성피로에 시달리는 사람이었다. 두 달 전 실장은 학원 입구 아크릴 시간표 제작 비용 단가가 너무 세다며 오영에게 직접 만들면 어떻겠냐고 했다. 대형 학원이라 특강과 단기 강의가 수시로 개설됐고 그때마다 시간표는 시시때때로 교체됐다. 그걸 해주는 곳도 대한사무기기의 민석이었다. 제작된 시간표를 들고 와 민석은 늘 부착까지 꼼꼼하게 처리했고 일을 마치면 항상 오영에게 물었다.

"저…… 각도와 방향 좀 봐주세요."

똑같은 말을 반복해 듣던 어느 날 오영은 그 말이 자신을 봐달라는 말이라는 것을 알았다. 사실 게시물은 조금 틀어져도, 조금 내려와도 상관없었지만 오영은 매번 좋은데요, 라고 감탄했다. 그때 민석의 얼굴에 미세하게 번지는 어떤 마음을 오영은 봤다고 생각했고 봤다는 것을 말하지 않는 은밀한 기쁨을 누렸다. 하지만 이제는 그 말을 할 수 없게 돼버렸다. 게시판에 대한 통보 이후 대한사무기기는 그 건과 별개로 그동안 제작한 학원 홍보물과 인쇄물에 대한 디자인 시안비를 따로 받아야겠다고 했다. 그동안 무료로 해줬던 비용을 청구한 거였다.

"그럼 왜 지금까지 가만히 있었대!"

실장은 대뜸 화부터 냈다. 그 업체는 이제 안 되겠다고 말하고는 다른 거래처를 알아보라고 했다. 그날 오후 사무실로 찾아온 민석에게 오영은 커피를 사겠다고 했다. 고함량 비타민을 주기 위해서였다. 오영은 그걸 먹고부터 피로가 덜하고 머리카락과 손톱이 윤이 나게 건강해졌다. 빌딩 일층 이디야 창가 자리에 앉아, 민석은 불쑥 말했다.

"이상하잖아요. 안 내던 돈을 내야 한다는 건 내야 할 돈을 그동안 그냥 안 냈다는 뜻이잖아요. 근데 그게 계속 길어지니까…… 안 내도 되는 돈처럼 돼버린 거고."

오영은 말없이 고개를 끄덕였다.

"그러면, 앞으로도 안 내도 되는 돈이 되는 거죠. 영원히요. 내는 사람이 손해고, 바보고."

민석은 커피를 한 모금 마시고 컵을 천천히 내려놓았다.

"늘 그래요. 덜 가진 사람은 덜 가져도 되는 사람 취급받고, 손해 보는 사람은 계속 손해 봐도 되는 사람처럼 보이고."

그래서 늘 당하는 사람만 당하고 참는 사람만 참는다고 대한사무기기가 아니라 자기가 당한 것처럼 말했다. 오영이 물었다.

"그럼 그럴 때 민석 씨는 어떻게 해요?"

민석은 짧게 한숨을 쉬었다.

"참아야죠. 저는…… 진짜 잘 참아요."

오영은 그게 뭐냐고 말했지만 민석이 귀여웠다. 해영이 그럴 때 졸귀라고 하는 걸 떠올리자 민석도 그게 되는 사람 같았다. 아무렇지도 않은 사람. 늘 당하고 마는 사람. 그렇게 점점 사람들 사이에서 안 보이게 되는 사람. 둘은 같은 사람, 해영과 민석이 최소한 비슷한 사람이라고 생각했다.

그 주 주말에도 오영과 민석은 똑같은 자리에 앉았다. 아침 일찍 만나 이디야가 문을 닫을 때까지 있었지만 헤어질 때는 마치 오 분을 만난 것처럼 아쉬웠다. 그런 오영에게 민석은 우리가 전에 본 적 있는 것 같아요, 라고 수줍게 말했다.

"우리가요? 어디서요?"

오영은 그런 개수작을 진심처럼 하는 민석이 좋았다.

화장실 밖으로 나오자 민석이 소떡소떡과 회오리 감자, 피데기 오징어를 들고 수줍은 듯 서 있었다. 오영은 입맛이 없었다. 도착하면 밥부터 먹어야 하니까 조금만 먹자는 말을 민석이 하자 해영은 화장실에서 있었던 일은 벌써 잊고 천진하게 말했다.

"졸귀야. 너 싫으면 나 한다."

민석은 장난스럽게 황송하다는 눈빛을 지어 보였다.

"해영 씨도 졸귀예요."

오영은 둘이 잘 논다고 생각했다. 언제 이렇게 친해진 건지 어이가 없었다.

"니가 남자에 대해 뭘 알아? 모르면 가만히나 있어!"

오영이 신경질적으로 말하자 너만큼은 아니지만 나도 좀 안다고 새삼 눈치를 봤다. 해영은 유사 연애 전문가였다. 주로 카톡으로 이루어지는 연애는 프로필 상태에 연애 중, 헤어지는 중, 안녕 같은 말로 짐작할 수 있었다. 사진은 오영의 것을 갖다 썼다. 오영이 해영의 연락을 차단했던 시간 동안 해영은 그 일을 했다. 오영인 척. 오영을 가장해 오영이 됐다.

사랑을 했다.

처음 해영이 자신의 사진으로 랜선 연애를 한다는 것을 알았을 때 오영은 놀랐고 짧게 동정했다. 그때처럼 해영은 눈치를 보며 비굴한 태도를 보였다.

"미안해, 미안한데, 내가 그 방법 아니면 무슨 수로 남자를 만나!"

해영의 말이 오영은 여전히 불편했다. 해영은 늘 그런 식이었다.

간식을 먹는 짧은 시간에도 사람들은 참지 못하고 수군거렸다. 저게 사람이야? 저 몸으로 걸어 다닐 수 있다는 게 놀랍네. 부끄러운 줄도 모르고. 집구석에나 처박혀 있을 것이지. 이상하게 살이 찌는데도, 태어난 이후로 한시도 쉬지 않고 꾸준히 자신의 영역을 넓혀나가는데도 해영에게 삶은 언제나 존재보다 컸다.

"저런 사람을 알아. 언젠가 해외토픽에서 봤어. 오래 못 산대. 너무…… 불쌍해."

그런 말들이 추가될 때마다 민석의 눈이 약간씩 더 충혈되는 게 보였다. 운전을 너무 오래 한 것 같았다. 결국 그들은 제대로 먹지도 못한 채 자리에서 일어났다. 해영은 눈치를 보면서도 여전히 배가 고프다고 징징거렸다.

　　　　　　　　　　　*

　　민석은 고속도로에서 내려 비교적 한적해 보이는 국도변 식당에 차를 세웠다. 백반 정식을 기다리며 해영은 여기가 경주냐고 물었다.

　　"건! 천! 거어언 천!"

　　밑반찬을 내려놓던 식당 주인은 아이에게 하듯이 말했고 그게 화가 난 사람처럼 보였다. 주인은 경주까지 차로 가면 삼십 분밖에 안 걸린다고 했다. 휴게소를 들러 왔지만 건천은 생소한 지명이었고 그들은 경주를 코앞에 두고도 여전히 도착하지 못한 채였다. 식당 바로 앞은 도로였고 도로 반대편은 제법 폭이 넓고 긴 강이 흐르고 있었다. 나무들이 강 가운데, 물속에 잠겨 있었고 강가 쪽으로는 물이 모두 말라 있었다. 물을 찾아 나무들이 걸어 들어간 것 같았다.

　　"다이어트를 해. 뛰어. 뛰면 다 빠져. 게으르면 평생 그렇게 살아야 돼. 버러지처럼."

　　계산할 때 식당 주인은 대놓고 반말을 했다.

　　"저, 보기보다 잘 살고 있어요, 행복하게."

　　해영이 말하자 주인은 행복은 무슨, 이라고 빈정거렸다. 오영은 그도 참지 못하는 사람이라고 생각했다. 참지 못하고 더러운 것들을 다 쏟아내야 직성이 풀리는 사람. 해영은 참는 사람이었다. 평생에 걸쳐 그 일을 해야 하는 사람.

카드를 돌려받은 민석이 서둘러 식당 밖으로 나갔다.

"괜찮아?"

"응? 뭐가?"

"피곤해 보여서. 비타민 잘 먹고 있지?"

"그럼."

선배에게 전화하러 간 민석은 얼굴이 더 어두워져서 돌아왔다. 문제가 생겨 펜션에 묵을 수 없게 됐다고 했다. 자신은 이번 주라고 했는데 선배는 다음 주로 알았다고 했다. 잠깐 알아봤는데 주말이라 방이 없다고 다시 올라가는 게 좋을 것 같다며 난처한 듯 이마를 세게 문질렀다.

"인쇄소도 가봐야 할 것 같아."

두 가지 문제가 동시에 일어났다는 것이었다.

"거짓말이지?"

주차장에서 오영이 따져 묻자 민석은 그제야 사실대로 말했다.

"실은…… 못 참겠어."

"뭐?"

"미안, 더 가면 위험할 것 같아."

오영은 무엇이 민석을 불편하게 했는지 궁금했다. 잘 참은 민석이 어쩌다 못 참을 정도가 됐는지. 해영이 자신의 언니라는 게, 아니면 해영이 말도 못하게 뚱뚱하다는 게. 그것도 아니면…… 봉고차 때문인 것 같았다. 봉고차에 탈 때 해영이 했던 말 때문에 민석은 졸지에 성추행범이 될 뻔했다.

　아침 일찍 민석은 낡은 봉고차를 끌고 와 셋이 타기에 좁지는 않을 거라고 말했다. 오영은 민석이 차가 있다는 사실을 그때 처음 알았다. 파란색 도장이 된 봉고차 문짝에는 붙였던 스티커가 떨어진 자국이 그대로 남아 있었다. 누가 봐도 알 수 있게 유광이뉴텍이라고 떼어낸 글자가 오히려 선명했다. 그걸 읽고도 뭘 하는 곳인지 오영은 전혀 짐작이 되지 않았다. 봉고차에 탈 때 손을 잡아주려는 민석을 해영은 사납게 뿌리쳤다.

　"만지지 마요!"

　도와달라고 할 때만 도와주는 거야. 우리 같은 사람들을 무턱대고 도와주는 게 선의가 아니라고 정색했다. 절대 먼저 몸에 손을 대지 말라고 하자 민석의 얼굴이 급격히 어두워졌다. 뒤늦게 고비환우회에서 배웠다고 해영이 목소리를 누그러뜨리며 말했지만 민석의 얼굴은 밝아지지 않았다. 고비는 해영이 가입한 고도비만환우회를 말했다. 그곳에서 해영은 다이어트약 이백만 원어치를 구입했다. 일주일 동안 그 약을 먹고 해영은 응급실로 실려 갔다. 위내시경을 끝낸 의사는 도대체 뭘 먹었냐고, 위가 온통 검은색이라고 했다.

"몰랐어요, 만져서 미안해요."

민석이 말하자 해영은 고개를 끄덕였다.

"그런데 그걸 왜 해영 씨가 배워요?"

민석은 그건 다른 사람들이 배워야 하는 거 아니냐고 물었다. 그때 오영은 민석이 마음을 쓰고 있다고 생각했지만, 아니었다. 민석은 줄곧 참고 있었던 것뿐이었다. 어떤 존재가 어떤 존재를 참아주는 일이 얼마나 힘든지 오영은 차고 넘치게 알았고 그건 물을 찾아 강 가운데로 걸어가는 나무처럼 마음을 마를 때까지 쓰는 일이었다. 누구나 자기 일이 아닐 때는 쉽게 친절해질 수 있었다. 특별히 민석이 나빠서가 아니라고 오영은 사나워지는 마음을 다독였다.

"다음에, 아니 다음 주에 다시 오자."

"아니, 그런 일은 없을 거야."

대신 오영은 여기까지 왔는데 한 군데는 들렀다 가자고 했다.

"마지막으로 그거는 해."

해영은 식당 입구에 묶인 개를 쓰다듬으며 놀고 있었다. 개는 해영에게 꼬리를 흔들며 엉겼다. 민석이 문제가 생겨 바로 올라가야 한다고 하자 해영은 방 하나에 같이 자도 되는데, 라고 작게 말했다가 민석이 대답이 없자 이내 고개를 끄덕였다. 오영은 매번 해영의 봄이 이렇게 끝나는구나 싶었다.

민석이 그들 자매를 데리고 간 곳은 어이없게도 도로변의 모델하우스 앞이었다. 경주 중심 입지 타운하우스 분양관이라는 글자가 그들 머리 위에 떡하니 걸려 있었다. 주차장 반쪽은 시멘트가 말라가고 있었고 그 앞에는 대충 박스를 찢은 골판지가 양생 중이라는 글자가 쓰인 채 놓여 있었다. 조립식 건물은 정면을 제외하고 외부 골재가 마감이 덜 된 채 샌드위치 패널만 덧대져 있었다. 급하게 지어진 티가 역력한 모델하우스였다.

"지금 장난해?"

"미안. 내가 지금 좀 급해."

짧은 거리를 오는 동안에도 민석은 뭐가 마려운 사람처럼 안절부절못했다. 그런 민석이 또 너무 지치고 피곤해 보여서 오영은 더 따지길 포기했다. 해영은 상관없다며 그래도 경주에 지어질 거니까 경주나 다름없고 이것만 봐도 경주를 여행한 거나 마찬가지라고 말했다. 오영은 그런 해영을 보며 경주의 타운하우스가 왜 건천에 있는지보다 자신들이 무한 루프처럼 여전히 건천에 있다는 사실이 더 놀라웠다.

모델하우스는 입구부터 깨끗한 대리석과 화려한 조명으로 그들을 맞았다. 생각보다 사람들이 많아서 오영은 놀랐다. 떠

밀리듯 120A 타입이라고 적힌 곳으로 들어갔다. 최첨단 홈오토 시스템이 설치된 거실과 아일랜드 바와 인덕션이 설치된 넓은 대면형 주방이 나왔다. 주방과 연결된 곳으로 나가자 인조 잔디가 깔린 테라스가 펼쳐졌다. 그곳에는 전시용 바비큐 그릴과 릴렉스 체어가 오영을 기다리고 있었다. 홀린 듯 바라보는 오영에게 누군가 다가왔다.

"신혼부부시죠. 빨리하셔야 해요. 벌써 좋은 동과 호수가 빠져나가고 없어요."

상담 직원은 고개를 낮춰 오영의 귀에 입술을 갖다 댔다.

"이건 좀 그런데 워낙 프리미엄 단지라 계약하시는 분들도 다들 수준이 있으세요. 확고한 라이프 스타일을 가지신 분들 가운데 조용하게 삶의 여유를 즐기고 싶으신 분들이 많아요. 좀 전에는 유니스트 교수님 한 분이 계약하고 가셨어요. 아이가 아직 어려서 이런 곳을 꼭 찾고 계셨다고 말이에요."

그리고 쐐기를 박듯 보세요, 다들 여유와 재력이 있는 분들이세요, 라며 뿌듯해했다. 오영은 그 말을 건성으로 들었고 뽑힌 잡초처럼 앉아 있는 민석을 보며 이제 정말 가야겠다고 생각했다.

아악!

그때 모델하우스 안쪽에서 비명이 들렸다. 120B 타입이라고 적힌 곳에서 안내 도우미가 귀에 이어폰을 낀 채 뛰쳐나와 도움을 요청했다. 본능적으로 해영을 찾았지만 보이지 않았다. 모든 게 깨끗하고 잘 정돈된 곳에서 어떤 일이 일어날 것 같지 않았지만 오영과 민석은 그쪽으로 뛰어갔다.

해영은 안방 침대에 누워 뒤집힌 풍뎅이처럼 버둥거리고 있었다. 아무리 애를 써도 뒤집을 수 없는 패처럼 모든 것을 잃은 눈빛이었다. 그 눈빛은 아주 잠시 오영에게 머물다 힘없이 흩어졌다.

"이게 뭐 하는 짓이에요!"

오영에게 속삭이던 여자는 모델하우스의 책임자였다. 해영은 누운 채 불안하게 주위를 두리번거렸다. 오영은 지금 해영이 뭘 찾는지 알았다. 침대 헤드가 없었다. 아트월로 마감된 벽이 천장까지 이어져 있었다. 모든 게 다 있는 모델하우스에 해영을 위한 그 어떤 안전바도 없었다. 그 누구도 아닌, 벽에 부착된 삼십 센티미터 남짓한 핸드레일이 해영의 인생의 경사진 곳, 미끄러운 곳, 어두운 곳에서 항상 해영을 일으켜 세웠다.

집 안에 그걸 설치할 때 엄마는 누구나 인생에 한번쯤은 안전 손잡이를 붙잡고 일어나야 할 때가 온다고 말했다. 누구에게나 공평한 늙음과 그에 따른 질병을 직시하는 사람처럼, 자신이 필요할 때를 염두에 둔 것처럼 말하고는 해영이 아닌 오영에게 잡아봐, 라고 했다.

"뭐 해요? 저거 빨리 안 치워요!"

정장을 입은 남자들이 해영의 팔과 다리를 나누어 잡았다. 그 바람에 해영의 원피스가 올라가 팬티가 드러났다. 당황한 해영은 내려달라고 말했다. 사람들은 재미있는 장면을 놓치지 않기 위해 몰려들었다. 늘어난 치즈처럼 바닥에 닿을 듯 늘어진 해영은 자신을 놓아달라고, 제발 놓아달라고 울부짖었다. 할 수 있는 최대한 몸을 버둥거렸다. 그 바람에 그들은 해영을 떨어뜨렸다. 죄송합니다, 죄송합니다, 오영은 구경하는 사람들을 비집고 해영에게 가까이 갔다. 그럴수록 관중은 거대한 한 몸이었다. 오영은 빨리 이곳을 벗어나야 한다는 생각뿐이었다. 새삼 여행을 가겠다고 한 해영이 원망스러웠다. 옆에 있으면 매번 이런 식이라고 생각하며 민석과 함께 해영을 부축한 채 그들은 천천히 걸어 방을 나갔다. 그때 등 뒤에서 쿡, 쿡, 웃음소리가 들렸다.

"어디서 돼지비계 냄새 안 나?"

마음이 조급해졌지만 입구는 너무 멀었다. 나한테는 걷는 게 전속력으로 뛰는 거야, 언젠가 해영이 했던 말이 떠올랐다. 오영은 해영의 한 걸음 한 걸음이 새삼 삶은 안전하지 않다는, 언제든 넘어지고 깨질 거라는 경고 같았다.

"거기! 거기, 잠깐만요!"

그들이 중문을 넘으려는 순간 여자가 주방 바닥을 가리키
며 외쳤다.

"이건 전시 샘플이에요. 아무리 배가 고파도 그렇지!"

그것은 해영이 아침마다 먹는, 해영이 좋아하는 과자였다.
팬트리의 시리얼과 과자 봉지가 뜯어진 채 바닥에 사납게 떨
어져 있었다.

"우리가 그런 게 아니에요."

해영의 원피스를 털었다. 층층이 프릴이 흔들렸다.

"보세요. 부스러기 하나 없잖아요."

오영은 그 말을 아무도 믿지 않는다는 걸 알았다. 마음이
더 조급해졌다.

"이런 곳에 오면 다들 소파에 앉아보고 침대에도 누워보잖
아요? 스프링이 좋으면 같이 온 사람에게 너도 누워보라고
하고, 이런 집에 살면 좋겠다 얘기도 하고요? 그런데 그게 왜
문제예요? 뚱뚱해서요? 뚱뚱하면 남들이 다 하는 것도 하면
안 돼요? 당신들도 다 하면서 왜 우리만 안 되는 거예요?"

오영의 목소리는 갈수록 커졌고, 점점 울음이 섞이기 시작
했다.

"됐고! 그냥 나가요."

마치 쓰레기를 치우듯 여자는 말했다. 그 순간 오영은 믿어
주는 사람이 한 사람도 없다는 걸 깨달았다. 세상에 혼자 남

겨진 것처럼 외로웠다. 한 사람. 그 한 사람이 필요했다.

　기대를 걸고 오영은 해영을 돌아봤다. 당연히 보고 있을 것 같은 해영은 오영을 보고 있지 않았다. 대신 해영은 걷고 있었다. 한 점에서 다른 한 점에 도달할 때까지. 이번 생에서 출발해 다음 생에나 도착할 것처럼. 누구도 대신할 수 없는 자신의 속도로. 전속력으로.

　"해영아!"

　오영이 다급하게 불렀지만 대답이 없었다. 야! 이해영! 언니! 연거푸 불렀지만 해영은 한 번도 뒤돌아보지 않았다.

　오영은 문득 해영이 돌아보지 않고도 이 모든 것을 보고 있다는 생각이 들었다. '너도 내가 돼봐. 너도 당해봐.' 오영은 그 순간 자신이 해영이 된 것 같았다. 매번 오영의 사진을 고르고 갖다 쓴 해영의 기분. 하지만 오영은 끝까지 해영인 척할 수 없었다.

　"시시 티브이 확인해봐요."

　아무리 해도 오영은 아무렇지 않아지지가 않았다.

　"보여달라고요!"

　그때 민석이 조용히 오영의 팔을 잡았다.

　"그만하자."

　뭔가를 억누르며 말했다.

　"만지지 마!"

오영은 민석을 뿌리쳤다.

"다시는 내 몸에 손대지 마!"

오영은 괜찮아지지가 않았다. 계속해서 괜찮아지지 않았다. 마음은 끓는데 몸은 점점 더 무력해졌다. 몸속에 마음이 갇힌 것처럼 꼼짝을 할 수 없었다. 오영은 남은 힘을 다 끌어모아 모델하우스 입구에 놓인 기념품을 손으로 가리켰다.

"우리도 줘요!"

오영은 누구에게나 들려주는 그것을 공평하고 당당하게 받아내고 싶었다. 직원들은 질렸다는 표정을 지었다.

주차장에서 민석은 서울은 같이 못 가겠다며 택시를 불렀다. 오영은 상관없다고 대답했다.

"신경주역까지 가서 바로 KTX를 타. 난 봉고차 가져가야 돼. 절대 뒤돌아보지 마."

잠시 오영은 해가 지고 있다고 느꼈다. 웃고 있는 민석의 눈동자가 노을처럼 붉고 이상하게 빛났기 때문이었다.

"그리고 잘 생각해봐. 우리 만난 적 있어. 분명히."

그 말을 끝으로 민석은 돌아섰다. 택시 백미러로 모델하우스로 다시 돌아가 커다란 통유리 문의 자물쇠를 잠그는 민석의 손짓이 보였다.

"엄마는 왜 앙코르와트에 간 거야?"

오영이 묻자 해영이 대답했다.

"화양연화."

그게 그날 택시에서 나눈 대화의 전부였다.

*

서울역에 도착하자 엄마에게서 전화가 왔다. 덕분에 수술이 잘 끝났다고 다시 돌보는 마음이 되어 곧 해영을 데리러 오겠다고 했다. 오영은 무슨 수술이었냐고 묻지 못한 채 전화를 끊었다. 역사 천장에 걸린 화면에서 속보가 흘러나왔다. 건천에 위치한 모델하우스에서 원인을 알 수 없는 화재가 발생했고 임시 건물 특성상 순식간에 불길이 번졌다는 내용이었다. 대부분 탈출하지 못했고 인근 건물로도 불이 옮겨붙었다고 했다. 오영은 받아 온 각티슈에 적힌 모델하우스 이름과 화면에 뜬 사고 현장의 이름을 확인했다. 일치했다.

그 순간 낮고, 이상한 웃음소리가 들렸다.

"으흐흐…… 으흐흐흐……"

해영이었다. 어지러운 발자국 뒤로 양생 중이던 주차장 일부가 뭉개진 채 지나가는 화면을 보며 해영은 기괴하게 웃고 있었다. 뉴스를 보느라 사람들은 해영의 웃음소리를 듣지 못했다. 소리는 조금씩 커졌다가 줄었다가 강물처럼 퍼졌다.

오영은 탄식하는 사람들 사이에 앉아 불길에 휩싸인 건물을 바라보다, 천천히 핸드폰을 꺼냈다. '인도네시아'가 먼저 떠올랐지만 오영이 입력한 단어는 '유광이뉴텍'이었다.

2012년 유광이뉴텍은 저렴한 임금과 낮은 규제의 인도네시아로 공장을 이전했다. 그 과정에서 70퍼센트 인원 감축이라는 무리한 정리해고가 있었고, 구내식당의 비정규직 여성들이 가장 먼저 잘려 나갔다. 해영이 다녔다면 그보다 앞이었을 것 같았다. 오영은 그에 반발해 본사 계단을 점거해 단식 투쟁을 벌인 노조 기사와 2015년 인도네시아 현지 공장 화재 기사도 찾았다. 유독가스 위험에도 불구하고 피해는 없었다는 내용이었다. 대신 불이 나자 본사 직원들을 태운 봉고차가 터널에서 전복됐고, 모두 사망했다는 짤막한 뉴스가 전부였다.

더 이상의 기사는 없었다. 한 인터넷 신문 댓글만이 흔적으로 남아 있었다.

"카사블랑카 터널일 거임."

오영은 그 터널을 검색했다. 남부 자카르타, 롯데 쇼핑몰에서 카사블랑카 몰로 가는 길에 위치한 지하도로. 개발 전 그 일대는 거대한 공동묘지였고, 귀신 목격담이 끊이지 않았다고 했다.

교통사고를 유발한다는 붉은 귀신의 이름은 '한투 메라'.

하지만 민석은, 그런 이름은 아닐 것 같았다. 민석의 눈동자가 떠올랐다. 노을처럼 붉고, 이상하게 빛나던.

"절대 돌아보지 마."

그가 마지막으로 남긴 말이, 무언가를 가리키고 있었던 건 아닐까. 오영은 핸드폰을 쥔 채, 한참 동안 터널과 모델하우스, 그리고 까맣게 탄 차와 불길들, 이름 없이 사라진 장소와 사람들을 막연하게 떠올렸다.

초등학교 때 해영은 아이들이 일부러 바닥에 던져준 젤리를 개처럼 주워 먹은 적이 있었다. 놀이터에서 오영은 젤리 앞에서 망설이는 해영과 눈이 마주쳤고 그대로 집으로 달려왔다. 멍청한 게, 그러니까 당해도 싸. 엄마는 오영의 뺨을 때렸고 당장 언니를 데려오라고 했다. 오영은 놀이터로 다시 돌아갔고 그곳에서 태연하게 그네를 타고 있는 해영을 보고는 그대로 다리에 힘이 풀려 주저앉아 울었다.

"울지 마. 난 민석이야."

그런 이름이었을까. 그날 줄곧 오영과 해영을 바라보던 아이가 있었고 그날 이후 해영을 괴롭히던 아이들이 무슨 이유에서인지 모두 사라졌다는 것이 불현듯 떠올랐다. 한 번도 궁금해하지 않았던 어렴풋한 진실이 오영을 그곳으로 데려갔다.

여름이었고 버찌들이 보라색 멍 자국처럼 뭉개져 있는 시멘트 계단에 아이는 서 있었다. 미지근한 바람이 불었고 벚나무의 그림자가 무성한 존재감을 드러냈다는 것이 기억났다.

학교 건물 전체가 움직이는 것 같았고 나무가 운동장을 다 차지할 것처럼 하늘을 뒤덮자 아이의 손에서 돌멩이 하나가 툭, 하고 떨어졌다.

어느 순간부터 그들은 나란히 앉아 있었다. 운동장 구석에 길게 다리를 뻗고 있는 그네의 그림자가 완전히 사라질 때까지 그들은 그곳에 있었다. 밤이 오고 어둠 속에서 새들이 한꺼번에 날아오르자 어린 오영은 학교에 산다는 귀신이 떠올라 조금 무서웠고 어디에서나 그들을 지켜보는 눈이 있는 것 같았다.

대낮처럼 환한 이층 대합실에서 내려다보자 발밑에는 이미 밤이 홍건했다. 도로 건너편 담벼락에 덩굴식물들이 목을 뒤로 꺾은 채 어둠 속에서 길게 머리를 내리고 있는 게 보였다. 어둠의 그림자를, 그 어두운 마음을 모두 끌어다 천천히 손을 뻗어 바닥을 짚고 일어설 것 같은, 그런 보이지 않는 것들이 선명해졌다.

오영은 자신을 쳐다보던, 내내 마음을 불편하게 했던 해영의 눈빛들을 떠올렸다. 그건 망설임의 눈빛이 아니라 두려움과 간절함과 원망이 뒤섞인 눈빛이었을까. 서로 미처 이해하지 못했던 눈빛. 다가가지도 끝내 외면하지도 못했던 그날 이후 그 눈빛은 사라졌다. 기대를 버렸기에 가능한 일이었다.

하지만 어둠을 자세히 들여다보면 그곳에 어둠만 있는 게 아니란 것을 알 수 있는 것처럼 줄곧 서로를 밀어냈지만 어떤 방식으로든 서로를 보고 있었다는 생각이 들었다.

뒤늦게 민석에게 전화를 했지만 받지 않았다. 민석은 아주 먼 곳에 있는 것 같았다. 아주 먼. 이번 생에서 출발해 다음 생에나 도착할 것 같은 먼바다나 풍랑이 이는 먼 우주, 한 번도 가본 적 없는 먼 미래에. 오영은 아득한 거리 속에서도 어떤 것들은 오히려 가까이 다가와 있는 것 같았다. 우리가 누군가를 지켜주고 싶어 하는 건 그 사람을 다 이해해서는 아닐 것이다.

어두운 그늘 아래 덩굴이 다시 자라났다. 아무 말 없이, 그저 땅을 덮고 있었다. 오영은 문득, 오래전 운동장에서처럼 누군가 자신을 보고 있다는 기분이 들었다. 돌이 떨어지는 소리가 났다. 아주 멀리서. 아무도 없는 바닥 어딘가에서.

해영은 가만히 있었다. 더는 웃지 않았고, 울지도 않았다.

그들은 오래전처럼 나란히 앉아 있었다.

그저 함께 있는 것만으로도 어떤 마음은 조용히 생겨나는 듯했다.

우리의 차와
미래의 문장들

"음식이 너무 많아."

자정이 지나 보숭은 은영에게 전화해서 밥을 먹으러 오라고 했다. 킹스턴에서 그들은 자주 음식에 대해 말했지만 은영은 그런 식은 아니었다고 기억했다. 처치 곤란의 것들이 아니라 한국은 지금쯤 뭐가 철이겠다는 식으로 어떤 허기를 음식으로 치환시켜 향기롭게 말했다. 타국의 향수병에 걸린 늙은 이들처럼 돌아온 후에도 한동안은 그랬다. 하지만 막상 만나서는 국적을 알 수 없는 프랜차이즈 음식을 먹기 일쑤였다. 봄 쭈꾸미, 여름 향어, 가을 전어, 겨울 빙어, 봄 도다리. 겨울 무나 봄 미나리처럼 여리고 향기로운 물 냄새가 나는 것들을 어디에 가면 먹을 수 있는지 그들은 잘 몰랐다. 몰라서 말만 했다. 다음에는 꼭 제철 음식을 먹자고 말하고 헤어졌다. 그래서 장례식장에서 보숭과 함께 밥을 먹는다면 은영은 그게 처음일 것 같았다. 제철은 아니지만 제대로 장소에 맞는 음식, 누군가 죽으면 함께 먹는 음식, 무가 흐물하게 익은 빨갛고 뜨거운 소고기 뭇국, 뭉근하게 삶은 시래기 된장국, 장례식장에서 먹으면 살 것 같은 음식, 사는 동안 어땠을지 모르지만 그걸 먹으면 모두가 보편의 죽음으로 흘러갈 것 같은 음식들. 함께 먹으면 그동안 시달렸던 모든 허기가 일순 달아나고 뱃속 깊은 곳에서부터 따뜻한 포만감이 그들을 몇 번이라도 다시 살게 할 것 같은 음식들. 은영은 알겠다고, 가겠다고 말하고 서둘러 전화를 끊었다.

누나는 사고사라고 했다.

늦은 저녁 장례식장에 도착한 은영은 좀 헤맸다. 장례식장은 종합병원 지하에 있었는데 입구가 달라서 은영은 음료 자판기와 커다란 벚나무가 있는 휴게공간을 지나 주차장 쪽으로 다시 돌아 나와야 했다. 날이 추워 상복을 입고 담배를 피우는 사람들의 한쪽 손이 모두 호주머니 속에 들어가 있었다. 모두 그렇게 있으니까 애매하게 웃겼다. 그럴 때, 정확하게 어떻게 해야 하는지 모르겠어, 감정과 표현이 꼭 연결되는 건 아닌 것 같아, 언젠가 보숭이 한 말이 떠올랐다. 그런 생각을 하면 다 곤란해진다고 말했다.

은영은 보숭과 달라서 지하 장례식장 안에서 방향을 몰라 곤란했다. 보숭이 누나의 이름을 몰랐다. 전화를 걸자 보숭은 특유의 무덤덤한 소리로 특1호라고 했다. 특실이라는 뜻일까, 1호는 뭐지, 은영은 그게 중국집에서 음식을 주문할 때 쓰는 말 같았다. 장례식장 공용 로비는 중국집보다는 회전 교차로에 가까웠고 엘리베이터에서 내린 사람들은 사방으로 흩어졌다.

로비 중앙에는 조의금 봉투와 붓펜이 놓인 테이블과 천장에서 내려온 안내 모니터가 있었는데 어떤 죽음처럼 화질이 유난히 선명했다. 화면에는 상주와 미망인, 자, 손들의 이름과 입관 날짜와 시간, 발인, 장지에 대한 정보가 비교적 자세히 나왔다. 이름만 바뀐, 비슷비슷해 보이는 정보들이 차례로 떴고 보숭이 누나 차례가 되자 비교적 짧은 가족 관계가 떴을 뿐이었다. 자도 손도 없는, 보숭이 누나의 아래쪽 빈칸에는 세 송이의 국화가 떠 있었다.

사람들이 꽃을 표현할 때 싱싱하고 아름답다고 한다는 걸 감안하더라도 모니터 속 국화는 그랬다. 싱싱하고 아름다운 보숭이 누나가 살아내야 했지만 살지 못한 여백을 그렇게 처리한 모양이었다. 그리고 그게 이번 생에서 보숭이 누나의 마지막 정보 같았다.

은영이 수업을 나가는 학교 서류에도 그런 여백이 많았다. 은영은 지난해 봄 방과후 외부 강사 계약서에 사인을 하지 말고 공란으로 비워두라는 말을 들었다. 일주일 후 수업 시간이 다시 재조정되어 추후 공지가 발송될 예정이라는 수업 연기 문자가 왔다. 두 달 뒤에는 학교 예산에 따라 해당 방과후 수업 개설이 전면 취소됐다고 했다. 계약서는 공란인 채로 영구 폐기됐다. 은영은 미안하다는 말도 듣지 못했다. 항의하고 싶었지만 그러면 내년을 기약할 수 없을 것 같아 그런 마음도 공란인 채로 비워둬야 했다.

은영은 꼬박 일 년 동안 수업이 없었다. 이미 타학교들도 계약을 모두 마친 상태라 다른 일도 찾지 못하고 모아둔 돈을 모두 소비했다. 은영은 핸드폰 요금제를 데이터 무제한에서 기본 제공으로 바꿨다. 부식비를 줄여볼 생각으로 다이소에서 직사각형 다용도 화분을 사서 상추와 치커리, 방울토마토를 심었다.

"물만 잘 주면 돼요."

키우기 어렵냐는 말에 재래시장 모종 가게 남자는 그런 말은 처음 듣는다는 표정으로 말했다. 그의 말과 달리 상추와 치커리, 방울토마토는 잘 자라지 않았다. 열심히 물을 줬지만 잎 가장자리가 누렇게 떴고 고개가 힘없이 처졌다. 은영은 그게 그 여름 자신의 상태 같았다. 마트에서 잘 포장된 싱싱한 상추를 사면서 알 수 없는 배신감이 들었다. 불판 위에 지글거리는 고기를 덜 먹었다. 은영에게는 지난해가 가장 어려운 한 해였다. 아니, 특별한 일 없이 아르바이트를 하던 보숭은 더했을 것 같았다.

은영은 보숭이 종종 부모님의 분식집에서 일하는 것을 알았다. 배민과 요기요에 동네 배달업체로 등록하고 나서 가게 매출이 조금 늘었다고 했다. 요즘은 사람들이 매장보다는 배달을 선호한다며 주말같이 바쁠 때는 직접 배달을 간다고 했다. 차도, 오토바이도, 자전거도 없는 보숭은 음식이 식을까봐 배달 봉투를 가슴에 안고 뛴다고 했다. 한 번도 본 적은 없지만 아파트 단지 사이를 뛰어다니는 모습을 은영은 생생하게 그릴 수도 있었다. 겹쳐 입은 무채색의 옷과 접어 신은 몇 년 된 캔버스화 같은 것들, 오래 웃거나 오래 찡그린 적 없이 건조하게 단련된 표정 같은 것들. 가끔 보숭은 자기가 지키려는 온기가 너무 보잘것없는 게 아닐까 생각한다고 했다. 상한 옷감처럼 잘 빨고 말렸는데 어찌할 수 없는 낡은 표정으로 그런 말을 했다.

"식는 건 너무 금방이거든."

"식어?"

"응, 뭐든 너무 쉽게 식잖아."

은영은 그 말이 꼭 불에 데인 자국 같았다. 시간이 지나도 생생한 상처의 환부 같은 말이라고 생각했다. 당시에는 안 뜨거웠는데 시간이 지날수록 점점 더 뜨거워지는 일이 누구에게나 있는 것 같았고 화면에 뜬 가족들의 이름도 보숭에게는 그렇게 남을 것 같았다. 언젠가 기억하기 위해서가 아니라 잊지 않기 위해서 보숭이 이 이름들을 부를 것 같았다. 뭔가가 식기 전에 은영은 보숭이 누나와 부모님들의 이름을 천천히 소리 내 읽었다. 모두 처음 듣는 낯선 이름이었다.

호명 받은 이름들은 모두 대답이 없었다. 은영은 보숭과 그래도 꽤 오랫동안 친구였고 집안 사정도 대충은 알고 있었다. 그러다 마찬가지로 보숭이 자신의 부모님 이름을 알 턱이 없다는 사실을 깨달았다. 알 수도 있지만 굳이 알 필요는 없는, 이름이라는 것이 꼭 그렇게 광범위하게 불리는 것은 아닐지도 몰랐다. 그것보다는 보숭이 부모, 보숭이 누나 등의 역할로 규정되어 불릴 경우가 더 많았을 것 같았다. 학교에서는 학생, 버스에서는 기사님, 식당에서는 여기요, 라고 부르는 것처럼 더 쉽고 편한 쪽으로 불렸을 것 같았다.

그건 너무 쉬운 선택이 아닌가.

은영은 줄지어 선 화환이 있는 곳으로 재빨리 발길을 돌렸다.

어떤 날을 그런 식으로 기억해도 되는지 모르겠지만 아직 누나가 죽기 전인 지난달, 은영은 고인 물에 낀 이끼를 보며 청계천을 걸었다. 물가에 그림자를 드리운 버드나무가 앙상해서 바람에 쉽게 흔들렸다. 물에서 심한 비린내가 났다. 그날 은영은 보숭을 만나 익선동의 돈가스 집에서 둘이서 네 가지 메뉴를 주문해 맥주를 마셨다. 다 먹고는 천천히 광화문 쪽으로 걸어가 글판을 봤다. 보숭과 은영은 만나면 주로 밥을 먹고 술을 마셨는데 일차와 이차 중간에 갈 수 있으면 교보생명 빌딩에 들러서 문장을 읽었다. 그건 일종의 코스였는데 둘 다 차가 없어서 만나면 자주 걸었고 우연히 한번 지나친 것이 자주 그렇게 된 거였다. 일반적으로 본사 사옥에는 기업을 대표하는 슬로건이나 광고가 붙었는데 광화문 글판은 삼십 년 넘게 문장을 걸었다. 그 사실을 은영은 조기 유학에서 돌아온 해에 알게 됐다. 문장은 계절이 바뀔 때마다 달라졌다. 그날은 아주 크고 짧은 문장이 어두운 하늘에 걸려 있었다. 보숭은 참 좋다고 했다.

"어떻게?"

은영이 묻자 일부러 음절을 띄워서 차, 갑, 게 따, 뜻, 해라고 했다. 그게 뭐야? 그렇게 말했지만, 끝과 끝 같은 다른 말이었지만 은영은 알 것 같았다. 은영은 문장이 어두운 하늘에서 빛처럼 내려오는 것 같았다. 세상에는 좋은 말이 많고 그걸 문장으로 쓰는 사람이 있어 다행이라고, 약간 술에 취해 은영이 말하자 작정한 사람처럼 보숭이 네가 한번 써보는 게 어떻겠냐고 했다.

"내가?"

은영은 문장을 쓰는 사람이 아니었다. 흔한 일기조차도 초 등학교 이후로 써본 적이 없다고 말하자 보숭은 그러니까 이 제부터 써보라고 했다. 해봐, 일기도 괜찮을 것 같다고 말하 며 누가 아냐고 했다.

"네 문장이 미래에 저기 걸리는 날이 올 수도 있잖아."

보숭이 기분 좋게 말했다. 검은색 패딩 점퍼 위에 다시 유 니클로 회색 패딩 조끼를 입은 보숭을 보며 은영은 보숭의 말 이 순서를 모르는 농담일 거라고 생각했다. 그러면서도 은영 은 미래의 문장을 머리 위에 두고 걸었다. 바람이 찼고, 발이 몹시 찼지만 은영은 이상하게 마음이 안 찼다. 너무 많이 먹 어 이제는 들어갈 자리가 없다고 배를 두드리며 둘은 이자카 야로 자리를 옮겨 또 연근 튀김을 아주 많이 먹고 헤어졌다.

복도의 근조화환은 모두 벌을 서는 사람들 같았다. 벌을 서 면서도 웃고 떠드는 사람들처럼 국화는 모두 싱싱하고 꽃잎 은 풍성했다. 삶의 바깥으로 영원히 쫓겨난 줄도 모르는, 어 쩌면 보숭이 누나 같았다. 하지만 그게 모두 보숭이 누나의 화환이 아니라는 것을 은영은 특1호에 닿기도 전에 알았다. 특1호는 오른쪽에서 또 오른쪽으로 꺾어지는 복도 가장 안쪽에 있는 장례식장이었는데 화환은 한참 앞에서 끊어졌다. 복도 중간에 화환의 주인인 듯한 장례식장은 특2호였고 신발장에 다 들어가지 못한 신발들이 마치 좁은 입구를 밀치고 들어가려는 사람들처럼 엉겨 있었다. 은영은 그가 살아 있는 동안 힘이 있는 사람이었을 것 같았다. 반면 보승이 누나의 빈소는 입구부터 조용했다. 너무 조용해서 버려진 무덤이 떠오를 정도였다.

은영이 들어가자 특1호가 한꺼번에 이해되는 넓은 접객실이 나왔다. 자리는 많았는데 사람은 거의 없었다. 마흔 개 정도 돼 보이는 테이블에는 횟집에서 쓰는 얇은 불투명 비닐이 깔려 있었고 주방으로 보이는 곳에는 반찬이 담긴 쟁반이 기술적으로 쌓여 있었다. 아마 사람들이 한꺼번에 몰릴 경우를 대비해 미리 준비해둔 모양이었다. 멀리서 봐도 안쪽 분향소는 꽃으로 휘감아 화려했고 상주 자리는 촘촘한 가벽에 가려 잘 보이지 않았다. 보승은 보이지 않고 음료 냉장고 옆에 바짝 붙은 테이블에 앉아 누군가 게걸스럽게 음식을 먹고 있었다. 은영이 들어가자 인기척을 느낀 남자는 앉은 채로 등만 돌려 은영을 쳐다봤다. 보승과 전혀 닮지 않았지만 보승과 비슷한 어딘가 축축한 분위가 느껴져서 낯설지 않았다. 은영은 살아 있는 보숭의 가족이 있다는 당연한 사실이 반가웠고 그가 이렇게 와줘서 고맙다고 할 것 같았지만 아니었다.

"여기가 어디라고 왔소!"

대뜸 그렇게 말해서 은영은 놀랐다. 아무래도 장례식장을 잘못 찾은 것 같았다.

"여기가 어디라고!"

더 구경할 게 남았소! 신나서 깨춤 추며 왔소! 말을 할 때마다 남자는 위협적으로 한쪽 가슴을 내밀었다. 얼마나 열심히 밥을 먹었는지 인중에는 땀이 고여 있었고 입술에는 빨간 국물이 번져 있었다.

"아니……"

은영의 말을 자르고 남자는 다시 노려보더니 원망하듯 물었다.

"혼자 왔소! 왜 혼자 왔소! 왜 이제 왔소!"

다그치는 말을 계속 듣자 당황스러움이 순간 미안함으로 바뀌었다. 왜 그런지 모르겠지만 혼자 와서 미안했고, 이제 와서 미안했다. 하지만 정확하게 뭐가 미안한지 몰랐다.

"저는…… 그런 사람이 아닌 것 같아요."

은영은 조심스럽게 말하자 남자는 그제야 해움어린이집에서 온 선생 아이오? 라고 했다. 그는 아니요? 를 아이오? 라고 말했다. 은영은 영화에서 그렇게 말하는 사람, 연변 사람,

조선족을 본 적이 있었다. 그는 그런 사람 같았다. 은영은 재빨리 아이오를 아니요로 받았다. 보숭이 친구라고 했다. 그러자 그는 뭔가 아쉽다는 듯 시선을 멀리, 입구 신발장을 지나 복도 쪽으로 옮겼다.

"그 사람들이 온 줄 알았지비."

그는 등을 돌려 다시 밥을 먹었다. 은영은 그가 누군지, 보숭이 삼촌인지, 사촌 형인지, 보숭이 누나 애인인지 궁금했지만 그는 이미 은영에 대한 관심을 꺼버린 후였다. 그건 은영이 어린이집에서 온 사람이 아니어서였다.

진짜 어린이집 선생님은 보숭이 누나였다.

언젠가 보숭과 얘기 끝에 은영은 누나가 아이들과 함께해서 좋겠다고 한 적이 있었다. 말랑말랑한 젤리 수영장에서 수영을 하는 기분일 것 같다고 했다. 그때 보숭은 은영에게 정색하고 어린이집에는 어린이만 있는 게 아니라고 했다. 어린이도 다 같은 어린이가 아니라고 말하고는 쉬운 일이 아니야, 잘라 말했다. 그때 무심한 보숭이 누나에 대해서만은 무심하지 않게 길게 얘기해서 은영은 오래 기억에 남았다.

은영이 보숭이 누나에 대해 아는 것은 대부분 그런 식으로 알게 된 정보였다. 보숭이 누나는 전문대 유아교육학과를 졸업하고 바로 어린이집에 취직했다. 평균 학점이 4점대였을 정도로 성실했고 교우관계도 두루 좋았다. 동기들 중 가장 먼저 국공립어린이집에 취직이 되어 많이 들떠 있었다고 했다. 하지만 채 한 달이 안 돼 보숭이 누나는 그만두고 싶어 했다. 아침 차량을 돌고 아이들과 일과가 시작되면 벌써 피곤해. 누나는 중간중간 학부모와 원장의 사소한 요구들을 체크하고 처리해야 했다. 배변 훈련 중인 아이들이 급하게 화장실에 가다 바지에 똥이나 오줌을 싸는 경우가 많았다.

"밥을 먹을 때 그러면 좀 그래."

보숭의 식구들은 그래도 일이니까, 그게 일이니까, 일은 다 그런 거니까, 라고 말했다. 다음 날이면 누나는 아무 일도 없었다는 듯 다시 출근했고 아이들과 같이 노래를 부르고 동화책을 읽고 한글을 가르쳤다.

"겨우 점심을 먹고 아이들을 재우면 꼭 한 아이가 안 자. 좀비처럼 돌아다니면서 다른 아이들을 깨워."

그럴 때는 같이 누워서 다독이다가 깜박 잠이 든다고 했다. 하지만 대부분은 아이들이 잠든 시간에 일과 수첩을 정리하고 하원 준비를 해야 해서 더 바빴다. 서른 군데 정도를 거치는 하원 차량을 돌고 나서도 누나는 집에 올 수 없었다. 원에는 서류 정리가 많았다. 평가인증이나 여름 학교, 재롱잔치 등 원 행사가 있을 때는 매일 새벽이 돼서야 돌아왔다는 누나는 이제 영정 사진 속에서 혼자 웃고 있었다. 어디에도 보숭은 없었다.

　은영은 빈소에서 남자가 있는 객실로 나가고 싶지 않았다. 뭔지 모르게 불편했다. 그렇게 보숭을 기다리다 지칠 때쯤 은영은 단을 쌓은 제단 옆으로 난 방문을 발견했다. 한동안 문을 쳐다보다가 은영은 문득 방문을 열면 그 안에 관이 있을 것 같다는 생각이 들었다. 그리고 그걸 확인하고 싶었다. 거기에는 어떤 기대가 있었는데 삶과 죽음에 숨겨진 어둡고 그늘진 비밀을 엿보는 일이 가능할 것 같았다. 은영은 아무도 모르게 살짝 열어보고 닫아버릴 생각으로 빈소를 한번 둘러보고는 얼른 손잡이를 돌렸다.

　그래도 되나 싶게 문은 쉽게 열렸다. 생각지도 못한 환한 빛이 은영에게 쏟아져 내렸다. 너무나 이승 같은 방에 형광등 불빛이 하얗게 떠다녔다. 그리고 그곳에, 너무나 천연덕스럽게 보숭이와 보숭이 부모님이 커다란 침대 위에 나란히 누워 있었다. 검은 양복에 검은 상복을 입고 있어 동그란 얼굴만 유난히 선명했다. 은영은 그런 것을 본 적이 있었다. 물속에 누워 얼굴만 내민 검은 돌들.

　"어, 왔어."

　보숭은 그렇게 말하며 일어났다.

　"우리가 너무 쉬었나?"

보숭이 부모님도 천천히 느릿느릿 몸을 일으켜 세웠다. 은영은 그때 보숭이 부모님을 닮았다는 것을 알았다. 평소 급한 것도 문제 될 것도 없는 느긋하고 태평한 성격이 어디서부터 시작됐는지 알 것 같았다. 은영에게 누나의 부고를 알리면서도 보숭은 그랬다. 그래도 되나 싶게, 혹시 친누나가 아닌가 싶게, 흔한 사고라고 했다. 어린이집에서 늦은 밤까지 일하다 집에 오는 길에 교통사고를 당했다고 했다.

"재수 없게 누나가 거기 있었던 거지."

은영은 보숭의 말에 놀랐다. 보숭이가 너무 안 놀라고 안 당황해서, 은영은 대신 울었다. 그러자 보숭은 한참을 듣고만 있다가 누가 들으면 너네 가족이 죽은 줄 알겠다고 어이없어 했다. 은영은 또 그런 보숭이가 어이없어서 너는 괜찮아? 묻자 아주 천천히 나도 많이, 하고는 말을 고르는 건지, 감정을 고르는 건지 모를 머뭇거림을 흘려보내고는 됐다고 했다. 그리고는 또 한참을 있다 올래? 라고 했다.

"어디를?"

"그게 그냥 보내기가 섭섭해서."

은영이 듣기에 보숭은 그 말을 집에 오는 사람한테 뭐라도 들려 보내는 노인네처럼 했다. 섭섭해서.

은영이 향을 피우고 절을 하는 동안 보숭이 어머니는 옷고름을 다시 매고 머리를 만졌다. 보숭은 그런 어머니의 삐뚤어진 흰색 머리핀을 다시 고정해줬다. 그리고 일 대 삼으로 마주 보고 서서 서로 절을 했다.

"와줘서 고맙습니다."

보숭이 아버지가 말했다. 은영은 뭔가 큰일을 한 것 같았다. 의례적인 인사가 아니라 정말 자기가 와서 보숭이도 부모님도 기뻐하는 것 같았다. 그래서 은영은 아주 잠깐 이상한 생각을 했다. 보숭이 누나 자리를 지금 내가 채우고 있는 건 아닐까. 앞으로 그렇게 되지 않을까. 우리 사이를 더 단단하게 묶어주는 것이 아닐까. 아닌 것 같았다. 은영은 보숭이 누나처럼 잘 웃는 사람이 아니었다. 말하자면 보숭이에 가까운, 덜 느끼는 쪽에 가까워서 한 달에 서너 번을 만나도 그들은 몇 년째 친구였다. 지금과 달리 킹스턴으로 조기 유학을 가는 경우가 드물었고 서로를 모르는 게 더 이상했다. 그러니까 친구가 안 되는 게 더 이상한 상황 때문에 그렇게 된 것이지 의지가 있었던 건 아니었다.

은영은 일 년 반을 킹스턴에서 보냈다. 보숭은 조금 더 길게 있었다. 캐나다는 9월에 1학기가 시작하고 2학기는 1월에 시작됐는데 은영이 생각나는 건 눈뿐이었다. 아는 것이 눈뿐이라 그랬는지도 몰랐다. 오후에 데이케어센터를 갈 때나 주말에 한인 교회를 갈 때면 쌓인 눈이 쩍쩍거리는 소리를 내며 가지를 꺾어서 걸을 때도 늘 조심해야 했다. 은영은 잘 넘어졌다. 그냥 넘어진 것이 아니라 발라당, 엉덩이가 얼굴을 가릴 때도 있었다. 몇 번 그런 은영을 보고도 보숭은 못 본 척했다.

"그냥 웃어!"

은영이 부끄러울까 봐 그랬지만 그래서 은영은 더 부끄러웠다. 겨울 바지를 사기 위해 루츠 매장에 갔다 오는 길에는 눈 위에서 피 묻은 동물 발자국을 발견한 적도 있었다.

은영이 돌아올 때쯤에 킹스턴 외곽의 오래된 건물들이 햇빛을 받으면서 쌓인 눈들이 서서히 흘러내렸다. 면세점 사업에 투자했다 실패한 은영의 부모는 서로에게 책임을 전가하며 이혼했다. 그 모든 절차가 끝난 후 은영은 완전히 다른 아이가 되어 돌아왔다. 한국으로 돌아와서도 여전히 아는 사람이 하나도 없다는 것은 마트나 서점을 가도 늘 적응 중이라는 기분에 시달리는 일이었다. 은영은 가끔 보숭을 생각했다.

얼마 후 보숭도 돌아왔다. 보숭은 넉넉지 못한 형편 때문에 중간에 돌아왔고 돌아온 즉시 한국에서 다니던 학교를 자퇴했다. 은영과 보숭은 이후 일주일을 사귀었고 왜 헤어졌는지 이유도 모른 채 헤어졌다.

"혹시 외동?"

보숭이 엄마가 물었고 은영은 외동이라고 했다. 엄마는 외롭겠다고 말하고 그건 이제 우리 보숭이도 마찬가지네, 라고 말하고 그 사실에 새삼 당황하고 놀라운 모습을 보였다. 보숭

의 부모님은 뭔가 더 물으려고 했지만 보숭이 재빨리 은영의
팔을 잡아끌었다.

"배고프지?"

보숭이에게 끌려 나오며 뭐야? 저 방? 은영이 턱으로 가리
켰다. 그러자 보숭은 상주들이 쉬는 방이야, 호텔 같지? 장례
식장에서 제일 비싼 곳이라고 했다. 보숭이 부모님은 그렇게
한번씩 크게 돈을 쓰는 것 같았다. 줄곧 가난하다가 없는 돈
을 모아서 보낸 보숭의 조기 유학처럼 돈으로 할 수 있는 최
고의 일을 하는 것 같았다.

접객실로 나와 제일 먼저 보숭은 남자를 향해 공손하게 인
사부터 했다. 그 역시 지나치게 조심스럽게 고개를 숙이고 약
간 머쓱한 듯 줄지어 선 소주병을 쳐다봤다. 부끄러운 듯 얼
굴을 붉혔다. 그런 그에게 보숭은 많이 드세요, 라고 말하고
은영에게는 아무 데나 앉아, 라고 했다. 남자는 한동안 은영
을 쳐다봤다. 그런 태도가 은영은 불편했다. 일부러 그와 멀
리 떨어진 자리에 앉자 보숭이 쟁반째 음식을 가져와 은영 앞
에 내려놨다. 도우미 아주머니들은 일찍 가시라고 했어. 은영
은 대충 고개를 끄덕이고 기다렸다는 듯 누구셔? 라고 속삭
이듯 물었다.

"응, 고마우신 분."

어린이집에서 누나는 과도하게 일을 많이 했다고 했다. 처

음 원장은 빨리 배우려면 당연하다며 일을 많이 시켰고 정작 밤을 새워 그 일을 다 해내자 더 많은 일을 시켰다고 했다. 이상하게 그 일은 과열되어 동료 선생님들까지 누나에게 무리한 것들을 요구했다고 했다. 처음부터 못하겠다고 했으면 이렇게까지 되지 않았을 거라고 보숭은 말했다.

"일하는 동안 저분이 많이 도와주셨대."

보숭은 그렇게 말하고 남자를 향해 어색하게 웃어 보였다. 그는 해움어린이집 차량 기사라고 했고 은영은 그제야 그의 태도가 조금 이해가 됐다. 그는 누나 소식을 듣고 같은 죄인의 입장으로 왔다며 납골당까지 가게 해달라고 부탁했다. 어린이집 것들이랑은 이제 상종도 안 하겠다고 말하며 보숭이 부모님을 붙잡고 한동안 울었다고 했다.

"좋으신 분이야."

그렇게 말하며 보숭은 국 한 그릇을 더 가져왔다. 아무도 안 오는데 음식이 차고 넘치게 많아. 은영은 밥을 말았다. 국은 오래 데웠는지 짰고 무와 토란대는 물컹거렸다.

"자고 가."

보숭의 말에 은영은 그들 가족 사이에 나란히 누워 있는 자신의 모습을 떠올렸다. 그건 애매하게 웃겼다.

"가야지."

"그럼 쉬었다 가. 응?"

보숭이 다시 은영을 붙들었다. 보숭이 부모님도 은영의 등을 밀었다. 방이 아깝잖아요, 그 말을 듣고 은영은 그들이 왜 이렇게 조르는지 알게 됐다. 은영은 보숭과 나란히 침대에 누웠고 한참을 이게 맞나 싶었다. 장례식장에 왔는데 우는 사람도, 슬퍼하는 사람도 없어서 더 그랬다. 그걸 물어볼 수 없어 은영은 한동안 천장만 봤다. 이인용 관이 있다면 이런 느낌일 거라고 생각했다.

그때 보숭이 이상하게 누나가 죽고 나서 누나에 대해 더 많이 알게 됐다고 말했다. 보숭은 그게 좋다는 건지 나쁘다는 건지에 대해서는 말하지 않았다.

"그런데 누나가 신발을 한쪽만 신고 있었어."

은영은 왜? 라고 물었고 보숭은 그건 모르지, 라고 했다.

"퇴근하면서 신발을 안 신는 사람도 있어?"

아무래도 이상해서 은영이 다시 묻자 보숭은 당황한 듯 말을 돌렸다. 친척들은 대부분 일찍 다녀가셨어, 라며 묻지도 않은 말을 했다. 은영은 이렇게 보숭과 나란히 누워 있던 날이 생각났다. 다시 넘어진 어떤 날, 은영은 일어나지 않고 눈밭에 그대로 누워버렸다. 보숭은 그런 은영 옆에 와서 누웠다.

"넌 뭐가 되고 싶어?"

보숭이 그 말을 할 때는 눈이 몸에 닿는 부분이 이미 녹아 엉덩이와 등이 축축했다.

"응?"

"아무도 밟지 않은 눈 같은 거 있잖아."

보숭의 말에 은영은 그럴 수도 있겠다 싶었다.

"늙어버리면 좋겠어."

그날 은영은 아주 영 가망 없이 늙어서 아무도 관심 없는 사람이 되고 싶다고 말했다. 빨리 늙고 싶어, 뭘 해도 안 해도 상관없는 사람이 되고 싶다고 말한 건 너무 춥고 끔찍해서였다. 이제 은영은 그게 그 나이 때만 할 수 있는 치기의 말이라는 것을 알았다. 새삼 그 말이 부끄러웠다. 여기가 장례식장이라서 더 그런 것 같았다. 누나도 차라리 빨리 늙어버렸으면 좋았을 텐데 하는 생각이 들었다.

천장 가까이에 있는 창문으로 화단의 나무들이 보였다. 벽을 타고 시끌벅적한 소리가 들렸다.

"사랑은 같이 늙고 싶은 사람이랑 하는 거라고 우리가 헤어질 때 누나가 했다는 말 기억나?"

"그런 말을 했어?"

"응. 여기 누워 있으니까 특별한 일이 없다면 너랑 사랑 없이 늙을 것 같아."

보숭은 나중에 누나에게 꼭 말해줘야겠다고 말하고 웃었다. 그런데 이제 누나가 없잖아, 라고 말하고 은영도 웃었다.

어쩌면 침대가 너무 컸고 방이 너무 좋아서였다.

다음 날 출근하는 은영에게 보숭은 문자로 오전에 입관했고 내일이 발인이라고 알려왔다. 그 시간에 은영은 학교 옥상에 있었다. 난간에 팔을 괴고 아래를 내려다보자 잘 자란 단지 위에 검은색 바둑알처럼 작고 동그란 머리들이 움직이는 게 보였다. 그걸 보자 은영은 인형 뽑기 기계가 떠올랐다. 중학교 때 은영이 자주 했던 게임이었다. 은영은 오른손으로 집게 모양을 만들어 아이들의 머리를 하나씩 건져 올렸다. 아이들은 잘 잡히지 않았다. 그때 갑자기 스프링쿨러가 작동됐고 아이들이 소리를 지르며 운동장 밖으로 뛰쳐나갔다. 은영은 천천히 진해지는 잔디를 보다가 보숭이 누나가 죽었는데도 아무 일도 일어나지 않는다는 게, 이렇게 일상이 지속된다는 게 이상했다.

그날도 그랬다. 수학여행을 간 아이들이 돌아오지 못한 달에 은영은 조기 유학에서 돌아왔다. 공항버스를 기다릴 때 어떤 사람이 전화기에 대고 사고라고 그건 누구의 책임도 아니라고 말했다. 그해 은영은 허공에 걸린 문장이 아닌 그 말을 기억했다.

하늘공원은 산꼭대기에 있었다. 화장장으로 이동하는 동

안 보숭이 부모님은 너무 오래 문을 닫아 단골들에게 미안하다며 내일부터 당장 분식집 문을 열어야 한다는 말을 무심하게 주고받았다. 보숭은 마지막 날까지 조문객이 없어서 사람들이 몰리는 저녁 시간에 특2호의 손님들에게 자리를 빌려줬다고 말했다. 잠시 사람들이 바글거렸고 정신이 없었다고 그래서 좋았다는 건지 싫었다는 건지 모를 말투로 그냥 그랬다고 했다. 그사이 상주 방에 들어가서 조의금을 넣어둔 가방을 챙겨 남자가 사라졌다고 했다. 조문객이 별로 없어 돈도 얼마 되지 않았다고 그래서 부모님들이 오히려 조금 미안해했다고 말했다.

"어린이집 차량 기사라는 말도 거짓말 아니야?"

은영의 말에 보숭은 아니라고 했다.

"어쩌면 누나도 모르는 사람 같아."

보숭은 누나를 도와준 고마운 사람이라는 똑같은 말만 했다. 그럴수록 은영은 마음이 이상하게 조급해졌다. 은영이 더 말을 하려고 하자 가족분들 모두 이쪽으로 오세요, 라고 상조 직원이 그들을 불렀다. 화장장은 자동화 시스템이라 여기가 고인을 마지막으로 배웅하는 장소라고 화장 유도 카트키 위로 관이 운구되는 동안 가족들에게 마지막 인사를 하라고 했다. 보숭이 부모님은 흰 천으로 쌓인 관에 가만히 손을 올려놓았다가 뗐다. 보숭과 나는 조금 떨어져 그 모습을 보기만

했다. 그런 우리를 부모님은 손짓으로 불렀다.

"누나한테 마지막 인사 해."

보숭은 가만히 관을 내려다봤다.

"아닌 것 같아."

보숭은 관에서 눈을 떼고 은영을 쳐다봤다. 관은 천천히 레일을 따라 화구로 들어갔다. 삐익― 비상음이 울렸다. 덜컹거리며 레일이 갑자기 멈췄다. 기계를 만지던 직원은 이런 일이 가끔 있다며 두꺼운 유리로 된 문을 열고 기다란 쇠 파이프로 관을 힘으로 밀며 버튼을 다시 눌렀다. 레일은 다시 작동했고 관은 더 깊숙이 안쪽으로 빨려 들어갔다. 직원은 유가족 대기실의 화면으로 온도와 시간, 진행 상태가 표시된다고 친절하게 알려줬다.

"뭐가?"

"그런 사람…… 고마운 사람."

어느 순간 불길이 화르르 치솟는 소리가 들리더니 그것도 잠시 화력이 안정적으로 잦아드는 것을 모두 함께 느낄 수 있었다. 뜨거운 열기가 그들이 앉은 자리까지 솟구칠 것 같았지만 정말로 그렇지는 않았다. 오히려 에어컨 바람 때문에 서늘했다.

은영이 상주 방에서 나왔을 때, 남자는 장례식장 입구의 벚나무가 있는 흡연 구역에 있었다. 둘은 함께 담배를 피웠다. 남자는 아주 깊숙이 담배를 빨고는 허공에 연기를 내뱉었다. 그는 연변이 고향이라고 묻지도 않은 말을 했다. 은영이 지레 짐작으로 일하는 동안 힘드셨겠어요, 라고 말하자 그는 아니라고, 사람들이 원하는 모습을 보여주면 쉽다고 했다. 그리고는 누나가 왜 죽었는지 진짜 이유를 아느냐고 넌지시 물었다. 교통사고가 아니냐고 은영이 되묻자 그는 누나가 어린이집에서 늦게까지 일하다 사고를 당한 것이 아니라 남의 아파트 옥상에서 뛰어내린 거라고 했다.

그는 오른쪽 새끼손가락을 들어 보였다. 애인이 여자였지비. 은영은 천천히 담배를 비벼 껐다. 몸을 돌려 출구 쪽으로 천천히 걸었다. 그는 웃으며 은영의 등 뒤에 대고 끝까지 사람들이 믿고 싶어 하는 건 없는 거라고 했다. 없으니까 악착같이 믿고 싶어 하는 거 아니겠냐고 소리쳤다.

자신의 온몸이 타들어가는데도 누나는 여전히 웃고 있었다. 사진 속에서 여전히 안개꽃처럼 분사하며 웃고 있는 누나는 이제 은영이 아는 사람일까, 모르는 사람일까. 누나가 잘 웃던 사람 같아, 은영이 말하자 보숭은 아니라고 했다. 이건 셀칸데, 자기 자신한테 웃어주는 거였다고 했다.

"아닌 것 같아."

보숭은 어이없는 표정으로 은영을 쳐다봤다.

"너는 우리 가족도 아니잖아."

"아니니까."

은영은 누나가 별 얘기 아닌데도 크게 웃어주는 사람 같았다. 어쩌면 보숭이 친구죠? 딱 알겠네, 라고 말하고 뭐가 우스운지 크게 웃고는 미안해요, 초면인데, 라고 말해줄 것 같았다. 뚱하고 무뚝뚝한 보숭이와는 정반대였을 것 같은 사람. 어쩌면 은영과 함께 보숭이 앞에서 보숭이 욕을 하며 장난스러운 불만과 애정을 동시에 드러냈을지도 모를 사람이라고 느꼈다. 누군가는 그런 모습을 안 찍고는 못 견뎠을 거라고 생각했다. 하지만 그 모든 것은 살아 있었다면을 전제하는 것이라 어쩌면 그것과는 정반대의 상황이 진실이었을 수도 있지만 이제는 영영 알 수 없게 돼버렸다고 은영은 생각했다. 죽는다는 것은 모든 가정과 가능성의 죽음 같았다. 그러니까 손상도 복구도 없는.

보숭이 부모님은 불 앞이라 그런지 목이 탄다며 여러 번 정수기로 가서 물을 마셨다.

"킹스턴에서 누구나 우리에게 친절했잖아."

"그랬나?"

"그때 나는 미래의 우리가 궁금했어. 어떤 사람이 돼 있을까? 어떤 시간을 거쳐 어떻게 다르게 늙을까?"

"별거 없어."

보숭이 말했다. 마이클은 결혼했대. 셀린은 작년에 한국으로 여행을 와서 전주 한옥마을에서 찍은 사진을 올렸어. 비빔밥, 구워 먹는 치즈, 마약 옥수수, 풍년제과 초코파이 같은 것들. 뉴런은 배관공이 됐고 펌킨 농장에서의 일은 그냥 장난이었다고 말하고 다닌다고 보숭은 천천히 말했다.

"연락하고 있었던 거야?"

은영은 놀랐다. 보숭은 아니라고 그냥 페이스북에서 찾았다고 했다. 쉬웠다고, 다들 잘 있다고 했다. 은영은 보숭이 그것들을 찾아본 게 어쩌면 지난여름 같았다.

"요즘도 찾아봐?"

"아니."

왜? 라고 묻자 그냥 마음이 식었다고 했다.

장의차는 밖에서 보는 것보다 안이 더 화려했다. 차창에는 금색 실로 짠 커튼이 쳐져 있었고 천장에는 오로라 빛깔로 은은하게 번지는 조명이 설치돼 있었다.

"장례식장도 차도 좋아요."

은영이 말하자 보숭의 부모님들은 흡족한 듯 말했다.

"그 사람들이 보라고."

산을 다 내려올 때쯤 버스가 멈췄다. 화장실이 급하다고 말하고 보승이 부모님들은 내려서 어디론가 사라져버렸다. 은영도 차에서 내려 도로변에 쪼그리고 앉았다. 산복도로 가장자리로 마른 풀들이 허리가 꺾인 채 누워 있었다. 꺾이고도 잘리지 않은 풀들 위로 지는 햇빛이 반짝거렸다. 보승도 버스에서 내려 은영이 옆에 와 앉았다. 보승은 멀리 오래된 뼈 같은 마른 강만 쳐다봤다.

"세인트 애버리 칼리지는 9월에 새로운 학기가 시작됐는데 첫해에 나는 그것보다 훨씬 일찍 도착했어. 토론토에서 버스를 타고 두 시간 삼십 분 정도 걸려서 도착한 그곳에서 가장 먼저 한 일이 학교 투어였는데 방학인데도 우리를 환영하기 위해 교장 선생님과 아이들이 다 나와 있어서 놀랐어. 아이들은 앞으로 같이 공부할 같은 학년의 반 대표들이었는데 뭐든 물어보라고 말하면서 자꾸 웃는 거야. 여기는 교실이야 하고 웃고, 여기는 식당이야 하고 웃고, 여기는 도서관이야 하고 웃고. 학생회관, 체육관, 급식실을 일일이 다 돌며 꼭 끝에는 웃어. 처음에는 같이 따라 웃다가 나중에 나는 웃을 수가 없더라. ……너무 과해서. 학기가 시작되고도 계속된 그 과한 웃음 끝에 운동화가 한 짝씩 사라졌어. 학교 건물 뒤, 발길이 닿지 않는 곳, 외지고 어두운 응달에 버려진 신발을 찾아 신으면 늘 한쪽 발이 시렸는데, 나는 모두 우리를 향해 웃어줬기 때문에 동양에서 온 까만 조약돌 같은 아이들의 운동화만 사라진다는 사실을 아주 나중에 알았어. 너보다 먼저 간 나는 알았어. 그런데 너한테는 한마디도 안 했어.”

보숭의 얼굴은 빠르게 어두워졌다.

“네 신발이 사라져야 내 신발이 무사하니까.”

보숭은 크게 한번 숨을 쉬고는 한참 후 아주 작은 목소리로 말했다.

“됐어.”

그건 불가능한 일이라는 듯, 이 일에 합당한 말도 준비된 마음도 없다는 듯, 됐다는 말로 보숭은 그 모든 이해를 잘라 버렸다. 겹쳐 입은 옷 속의 온기를 꺼냈지만 이미 식어 있었다는 듯, 도저히 채울 수 없는 마음은 공란인 채로 비워둘 수밖에 없는 듯했다.

“다 지난 일이야.”

그 말을 하는 보숭은 종일 물살에 시달리면서도 떠내려가지 않으려고 애쓰고 있는 물속의 돌 같았다. 부모님이 돌아오는 소리가 들리자 보숭은 주저앉지도 않았는데도 서둘러 엉덩이를 털고 일어났다.

“안 가?”

“먼저 가. 좀 걷고 싶어.”

은영이 말하자 보숭은 고개를 돌려 앞으로 내려가야 할 산길을 한번 쳐다봤다. 돌아온 부모님은 손에 뭔가를 쥐고 있었다. 돌미나리라고 했다.

"보숭이 아빠가 자꾸 어디선가 물소리가 들린다고 하잖아. 그러고 보니 향기로운 물 냄새가 나서 가보니 산물이 흐르는 곳에 이게 있지 뭐야. 가서 먹어요."

은영은 살짝 고개를 저었다.

"우리 것도 있어."

보숭이 부모님은 기어이 은영의 손에 한 줌 미나리를 쥐여 줬다. 그들은 의심 없이 좋은 사람들이었다. 하지만 왜인지 은영은 차에 올라타는 보숭이와 부모님을 쳐다볼 수 없었다. 부모님께 얘기하고 보숭이 내릴 것 같았지만 문이 닫히고 차는 그대로 출발했다. 천천히 저녁이 내려오고 있는 산허리를 돌아 점점 더 멀어지는 차가 너무 크고 좋아서 은영은 그게 어떤 보편의 행복으로 가는 안간힘처럼 느껴졌다. 누나를 죽음으로 몰고 간 것도 그런 것 같았다. 누나를 남의 아파트 옥상에서 밀어낸 것이 우리의 보편인 것 같았고 그곳이 우리의 신발들이 버려진 곳 같았다.

차는 안전하고 불가능한 미래로 계속해서 달렸다. 우리는 아무도 사과하지 않고 헤어졌다. 어떤 것을 하지 않아서 가능한 미래였다. 은영은 앞으로 보숭이를 자주 만나지 못할 것 같았다. 특별한 일이 있어서가 아니라 그냥 그렇게 될 것 같았다.

그건 자연스러운 결론처럼 느껴졌다. 서로가 서로의 약한 부분을 지나치게 잘 알아버린 탓에 다시 아무 일도 없었던 것처럼 웃는 일은 더는 불가능했다.

은영은 산길을 천천히 내려오며 손에 쥔 돌미나리를 바라봤다. 줄기 끝에 물이 맺혀 있었다.

그날 이후로 은영은 더 이상 신발을 아무렇게나 벗지 않았다. 어디에나 짝을 맞춰 가지런히 놓았다. 그러면 적어도 한 짝은 사라지지 않는다고 믿고 싶었다. 믿고 싶은 것이 있다는 것, 그것이 가장 먼저 사라지는 것이라는 걸 이미 알고 있었음에도 그랬다.

은영은 여전히 미래를 알지 못했다. 하지만 언젠가는 어떤 일이든 그것을 하지 않아서 생긴 일들이 생각날 날이 올 것 같았다. 그때도 지금처럼 누군가에게 손을 내밀지 않고 가만히 있어야만 하는 순간이 있을까. 은영은 돌미나리를 꽉 쥐었다.

그리고 아주 천천히, 산길을 다시 걸었다.

지구의 밤

　슈퍼맨이 처음 지구로 배달됐을 때, 조나단 켄트와 마사 켄트 부부는 그것이 정확하게 무엇을 의미하는지 알지 못했다. 부주의한 지구인의 표본으로 그들은 작고 포동포동한 아이에게 클라크 켄트라는 이름을 붙여줬을 뿐이었다. 그들뿐만 아니라 지구상에는 그들만큼 즉흥적이고 감정적인 선택을 감행하는 부모들은 얼마든지 있었다. 맨의 부모는 늘 맨에게 다리 밑에서 주워 왔다는 표현을 쓰고 그보다 더 낫다고 할 수는 없지만 진의 엄마는 진이 어렸을 때, 그녀를 플라밍고가 물어다 줬다고 말했다. 플라밍고를 발음할 때 그녀의 입술은 플라밍고의 똥구멍처럼 은밀하고 화려한 주름이 잡혔는데 진은 그것이 모두 계획된 거라고 말했다.

"켄트 부부 앞에 유통기한이 지난 삼각김밥이 떨어졌다 해도 그걸 줍는 걸 마다하지 않았을 거야."

인간은 원래 그렇게 만들어졌다. 조물주가 철골 구조물의 다리든 플라밍고든 상관없었다. 호기심이 시키는 일이라면 자기 엉덩이 냄새를 맡기 위해 엉덩이를 잘라낼 수도 있었다.

"할아버지가 사라졌어."

그 말을 하는 맨의 얼굴은 오늘따라 유난히 삼각김밥을 닮았다. 역삼각형의 맨의 얼굴은 정확하게 턱을 기준으로 부채꼴 모양으로 퍼졌는데, 그건 슈퍼히어로물 영웅들의 얼굴과는 상당히 거리가 멀었다. 히어로의 얼굴은 대부분 각이 진 사각형이었다. 우리는 둥근 지구를 지키려면 각진 힘이 필요하다는 걸 알고 있었다. 하지만 맨은 지금이나 그때나 얼굴이 아니라 가슴이 역삼각형이어야 했다고 무척이나 억울해했다.

"다 찾아봤어?"

맨은 힘없이 고개만 끄덕였다. 슈퍼맨의 S자는 역삼각형 가슴에서 물결처럼 흘렀고, 태극기의 태극 문양처럼 음과 양의 우주적 기운을 품고 있다고 믿었다. 맨은 이제 그게 없었다. 대신 맨의 가슴에는 미래로퀵 로고가 수줍은 듯 박혀 있었다. 그것도 가슴 정가운데도 아니고 오른쪽으로 한 발 비껴간 자리었다.

"하필 이렇게 더운 날."

매장 안은 살얼음이 낀 동굴처럼 냉기가 감돌았다.

"걱정 마, 얼어 죽을 한 가지 걱정은 덜었잖아."

맨이 나를 죽일 듯 노려봤다. 맨이 처음 미래로퀵 점퍼를 입고 온 날이 떠올랐다. 내가 맨을 그렇게 죽일 듯이 쳐다본 날이었다. 맨이 혼자 우주영웅수련에서 발을 뺀 사실에 나는 화가 났다. 맨이 딱 한 발만 뺀 거라고 했기 때문에 더 그랬다. 그날따라 CU편의점에는 손님이 넘쳐났다. 맨은 미래로퀵 로고처럼 편의점 카운터에서 딱 한 발만 오른쪽으로 밀려 나 있었다.

"난 이제 로켓맨이야."

맨은 그 사실을 오래 망설이다가 마침내 인정한다는 듯 말했다. 로켓맨? 우리들의 영웅 목록에 로켓맨은 없었다. 나는 그 말이 지구가 망했다는 말처럼 들렸는데 마치 지구가 위기에 봉착했을 때, 슈퍼맨 말고도 배트맨, 아쿠아맨, 플래시, 원더우먼 그도 아니면 옆 동네 마블의 아이언맨, 스파이더맨이 자기 순서를 기다리고 있다는 믿음이 깨진 것처럼 말이다.

"그게 무슨 소리야?"

편의점 손님들이 동시에 우리를 쳐다봤다. 맨은 미래로는 우리나라 대표 이커머스 시장이며 자신은 이 일에 자부심을 느낀다고 했다. 빠르고 신속하게 필요한 것들을 갖다주는 일도 지구를 안전하게 지키는 방법이라는 말을 할 때까지 내 표정에 변함이 없자 맨은 어쩔 수 없다는 듯 한숨을 쉬었다.

"슈퍼, 우린 늙었어."

마침 밖에는 비가 내리고 있었는데 우산을 쓴 사람은 거의 없었다. 예보 없이 찾아오는 비가 그렇듯 사람들은 적당히 젖었고 비가 언제 그칠지 예상하느라 복잡해 보였다. 검은색 후드티를 입은 남자가 우산을 만지작거리다 다시 빗길을 향해 뛰쳐나갔다.

"에쎄…… 라이트 하나."

아무리 잘 봐줘도 중학생인 아이의 손에는 이미 진로소주 한 병이 들려 있었다. 꺾어 신은 운동화는 더러웠고 나이키 로고는 접혀 날카로운 끝부분이 보이지 않았다. 아이는 조급하게 다리를 떨었다. 맨의 눈길을 무시한 채 나는 신분증도 요구하지 않고 담배를 내밀었다. 왜냐하면 첫 출근에서 맨이 무엇을 겪었는지 짐작할 수 없었기 때문이었다.

"늙었다고? 우리가?"

말은 그렇게 했지만 우리는 늙었다. 부정할 수 없었다. 나는 누구보다 빨리 조로를 겪고 있는 맨과 내가 진심으로 걱정됐다. 맨은 끝까지 돈을 벌겠다는 말은 안 했다. 나는 차라리 돈 때문이라고 말해줬으면 좋겠다고 생각했다. 클라크 켄트의 굵은 뿔테 안경이 생각났다. 그는 돈 때문에 신문사에 자기 사진을 팔았다. 하지만 혹자들은 그가 사람들과 어울리고 싶어서 안경과 어리바리함을 선택했다고 말한다. 사람은 누구나 결함을 탑재해야 한다는 뜻이었다. 우리는 그럴 필요가 없었다. 지금 이대로도 충분했다.

일주일 동안 맨은 편의점에 나타나지 않았다. 1월이었고 마감 시간이었다. 24시간 편의점엔 딱히 클로즈가 없었지만 새로운 물건이 공수되고 다시 진열되는 시간은 있었다. 보통 오전과 늦은 오후에 한 번씩이었다. 늦은 밤 가장 많이 팔리는 것은 술과 담배, 라면이었다. 저녁을 먹지 못한 사람들, 저녁을 먹고도 배가 고픈 사람들, 배가 불러도 뭔가 허전한 사람들이 많았다. 그중에 한 명이 맨이었다. 일주일 만에 나타난 맨은 삼선 슬리퍼를 죽은 개의 혓바닥처럼 끌고 들어왔다. 여전히 미래로퀵의 점퍼를 입고 있었다.

우주에서 지구까지! 지구에서 우주까지!

그건 미래로퀵의 슬로건이었고 오늘 밤 우주와 지구 그 어디에도 할아버지는 없는 것 같았다. 위치추적 앱의 동그라미는 맨의 집 위에서 동동거리며 떠 있었다.

"또 핸드폰 놓고 갔어."

저녁 내내 맨은 집 주변과 지하철 역사를 돌았다고 했다.

"실버 팔찌는?"

“그건 나 말고는 아무도 못 빼.”

그걸 떠올리자 맨은 조금 안심이 되는 모양이었다. 우리는 이런 일을 여러 번 겪었고 어떻게 해야 하는지도 당연히 알고 있었다. 관할 지구대에서는 똑같은 말을 했다. 집에 가서 기다리세요. 하지만 안다고 해서 나아지는 건 아무것도 없었다. 기다리는 일이 더 수월해지지도 편안해지지도 않았다.

“사고만 아니면 돼.”

오래된 수챗구멍 속에서 부글거리는 거품처럼 편의점 간판 주위로 날벌레들이 바글거렸다. 나는 지구의 숱한 밤들 중에서도 오늘 밤이 유난히 더 길고 지루할 것 같았다. 그런 예감에 시달렸다.

맨의 부모는 맨에게 하나 마나 한 탄생 비화만 알려주고 집을 나갔다. 간혹 엄마나 아빠 한쪽이 나간 집은 많았다. 하지만 맨의 부모는 함께 집을 나갔다. 그것 때문에 소년 가장이 된 맨에 대한 동정심은 상당 부분 상쇄됐다. 부부 사이가 원래 좋았다고, 마치 두 손을 꼭 잡고 두번째 신혼여행을 떠난 것처럼 사람들이 떠들었기 때문이었다. 맨은 세상에 출발만 있고 도착은 없는 신혼여행이 어디 있냐고 소리쳤지만 홀로 남은 노인과 아이에 대한 관심은 거기까지가 다였다. 가끔 어디 신혼여행지인지 알 수 없는 곳에서 맨의 부모가 전화했지만 아들에 대한 미안함은 개나 주라지 같은 수준이었다.

당시 우리는 초등학생이었고, 그렇게 세상이 우리를 약하게 볼수록 우리는 더 강해지고 싶었다. 우리는 그 세계에 몰두했다. 우리는 DC코믹스의 슈퍼맨을 사랑했다. 맨과 나는 함께 만화를 보면서 힘은 자기 자신을 보호하는 데 가장 먼저 써야 한다는 것을 배웠다. 그러고도 힘이 남는다면 남을 위해 조금은 써도 괜찮다고 배웠다. 그것이 정의라는 것도.

마침 우리는 힘이 조금 남았고 그 힘을 적절히 사용하기 위해 지구영웅수련에 들어갔다. 우리는 횡단보도를 건너지 않고 학교 가기, 그늘로만 걷기, 부모 말에 무조건 반대로 하기, 교과서 안 보고 한 학기 보내기, 일주일 동안 햇빛 안 보기 등의 고난도 수련을 했다. 물론 수련 중 시련은 생각보다 컸고 아팠다. 횡단보도를 건너지 않고 학교 가기 수련에서 우리는 점점 더 알 수 없는 길로 빠져들었고 결국 상계동 지하철역에서 해가 지는 바람에 그날의 수련을 접는 아픔을 겪어야 했다.

수련은 갈수록 힘들어졌다. 수련을 하면 할수록 우리는 영웅에서 멀어졌고 문제아에 가까워졌다. 하지만 진짜 문제는 수련에 따른 고난이 아니었다. 그건 우리가 충분히 감당할 수 있었다. 맨과 내가 자라는 동안 영웅들은 기하급수적으로 늘어났고 이제 매번 엄청난 제작비와 함께 영화로 돌아왔다. 우리는 가장 힘들다는 고난도의 버티기 수련에 들어갔다. 하도 많이 넘겨 나달나달해진 DC코믹스는 이제 영화처럼 매끈하지도 스펙터클하지도 않았다. 하지만 우리는 여전히 그런 것들을 사랑했다. 낡고 오래된 세계의 슈퍼맨을.

"지구대에 신고했어?"

진이 막 편의점으로 들어왔다.

"지난번에는 며칠 만이었지?"

가장 최근에 할아버지는 경기도의 한 수목원에서 이틀 만에 발견됐다. 노인네가 어떻게 전철과 버스를 번갈아 타고 그곳까지 갔는지는 영원히 알 수 없었다. 다만 수목원 관리인은 할아버지가 온종일 서성거리며 나무를 올려다봤다고 했다.

"이런 말을 하면 이상하게 들릴지 모르겠지만 나무를 고르는 것 같더라니까."

맨의 얼굴이 순간 어두워졌다.

"나무를요? 왜요?"

"그건 나도 모르지. 가끔 그런 사람들이 있어. 나무를 탐내는 사람들. 좋은 소나무는 몇천씩 하기도 하니까."

"훔친다고요?"

"돈이 필요하면 그런 생각을 할 수도 있지만 여긴 수목원인데 가능하겠어. 시시 티브이가 사방에 있는데."

노인네가 무슨 돈이 필요하다고, 내 말에 맨의 얼굴은 더욱 어두워졌다.

할아버지는 이 년 전부터 치매 증상을 보였다. 처음에는 하찮은 것들이었다. 가게에 가서 뭘 사러 갔는지 기억이 안 나 다시 돌아오거나 안경이나 핸드폰을 둔 곳을 기억하지 못하는 정도였다. 그러다 대화 내용과 중요한 사람의 이름을 기억하지 못해 어쩔 줄 몰라 했다. 그리고 그 사실을 몹시 부끄러워했다. 이제는 전화번호를 기억하지 못했고 외출 후 매번 집을 찾지 못했다. 다행인 것은 이제는 아무것도 부끄러워하지 않는다는 거였다. 이러한 사실을 맨과 나, 진 외에는 아무도 몰랐다. 맨은 언제까지나 아무도 몰라야 하는 일이라고 말했다. 특히 당사자인 할아버지는 더욱 몰라야 하는 일이라고 했다.

"구하고 싶어."

맨은 마치 할아버지가 지구에 남은 마지막 인간인 것처럼 말했다.

"그냥 잠시 할아버지가 익숙하지만 낯선 존재가 됐다고 생각했어."

처음으로 맨의 할아버지가 사라져 지하철역에서 세 시간이나 혼자 헤맨 날을 말하는 거였다. 그건 우리가 우리의 영웅들에게 기대하는 것이기도 했다. 맨이지만 슈퍼한, 인간적이면서 동시에 영웅적인 모습이 누구에게나 있다고 믿었다.

"갑자기 집으로 가는 길이 떠오르지 않았대. 정말 갑자기 지구에 딱 떨어진 운석처럼. 사람들은 112에 신고하거나 도움을 요청하라고 하지. 그건 뭘 모르는 소리야. 지구에 떨어진 돌이 그 번호를 어떻게 알겠어? 더구나 난생처음 본 외계 생물들을 넌 믿을 수 있어?"

"나는 알 것 같아. 거울을 보고 내가 너무 예뻐서 낯선 거야. 이거 진심 현실인 거야, 하는 거지."

나는 진심 진이 조금 모자란다고 생각했다. 영웅의 자질이 다분하다고 말이다.

"내가 낯설어지는 거잖아. 그것만큼 쓸쓸하고 무서운 일도 없어."

그 말을 덧붙이기 전까지 말이다.

자정이 넘어가자 진은 배가 고프다고 했다. 내 배에서도 덩달아 꼬르륵 소리가 났다. 어떤 일이 있어도 정확한 시간에 우리를 찾아오는 것은 배고픔뿐인 것 같았다. 슬픈 일이든 기쁜 일이든 배고픔이 먼저 해결되지 않으면 아무것도 할 수 없는 게 고작 인간이라는 생각이 들었다.

"일단 먹어. 먹고 나서 생각해보자."

나는 파란색 폐기 박스에 담긴 참치마요를 맨에게 던지고, 진에게는 돈가스 김밥을 던졌다.

"다른 건 없어?"

진이 볼멘소리를 하자 나는 마지못해 불닭볶음면과 진열대

맨 앞의 초코우유 하나를 꺼냈다. 습관적으로 유통기한을 확인했다. 우유는 이제 막 유통기한을 아슬하게 지난 참이었지만 나는 그걸 곧이곧대로 믿지는 않았다. 누구에게나 팔리지 않는 시간이 있고 그것이 버려지거나 사라져야 한다는 뜻은 아니었다. 그래서 나는 매일 밤 맨과 진에게 그런 음식들을 먹였다. 실제로 상한 것을 먹어서 생기는 문제는 고작 식중독 정도지만 세상에는 더 좋은 것을 먹고도 엄청나게 나쁜 짓을 저지르는 인간들이 차고 넘쳤다.

"이건 비밀인데 꼰대 점장은 아프리카 거북이를 키워."

"아프리카에도 거북이가 있어? 그건 뭐 다른 거야?"

불닭볶음면의 면발을 끌어당기며 진이 물었다. 아프리카 거북은 야생동물금지법에 의해 수입과 매매가 금지된 종이었지만 점장은 밀수입했고, 그 과정에서 한 마리가 죽었다. 국내 희귀 애완동물 동호회에서 엄청난 가격으로 거래되지만 정작 파는 사람이 없는 희귀템이라고 했다.

"점장은 매일 거북이들에게 먹일 상추를 사기 위해 한살림이나 백화점 유기농 매장을 이용해."

"오타쿠의 뉴 버전 같은 거네! 참 다종다양하게 징그러워들."

진은 그렇게 말하고 컵라면 바닥에 한 올 남은 면발을 기어이 입속으로 빨아들였다. 나는 고자질하듯 점장의 다종다양한 징그러움을 말했다. 점장은 예민한 거북이들을 위해 하루 종일 온습도 조절이 자동으로 되는 비싸고 쾌적한 방을 꾸몄고, 다른 한쪽으로는 추가 밥값을 주지 않기 위해 알바 시간을 난도질했고 세 시간 일한 후 먹을 수 있는 매장 음식에 제한을 뒀다. 결국에는 우리가 무엇을 먹는가가 아니라 그것을 어떻게 사회에 환원시키는가 하는 문제였다.

"현대 사회의 난제는 고결한 입이 아닌 고결한 똥구멍을 만들어야 한다는 거야."

맨은 내 말을 못 들은 척 게임만 했다. 맨은 늘 90년대 초반에 유행했던 클래식 게임에 몰두했는데 언젠가 잘 시간도 부족한데 왜 미친 듯이 게임을 하냐고 묻자 맨은 그냥 시간을 버리기 좋아서라고 했다. 버릴 게 시간밖에 없다는 듯, 물 쓰듯 탕진할 수 있는 게 시간이고 마치 그게 유일한 복수인 것처럼 말했다.

"아깝지 않아?"

"뭐가?"

"시간 말이야."

"아끼면 똥 돼!"

맨은 맨의 방식대로 고결한 똥구멍을 실현하고 있었다.

조각 케이크와 삼각김밥 진열대의 서늘한 냉기가 조용히

퍼졌다. 나는 라면 매대를 다시 정리했다. 편의점 마니아들 사이에서 라면 진열 기준에 대한 의견은 분분했다. 제조사별로 진열하는 것이 맞다는 사람도 있었고 순한 맛에서 매운맛 순이 맞다는 사람도 있었다. 출시일순, 판매량순, 신제품이 가장 눈에 띄어야 한다는 사람도 있었다. 내 의견은 없다. 나는 빈자리를 채우는 데에도 줄 세우기에도 관심이 없다. 반면 맨은 한동안 할아버지의 기억 속 빈자리를 메우고 순서를 맞추기 위해 애를 썼다. 맨은 틀렸다. 나는 누구나 가장 좋아하는 맛만 오래 기억하고 싶을 거라고 생각했다. 그게 어디에 있든 찾아낼 거라고 말이다. 인생의 좋은 맛을 오래 음미하고 싶어 할 거라고. 물론 어느 순간부터 맨의 그런 노력조차 무의미해졌지만 말이다.

맨의 전화기에는 쉴 새 없이 콜이 떴지만 모두 맨이 원하는 콜은 아니었다.

"콜을 안 받으면 어떻게 되는 거야?"

"다른 로켓맨이 받아."

"그러면?"

"내일부터 점점 콜이 줄어들고 힘들고 어려운 장소로 가는 퀵이 의도적으로 배정돼. 벌을 주는 거지."

"비열하네. 사정을 말해봐."

"못해."

"왜? 그걸 누가 하는데?"

"알고리즘이."

편의점만 남기고 주변의 모든 간판에 불이 꺼졌다. 문득 기억이 사라진다는 것은 깜깜한 밤을 계속해서 걷는 기분은 아닐까 하는 생각이 들었다. 어쩌면 할아버지는 앞으로 남은 시간 동안 계속해서 까만 밤을 걸어야 할지도 몰랐다. 오늘 밤은 이상했다. 세상이 나를 얕보는 게 아니라 오히려 세상이 쉽게 무너질 듯 약해 보였다.

퀵이 아닌 모르는 번호로 맨의 핸드폰이 울렸다.

"그게 왜 내 잘못이에요?"

전화를 받은 맨의 얼굴은 달의 반대편처럼 어두워졌다. 맨은 여러 가지 배달을 했다. 낮에는 주로 사무실 서류나 택배가 주였고 밤이 되면 야식 배달이 많았다.

"그걸 왜 나보고 물어내라는 거야? 아, 씨발!"

"지금 장난해요? 이번이 두번째라니까."

전화기 너머에서 어이없다는 여자의 목소리가 들렸다.

"그러니까, 첫번째는 모르겠고 나는 분명히 배달했다니까요. 펫샵에 전화를 걸어 따져야지 나한테 이러면 어떡해요? 사실 나는 거기에 뭐가 들었는지도 몰랐다고요. 아, 존나!"

맨이 신경질적으로 전화를 끊었고 벨은 숨 가쁘게 다시 울렸다.

"지금 욕했어요? 설마 나한테? 죽은 고양이를 두 번이나 받은 나한테? 이 새끼야! 살인자 새끼!"

"뭐라고? 이 아줌마가 진짜! 누가 고양이를 퀵으로 받으래? 가족, 사랑, 좋아하네. 누가 가족을 돈 아낀다고 퀵으로 받아! 끊어, 이 미친년아!"

여자는 이후 삼 분 간격으로 맨에게 전화를 해댔다. 뭐야? 진이 묻자 아무것도 아니라고 말하고 담배를 피우러 나가버렸다. 진은 피곤하겠네, 라고 말했다. 맨의 퀵 일에 대해서도 진은 피곤해서 그래, 라고 말했다. 두꺼운 아이라인과 마스카라가 진의 얼굴을 더욱 그늘지게 했다.

"눈썹에 썬캡을 달고 다니려면 너도 퍽이나 피곤하겠다."

내가 말하자 진은 어떻게 알았어? 라며 창백하게 웃었다. 진은 주류 냉장고로 가서 네 캔에 만 원 하는 맥주를 꺼내왔다.

"또 마시게? 어제 마신 거로도 충분한 것 같은데?"

"피곤해서 그래, 피곤해서."

진은 오늘도 계산대 옆에 선 채로 맥주 네 캔을 다 마시고 할아버지를 찾게 되면 안심하며 반지하 원룸으로 돌아갈 것이다. 그리고 다음 날이면 퍼레이드걸이 되어 디즈니 공주 옷을 입고 입이 찢어지게 웃을 거였다.

편의점 안에서 맥주를 마시는 것은 주류법 위반이었다. 간혹 손님들이 여기서 맥주 마셔도 돼요? 라고 물으면 진은 마지못해 미안해요, 오늘 하루가 너무 개 같아서요, 라고 말하고 남은 맥주 캔을 끌어안고 편의점 밖의 파라솔 아래로 자리를 옮겼다.

"늙는다는 건 피곤하다는 거야. 피곤하다는 건 모든 게 다 귀찮아진다는 거야. 그럼 사람이 어떻게 되겠어. 꼭 필요한 것 이상은 안 한다는 거야. 먹고 싸는 거. 딱 그거만 하기에도 너무너무 피곤한 거야."

진은 맥주 캔을 쓰레기통에 던졌다. 맥주 캔은 당연히 빗나갔다.

"저건 지구에 당도하지 못한 내 슬픈 슈퍼맨이야. 당도하면 뭐 하냐고 그래봤자 쓰레기통인데. 지구가 온통 쓰레기 천지예요. 그냥 발 닦고 잘 도착했다는 안부 전화나 하는 거지 뭐. 별 보면서 이렇게, 저 잘 도착했어요. 엄마. 그러니까 이제 내일에 신경 *끄세요*."

진은 성인이 되어 가출했다. 그 이후로 한 번도 엄마에게 연락한 적이 없다고 했다. 공동체 생활을 좀 했다고 말했는데 신앙공동체였냐는 맨의 물음에 믿음은 있었지만 각자의 신은 달랐다고 애매하게 말했다.

"그런데 넌 언제까지 편의점이나 지킬래?"

진이 무심하게 말했지만 나는 24시간 편의점에 불이 꺼진 것처럼 아팠다. 우리가 누굴 걱정할 처지는 아니잖아? 언제나 진실에 가까운 말들이 가장 아프게 가슴을 찔렀다. 봄이 가고 여름이 와도 내가 믿는 신은 슈퍼신이었다. 그건 가을이 가고 겨울이 와도 마찬가지였다. 신의 능력을 뛰어넘는 신. 우주영웅수련의 역사에는 두 얼간이가 등장한다. 맨과 슈퍼. 맨은 자신이 슈퍼맨의 맨 정도의 지분을 타고났으며, 슈퍼는 슈퍼문이 뜨는 것처럼 언젠가, 혹은 조만간 그의 밤을 밝힐 거라는 기대를 갖고 있었다. 아무 근거도 이유도 없이 그는 그 사실을 신의 존재보다 더 믿었다. 우리의 유년기를 함께했던 DC코믹스의 영향이 컸다는 점을 부인할 수 없었다.

"걱정 마, 슈퍼! 내가 너를 만났으니 언젠가 사고는 터질 거야!"

맨은 그렇게 말했다. 우리 집이 참슈퍼에서 참마트로, 참편의점에서 CU편의점으로 바뀐 지가 언젠데 맨은 끈질기게 나를 슈퍼라고 불렀다. 하지만 슈퍼문이 뜨기 전까지 맨은 그냥 맨 일뿐이다. 나는 진을 뒤로하고 맨을 찾아 조용히 편의점을 나왔다.

맨은 건물 사이 좁은 틈에서 담배를 피우고 있었다. 얼마 전 환풍구에 들어간 개가 있던 자리였다. 한동안 낑낑거리는 소리가 계속해서 들렸고 원인을 찾을 수 없어 한가할 때면 편의점 구석구석을 뒤지곤 했다. 개가 발견된 곳은 편의점과 붙어 있는 중식당 환풍구에서였다. 정사각형 작은 택배 상자만한 공간에서 검은 개는 오도 가도 못하고 갇혀 있었다. 나는 주머니가 많은 맨의 미래로퀵 여름 조끼를 보자 다시 비위가 상했다.

"니가 취직한 곳이 혹시 보장된 미래야? 누구보다 빨리 골로 보내줄 퀵이야?"

나는 맨을 비꼬고 싶었다. 정확하게 말하면 미래로퀵이 맨을 더 조로하게 만들까 봐 걱정이 됐다. 슈퍼 울트라급으로 달리는 맨의 오토바이가 시간보다 더 빨리 어떤 곳에 당도할까 봐 불안했다. 지난달 맨은 8차선 대로에서 사고를 당했다. 그것은 마치 할아버지의 기억회로가 망가진 것처럼 갑작스럽고 불행한 전조 같았다.

"나는 개인사업자야. 너 같은 알바랑은 달라, 슈퍼."

그래서 맨은 치료비조차도 청구할 수 없었다. 대신 맨은 번번이 농담으로 그런 위기를 모면하려 했다.

"개인사업자란 말은 곧 내가 나를 고용해 착취까지 원스톱으로 한다는 좆같은 말이지?"

"왜 이래? 그래도 난 엄연한 사회인이야."

"아, 진짜? 그거 사회인 야구단 같은 거야? 일요일에 만나서 야구 좀 하고 하루 종일 술 퍼먹는? 지옥에서 돌아온 외인구단 같은 거? 그것 참 대단해. 그지?"

“뭐냐?”

맨이 정색을 하며 말했다.

“뭐긴? 이제 고작 사회의 일원이 된 거? 엄청 축하해. 다시 태어나셨다. 그지? 그런데 맨, 나는? 나는 뭐지? 넌 사회인이고 나는 우주인? 아님 외계인? 악당이네. 렉스 루터!”

“왜 또 지랄이야.”

“그러니까 내 말은 그 엿같은 사회가 할 일이라고. 니가 할 일이 아니고! 이번에 돌아오시면 다시 사회에 환원하라고! 요양원이나 복지시설 같은데!”

맨은 아주 잠깐 두려운 얼굴로 나를 쳐다봤다.

“지금 뭐 하는 거냐? 진짜.”

“……그게 맞아. 그게 맞는 거야.”

맨은 사납게 담배를 던졌다. 동시에 내 얼굴로 맨의 맨주먹이 날아왔다. 우리는 서로 주먹을 날렸지만 자기 주먹이 어디 있는지는 아무도 몰랐다. 좁은 담벼락 사이에서 담벼락을 때렸다. 손이 까지고 피가 났지만 이상하게 멈추고 싶지 않았다.

“제일 잘하는 거 하라고. 도망가는 거. 왜 이제 와서 정의로운 척이야?”

나는 그 일이 늘 맨의 가슴에 돌처럼 박혀 있다는 것을 알았다. 맨은 잠시 나를 쳐다보더니 일어나 가버렸다. 이제 환풍구에 낀 개는 나였다.

우리는 한동안 말없이 아이스크림 냉장고 속에 손을 박고 있었다. 온몸이 욱신거렸지만 뼈가 부러진 것 같지는 않았다. 잠시 진의 입이 벌어졌지만 그게 다였다. 나는 오랜만에 카운터가 아닌 간이 테이블에 앉았다. 아무 일 없다는 듯 나란히 앉아 핸드폰을 봤다. 띄엄띄엄 손님이 들어오면 주인이 지구를 떠났다고 마음대로 털어가라고 말하고 웃었다. 아무도, 아무것도 가져가지 않았다. 편의점 안을 둘러보다 그들은 길 건너 다른 편의점으로 갔다. 딱 한 번 아이가 에쎄 라이트를 사러 왔을 때만 나는 다시 카운터로 돌아가 슈퍼가 됐다.

"아무리 그래도 슈퍼, 악을 파는 건 아니야."

맨의 말을 나는 모른 척했다.

여자는 잊을 만하면 맨에게 전화를 했다. 돌겠네, 진짜. 할아버지 때문에 전원을 끌 수가 없었다. 맨은 계속해서 수신거부 버튼을 눌렀다. 새벽의 편의점은 고요했고 냉장고 불빛이 파랗게 바닥을 비췄다. 투명한 바다 생물의 뱃속에 앉아 있는 기분이 들었다. 우주에서 보면 지구는 고요한 푸른 바다라고 했다.

맨은 학교 옥상에서 뛰어내리는 여자아이를 본 적이 있다. 우리가 중학생일 때, 맨은 담배를 피우러 종종 학교 옥상에 올라갔다. 그날도 맨은 수업 시간 중 뒷문으로 빠져나와 그곳으로 갔다. 중간고사 성적표가 나온 날이었고, 같은 학년이었지만 맨은 그날 처음 그 아이를 봤다. 여자아이가 뛰어내리고 맨은 교실로 돌아왔다. 나머지 수업을 들었다. 오후에 확인한 시시 티브이에 여자아이가 올라가고 난 뒤 맨이 옥상으로 올라가는 모습이 찍혀 있었다. 학교와 경찰에서 조사가 이루어졌지만 맨은 아무 질문에도 답하지 않았다. 그것이 오히려 일을 키웠다.

"왜?"

"모르겠어."

옥상에 올라온 맨과 눈을 마주치고 나서 여자아이는 바로 뛰어내렸다고 했다. 뒤늦게 아이의 유서가 발견되지 않았다면 맨이 어떻게 됐을지는 아무도 몰랐다. 여자아이는 죽었고 검은 개는 죽지 않았다. 개를 꺼내고 나는 여자아이가 떠올랐다. 아이의 책상에 한동안 놓여 있던 국화 꽃다발과 뒤늦은 포스트잇들이. 나는 개를 구했다고 생각했지만 그건 사실이 아닌 것 같았다. 그건 구원이 아니었다. 구출도, 구제도. 개는 내가 아니더라도 충분히 환풍구 밖으로 나올 수 있었다. 며칠이 지났는지, 며칠을 굶었는지, 척추뼈만 불룩 튀어나온 개는 그냥 쑥 빠졌다. 개는 바짝 마른 걸레 같았고 밖으로 나와서도 오래 움직이지 않았다. 몸이 구멍보다 작아졌을 때는 이미 나올 힘이 없었는지도 몰랐다. 그전에 모든 것을 포기했는지도 몰랐다. 그 아이도 그랬을까. 아무런 구원도 원하지 않고 그냥 모른 척해주기를 바라지 않았을까. 스스로 나오기를 포기한 개.

나는 이제 맨이 난간 위에서 할아버지를 붙잡고 서 있는 것 같았다. 애써 눈을 마주치지 않으면서.

"지금쯤 집에 와 있을 것 같아."

진이 말했다.

"회귀본능이란 거 그거 중력 때문이잖아. 다시 돌아오게 돼 있다고."

나는 너는? 너는 언제 돌아갈 건데? 라고 묻고 싶었지만 왠지 그러면 안 될 것 같았다.

"슈퍼맨이 슈퍼맨이 될 수 있는, 될 수밖에 없는 이유는 그가 태어난 크립톤 행성과 지구의 중력 차이 때문이야."

맨이 아무 일 없다는 듯 말했다. 나는 그의 귀환이 반가웠다.

"어떻게?"

맨은 오토바이를 가리켰다.

"슈퍼맨이 오토바이를 탔다고?"

"아니. 우주에서 우리는 모두 퀵으로 수영 선수가 될 수 있다는 거지. 그건 정말 식은 죽 먹기야."

192

진은 고개를 끄덕였다. 우리가 처음 만났을 때 진도 비슷한 말을 했다. 예쁘시네요. 네, 그게 꿈이거든요. 네? 예쁜 애, 예쁜 여자, 곱게 늙은 예쁜 할머니가. 이름은 진이었고 꿈을 위해 매일 아이크림을 얼굴 전체에 바르고 잔다고 했다. 그래도 안심이 안 돼서 물구나무서기를 하루에 삼십 분씩 한다고 했다.

"중력 때문이거든. 노화와 탄력은."

오늘 밤 중력이 그것 말고도 더 많은 것들을 끌어당기고 있는 것 같았다. 맨은 어쩔 수 없다는 듯 보름달 빵 하나를 조끼 호주머니에 찔러 넣었다.

"난 이만 다른 행성으로 가야겠다. 이 행성엔 더 이상 먹을 게 없어."

맨은 지구를 떠날 수 있지만 나는 그럴 수 없었다. 나는 초등학교 때부터 줄곧 슈퍼로 불렸다. 한 번도 슈퍼 이상도 이하도 된 적이 없다. 나는 슈퍼가게 외동아들이었다. 물론 아버지도 명백하게 슈퍼였다. 슈퍼맨과의 공집합이 전혀 없었다. 슈퍼맨은 지구의 중력에서 훨훨 날아다녔고 나는 슈퍼의 중력에 묶였다. 몇 년에 걸쳐 슈퍼의 상황은 가팔라졌고 아버지는 일찌감치 자신보다 느린 거북의 세계로 도망쳤다. 유기농 상춧값에는 최저시급의 내 알바비도 포함돼 있었다. 그런 거였다. 슈퍼는 슈퍼일 뿐. 슈퍼가 구멍가게만 한 지구에서 파워를 잃은 지 오래였다. 어디에나 슈퍼는 있고, 그 구멍 속으로 무수히 많은 맨들이 들락거렸다. 슈퍼맨을 꿈꾸지도 않으면서 말이다. 우리 편의점에 오는 맨만이 유일하게 슈퍼맨을 꿈꾼다. 할아버지를 구할 수 있다고 믿었다. 맨이 진짜로 슈퍼맨이 된다면 나는 편의점 앞에 현수막을 걸고 싶다. 3,461회 슈퍼맨 당첨자가 나온 집. 슈퍼맨 되기가 로또보다 나을까. 사람들에게 슈퍼맨이 될래? 로또 당첨자가 될래? 라고 묻는다면 모두 로또 당첨자를 고르지 않을까. 그러면 로또가 슈퍼맨을 이긴 거니까. 진정한 지구 영웅은 로또가 되는 게 맞겠다고 나는 생각했다.

"그래도 이번 주 로또는 하고 가."

나는 우리 모두에게 공평하게 로또 한 장씩을 내밀었다. 신중하게 숫자를 골랐다.

"오늘 밤은 정말 맞아야겠어. 로또."

진은 로또가 되면 한강이 보이는 커다란 집을 사서 할아버지와 모두 함께 살자고 했다. 물론 각자의 신은 존중하기로 하고 말이다. 맨과 진은 편의점 밖으로 나가 오토바이에 시동을 걸었다. 오토바이의 성난 배기판이 부르르 떨었지만 헬멧을 쓰느라 맨은 한참을 낑낑거렸다. 나는 스태프라고 적힌 문을 열었다. 재고품과 라꾸라꾸 침대 사이에서 제법 살이 붙은 검은 개가 꼬리를 흔들었다. 나는 밥그릇을 채워주고 나왔다.

"같이 가."

"편의점은?"

"불 꺼진 지구도 아름다울 것 같아."

나는 이제 겨우 편의점에서 한 발을 뗐고, 하늘에는 다리와 날개가 분리되어 포개진 치킨에서처럼 노란 기름이 고여 있었다. 오래전에 끓는점에 도달해버린 달빛이었고 자세히 보니 낱개 포장된 바나나의 검은 반점 같은 것들도 보였다.

슈퍼맨 창조자인 제리 시걸과 조 슈스터는 실제로 친구였고, 그들은 내 견해로 볼 때 지극히 은둔형외톨이에 은따였다. 그들은 장난삼아, 순전히 즐거움을 위해 슈퍼맨이라는 캐릭터를 만들어 자신들의 꿈을 대변했다. 하지만 초기 슈퍼맨 캐릭터 설정에서 그들이 가장 고심한 점은 그의 약점이었다. 슈퍼 울트라 히어로는, 한마디로 자기 잘난 맛에 사는 영웅은 인간미가 없었기에 대중들에게 인기가 없었다. 고심 끝에 두 친구는 그들이 만든 이 완벽하고 아름다운 피사체에 옥에 티를 만들기 시작했는데, 처음에는 어수룩한 안경, 병적으로 수줍고 소심한 성격을 넣었고 종국에는 절대 결함을 만들어냈다. 크립토나이트는 그냥 돌이었지만 녹색 방사선을 뿜어 슈퍼맨의 힘을 약화시키고 심지어 한 시간 이상 노출되면 그를 죽일 수도 있었다.

"인간의 가장 위대한 약점은 한―없―이― 약―하다―는 건지도 몰―라."

마포대교의 무자비한 새벽바람 속에서 맨의 말소리가 끊어져 들렸다. 약한― 인―간이― 악―하면― 그―것―보―다 더― 나쁜― 건― 없는― 것 같아. 맨의 목소리는 떨렸다. 무―서―웠어, 누군가의― 가장― 마지막 모습을― 본― 사람이 나라는 게. 바람에 진의 긴 머리카락이 펄럭거리며 뺨을 때렸다. 내가 진짜 구하고 싶은 건 할아버지가 아니야, 내가 구하고 싶은 건― 이제 진은 자기 손으로 자기 뺨을 때리는 사람 같았다.

"나―는― 나―를 구하―고― 싶―어."

그날 도망가지 않았더라도 여자아이를 구할 수 없었을 거라는 말을 나는 끝내 맨에게 하지 않았다. 대신 나는 맨을 안고 있는 진을 더욱 세게 안았다. 그리고 새삼 중력에게 고마웠다. 그럼에도 우리를 이렇게 꽉 붙잡고 있어줘서.

집에는 아무도 없었다. 대신 방금 전에 나간 것처럼 집은 할아버지의 물건들로 가득했다. 참전용사의 집 문패부터 벽에 걸린 복지관 탭댄스 수료증까지, 하다못해 현관 입구 발닦이로 쓰고 있는 한려수도 방문 기념 수건까지 모두가 다 할아버지의 그림자 같았다. 정작 그림자 노동에 시달린 맨의 방문은 달의 뒤편처럼 꽉 닫혀 있었다.

"할아버지가 영영 안 돌아오면 어쩌지?"

진이 졸린 목소리로 물었다.

"기다려봐. 아직 만 하루도 안 지났어."

하루가 지나지 않았다는 말에 우리는 할아버지의 부재를 확인한 것보다 더 놀랐다. 금방이라도 잠이 쏟아질 것 같았지만 정신은 점점 더 맑아졌다. 편의점에는 다양한 사람들이 왔다 갔다. 한번은 길을 잃은 할아버지가 팬티만 입고 나를 찾아온 적이 있었다.

"뭐 좀 드릴까요?"

나는 최대한 아무렇지도 않게 말했다. 할아버지는 고개를 저었다. 데려다주겠다고 하자 지금은 아무 데도 안 가고 싶다고 했다.

"그러면 맨이 힘들어요."

그는 겁먹은 아이처럼 한동안 가만히 있었다.

"죽고 싶어."

나는 그 말을 못 들은 척했다. 정신이 없는 노인네의 말이었다. 얼마쯤 시간이 흐른 뒤 죽여주면 좋겠는데, 아무도 모르게 그냥 콕, 이라고 다시 말했다.

"누구 인생 종 칠 일 있어요? 할아버지는 그냥 죽으면 되지만 우리는 이 나이에 무슨 죄예요?"

죄? 한참 후 할아버지는 죄는 지으면 안 되지, 라고 작게 중얼거렸다.

"아이나 여자들이 갑자기 나타나 국군을 공격하는 일이 많았어. 그들은 낮에는 한국군이나 미군 편에 섰고 밤에는 베트콩 편에 섰어. 살기 위해서. 왜 한국전쟁 때 우리도 그랬다잖아. 알고 있었어. ……그랬는데 작전 지역의 마을에는 사전 대피령이 내려져서 텅 비어 있어야 했는데 그날은 아니었어. 왜 그런지 몰랐어. 말이 안 통했으니까. 수색 과정에서 발견되는 사람들은 적으로 간주하고 사살을 하기도 했지만 누가 봐도 그들은 아니었어."

할아버지는 말을 하며 몸을 떨었다.

"전쟁은 끝났어요."

나는 팔을 잡아 일으키려고 했지만 할아버지는 나를 뿌리쳤다.

"그런데 이제 와서 말이야. 내가 죽인 사람들이 내가 아무것도 기억하지 못한 채 죽는다는 걸 알면 뭐라고 할까? 그게 너무 죄스러운 거지. 조금이라도 기억이 있을 때 죽는 게……그게 내가 할 수 있는 마지막 일 같아서. "

그렇게 말하고 할아버지는 뭔가가 떠올랐는지 팬티에 오줌을 쌌다.

할아버지의 무용담을 나는 딱 한 번 들은 적이 있었다. 말도 못하게 술에 취해서였다. 그때는 그게 잘한 일인 줄 알았다고, 진짜 영웅이 된 것 같았다고. 그때 내가 스물한 살이었어…… 고작 스물한 살. 스물한 살의 청년이 치매에 걸린 노인이 되는 긴 시간이 지났지만 그는 여전히 그날을 살았다. 나는 할아버지가 이제 그만해도 좋을 것 같았다. 맨이 이제 붙잡은 손을 놓쳐도 괜찮을 것 같았다. 그게 뭐든, 사는 일이 죽는 일보다 더 중요하다는 것은 거짓말 같았다.

"죽여줄게요."

그날 나는 편의점 카운터에서 할아버지의 이마에 대고 바코드를 찍었다. 총을 겨누는 것처럼.

삑—

소리와 함께 할아버지는 눈을 질끈 감았다. 그건 보잘것없는 우리의 지구에서의 이력을 확인하는 일 같았다. 도무지 정보가 뜨지 않았다. 손님이 쏟은 라면 국물을 닦고 돌아오자 할아버지는 어디에도 없었다. 그날 밤에도 아이는 담배를 사러 왔다. 아이의 부모는 술과 담배를 가져가지 않으면 밤새 아이를 재우지 않는다고 했다.

"삼촌이 데려갔나 봐."

"뭐?"

"마지막 남은 전세금이 탐이 난 거지. 씨발!"

맨은 오전에 집주인한테서 집을 비우라는 연락을 받았다고
했다. 우리는 할아버지가 없는 할아버지 방에서 할아버지의
낡은 티브이를 봤다. 커튼을 치지 않아 새벽인데도 방은 여전
히 깜깜했고 이불에서는 한 번도 맡아본 적은 없지만 백 년
된 씨간장 냄새가 났다. 그렇게 생각하자 커다란 간장독에 들
어앉아 있는 것 같았다. 생각해보면 할아버지의 방에는 늘 이
불이 깔려 있었다. 이불이 이제 할아버지 같았다. 우리는 커
튼을 걷지 않고 '어쩌다 어른'이라는 프로그램의 재방송을 봤
다. 소주를 마셨는데 중간쯤에 맨이 부엌으로 가서 김치를 가
져왔다. 할아버지가 담근 김치라고 아껴 먹으라고 했다. 왜?
라고 묻자 노인네, 이제 김치를 담그는 법도 잊어버렸을 테니
까, 라고 말하며 손으로 김치를 찢어 먹었다. 술이 오르자 진
이 자꾸만 웃어댔다. 다시 벨이 울렸고 맨은 이번에는 여자의
전화를 받았다.

"아줌마, 이제 그만해요."

맨은 할아버지가 있다고 했다. 잠시 기억이 돌아올 때마다
죽을 자리를 찾아다니는 할아버지의 전화를 받아야 한다고,
그러니까…… 이제 그만해요. 그만하자는 그 말을 한동안 듣
고만 있던 여자는 미안해요, 라며 아주 작게, 들릴 듯 말 듯한
목소리로 말했다. 요즘 통 잠을 못 자서 그래요, 자신의 몸에
서 자꾸 죽은 동물 냄새가 난다고 중얼거렸다. 이상하죠? 한

동안 전화를 끊지 못했다.

나는 진을 돌아봤다.

"너는? 너는 언제 돌아갈 거야?"

내가 묻자 진은 나? 돌아가고 싶지. 돌아가고 싶은데……거기가 어딘지 모르겠어. ……그래도 너는 가, 24시잖아. 그렇게 말하고 도저히 참을 수 없다는 듯 눈을 감았다.

나는 진이 나를 불쌍하게 보고 있다는 것을 알았다. 진은 나를, 나는 맨을, 맨은 할아버지를. 우리는 서로를 연민했다. 고통받고 있는 사람들에게 연민을 느끼는 한 우리는 우리 자신이 그런 고통을 가져온 원인에 연루되어 있지 않다고 생각한다*는 말을 읽은 적이 있다. 하지만 오늘 밤 우리가 느끼는 모든 연민이 슈퍼하지 못한 우리의 무능력이라고 해도 나는 이제 괜찮을 것 같았다.

다시 벨이 울리고 커튼 사이로 오랜 방황을 끝낸 지구에 막 아침이 도착하고 있었다. 나는 실눈을 뜨고 조용히 그 모습을 지켜봤다. 그리고 지금도 어딘가에서 죽어가고 있는 사람과 그 밤을 지키고 있는 사람들의 끝나지 않는 밤에 대해 생각했다.

그 전쟁 같은 밤을.

* 수전 손택, 『타인의 고통』.

수영장

판을 다시 만난 곳은 수영장이었다. 그곳에서 그 아이를 만날 수 있으리라고 나는 한 번도 생각해본 적이 없다. 마치 물속에 표지판이 없는 것처럼 말이다. 수영장은 구 소방서를 개조해 만든 청소년수련관 안에 있었고 담쟁이넝쿨이 화상 환자의 핏빛 거즈처럼 건물의 반을 덮고 있었다. 판은 늘 그 앞에 서 있었다. 마치 소방서가 옮겨간 것이 그것 때문인 것처럼 말했다.

더럽게 불을 못 끄잖아.

그걸 어떻게 알아? 내가 묻자 판은 그냥 알아요, 나는, 이라고 말했다. 한번은 세상의 모든 소방관들에 대해 생각할 때도 있다며 판이 내 어깨를 쳤다. 해봐요, 라고 했다. 나는 소방관이 아니었다. 될 마음도 없었다. 체력 테스트가 문제구나, 판은 웃었다. 나는 웃지 않았다. 대신 판과 함께 담쟁이넝쿨을 바라보는 시간이 조금 더 길어졌다. 차마 구하지 못한 사람과 목숨은 구했지만 인생의 절반을 날려버릴 만한 흉터가 남은 사람 중 누가 더 그들의 마음을 찢어놓을까 궁금했다. 생각을 하는 동안 계절은 또 여름에서 가을로 넘어가고 있었다. 담쟁이넝쿨은 불타올랐고 종종 우리는 영영 구조되지 못한 사람처럼 멍하니 그 앞에 서 있었다.

수영장은 오래된 지린내와 소독약 냄새의 완벽한 콜라보였다. 월요일은 문을 닫았고 자유 수영은 이천 원이었다. 수영 강습이 많은 주말에는 입장이 제한된다는 안내판이 있었다. 하지만 우리는 무료였다. 우리는 항상 입장이 가능했다. 그냥 그랬다.

평일이라 한산하군.

평일의 수영장은 한산했고, 마치 그것을 증명하듯 바닥은 일관된 하늘색 타일의 지루한 동어반복 같았다. 수영장 물은 늘 사분의 삼쯤 차 있었고 약간 따뜻할 정도로 데워져 있었다. 수영장 물을 도대체 언제 가는지에 대해 실랑이를 한 적이 있었다. 판은 일주일에 한 번이라고 했고 나는 계절이 바뀔 때마다, 라고 했다. 우리는 자주 그 일로 싸웠는데 그때마다 물어볼 사람이 마땅치 않았다. 우리는 하루 정도 작정하고 수영장에서 밤을 새울 계획도 갖고 있었다. 별이 뜨면 수영장이 천문대 같을 거야, 판은 신이 나서 말했다.

그건 사실이었다. 별관 수영장 천장은 거대한 돔이었다. 돔은 반구형으로 된 지붕이나 천장을 말했지만 나는 돔을 말할 때면 늘 물고기가 떠올랐다. 수영장을 볼 때도 그랬다. 그건 『우리나라의 물고기들』이라는 책 때문일 거라고 생각했다. 나는 그 책을 쌍둥이에게 읽어준 적이 있다. 생각보다 자주 그랬다. 『우리나라의 물고기들』의 구성은 단순했다. 참돔, 감성돔, 돌돔, 자리돔처럼 같은 종에 대한 사진을 주고 그 옆에 간략한 설명과 삽화를 곁들이는 식의 담백한 책이었다.

돔은 가시 지느러미를 가지고 있대. ……모든 아름다운 것들이 그런 것처럼.

수영장에서는 평소보다 큰 목소리로 말해야 했다. 판의 목소리가 울려 왕왕거렸다. 이 얘기를 쌍둥이에게 해주었다면 어땠을까? 그랬다면 지금의 판처럼 내게서 가까워졌다 멀어지기를 반복했을까? 나는 이제 그 일을 알 수 없다. 다만 지금 내 옆에는 돔 모양의 천장을 바라보며 수영을 하는 판이 있고, 판은 물고기 돔 같다. 아니면 부록에서 봤던, 제주에서 돔을 잡을 때 사용했다는 테우라는 배 같다. 투명한 돔 모양의 천장으로 구름이 배회하자 수영하는 판의 몸 위로 전혀 다른 방식의 모자이크가 새겨졌다. 판이 너무 멀리 가지 않도록 나는 다급하게 이름을 불렀다.

판! 판! 너 진짜 몇 살이야?

5학년.

한참 후 판이 대답했다.

몇 살?

판은 할 수 없다는 듯 수영장 바닥에 발을 대려고 애쓰면서 오! 손바닥을 펼쳐 보였다. 판은 늘 5학년이었다. 어제도, 그저께도, 작년에도. 가끔 학교에 가지 못했다고도 했다. 내가 보기에 판은 다섯 살이나 여섯 살처럼 보였다. 판은 아주 작았고 너무 말라 수영을 할 때면 물 위에 꼭 종이 인형을 띄워 놓은 것 같았다. 5학년은 아직 누군가의 보살핌이 필요한 나이였고, 나는 그 사실이 안심이 됐다. 아저씨 심심해요, 그날에 대해 말해줄래요? 나는 기억이 하나도 안 나요, 판은 또 졸랐다.

잘 들어 마지막이야. 이제 나도 점점 희미해져.

마지못해 들려주는 것처럼 했지만 나는 그 이야기를 좋아했다. 다시 그날을 이야기하면 다시 그 시간을 사는 것 같았고 어쩌면 돌아갈 수 있을 것 같았다.

진짜 마지막이야!

네, 네.

판이 대답했다. 하지만 판도 나도 진짜 마지막을 몰랐다. 사람들이 언제 마지막이라고 하는지, 마지막 순간에 뭘 해야 하는지, 마지막을 알 수 없을 때는 뭘 떠올려야 하는지. 아무 것도 모르면서 우리는 늘 마지막이라고 말했다. 그렇게 하면 마지막이, 마지막이 아닌 게 되는 것처럼. 마지막이 영원히 복기라도 되는 것처럼.

판은 이제 몸을 뒤집어 배영을 하고 있다. 나는 사각의 수영장 모서리에 앉아 발만 첨벙거렸다.

*

그날 아침 아내는 김치볶음밥을 만들고 있었다. 쌍둥이는 숟가락으로 경쟁하듯 식탁을 마구 두드렸다. 한 명이 시작하면 무조건 다른 한 명이 따라 하는 게 쌍둥이의 룰 같았다.

그만하지 못해!

아내가 비명에 가까운 소리를 질렀지만 아이들은 말을 듣지 않았다. 쌍둥이는 또래 아이들이 그렇듯 버릇이 없었다. 오히려 아내가 분개할수록 그 일을 더욱 즐겼다. 나는 아내의 말을 늘 못 들은 척 넘겼다. 하나를 궁지에 몰아넣을 수는 있지만 동시에 둘은 힘들었다. 나는 아내의 눈치를 보며 비트코인 시세를 확인했다. 비트코인은 개장과 폐장이 따로 없었다. 낮과 밤이 없었다. 쥐새끼들처럼 돈을 퍼갔다. 아내는 그런 나를 신경 쓸 여유가 없었다. 김치, 햄, 양파, 피망을 미리 볶았다. 식용유를 팬 전체에 코팅하듯 바르고 버터를 크게 한 숟갈 떨어뜨렸다. 싱크대에 바짝 붙어 서서 내용물이 고루 익도록 주의를 기울였다. 중간중간 쓰다 남은 버터를 은박지에 싸두고 계란물을 풀었던 볼을 싱크대에 던지듯 넣는 것도 잊지 않았다. 아내는 앞치마에 물기 묻은 손을 닦고 정신을 집중해 볶음밥 위에 올릴 계란 노른자를 터뜨리지 않으려고 노력했다.

삐—익!

그때 아파트 안내방송을 알리는 신호음이 울렸다. 낡고 오래된 주공아파트 인터폰은 시도 때도 없이 울렸다. 분리수거 날짜를 공지하거나 옥상에 고추를 말리지 말라는 경고, 어떤 날은 주차선 가운데 주차한 입주민을 찾는 방송이 이어졌다. 소매치기가 가방을 낚아챌 때처럼 매번 소리는 거칠다 못해 신경질적이었다. 다시 한번 신호음이 울렸다. 쌍둥이는 으음— 거리며 귀를 막았다. 기다렸다는 듯 숟가락 장난을 멈췄다. 그게 다였다. 귀에 거슬리는 삐— 이후 방송은 없었다.

누가 실수로 스피커를 켰나?

아내가 말하자 그게 신호처럼 아이들은 동시에 식탁에서 일어났다. 순식간에 바닥에 콩 자루를 쏟아부은 것처럼 거실을 뛰어다녔다.

늦었어. 좀 잡아봐.

아내의 말에 나는 아이들을 붙잡으려고 했지만 젓가락으로 콩을 집을 때처럼 잘되지 않았다. 판은 늘 이 타이밍에서 웃었다. 젓가락으로 콩을요? 애들 이름이 뭐예요? 라고 물었다. 나는 매번 이름이 기억나지 않았다. 나를 뚫어져라 쳐다보는 판을 향해 애매하게 웃었다. 기억은 공간, 시간, 인물순으로 사라진다고 했다. 나는 반대였다. 공간과 시간 속에 인물들이 흐릿했다. 마치 물속에서 말을 할 때처럼 나는 누군가의 이름 앞에서 자주 숨이 찼다.

*

너도 들었니? 판?

판은 물 위에서 고개를 흔들었다.

그날 오후 뉴원의 공식적인 발표가 없었다면 우리는 아무도 그 일에 대해 알지 못했을 거야.

아무것도 기억 안 나요.

괜찮아.

판은 조금 상심한 것 같았다. 처음 내 이야기를 듣고도 판은 믿지 않았다. 지금도 판이 그 일을 완전히 이해하고 있는

지 알 수 없다. 다만 판은 이제 팔다리를 거의 움직이지 않고 죽은 사람처럼 물 위에 떠 있다. 처음 그 모습을 봤을 때 얼마나 놀랐는지 지금도 생생하다.

생존 수영 시간에 배웠어요.

판은 진짜 나뭇잎처럼 둥둥 떠 있었다. 습기를 잔뜩 머금은 썩은 나뭇잎처럼. 판은 일주일에 한 번 생존 수영 수업을 위해 청소년수련관에 왔다고 했다. 수요일 아침마다 판은 등교와 동시에 수영복을 챙겨 스쿨버스를 탔다. 판은 몰랐다. 그저 지루한 수업이 아니어서 좋았다고 했다. 복지관에서 구해준 낡고 해진 수영복이 조금 걱정됐지만 어차피 같은 반 아이들은 판에게 관심이 없었다고 했다.

버스 창으로 파란 하늘이 지나가잖아요. 여름의 끝자락이었는데, 건물 옥상에서 빨간 잎 하나가 차창으로 떨어졌어요. 돌아보니 정항우케잌과 올리브영이 있는 건물이었는데. 건물 옥상에 나무 한 그루가 불타오르고 있었어요. 그게 참…… 신기했어요. 붉은 잎이 파란 하늘을 타고 내려오는데 물고기 한 마리가 내게 헤엄쳐 오는 것처럼. 중국 단풍나무였어요.

판의 좋은 기억은 거기까지였다. 생존 수영은 다른 의미로 판을 구했다. 하지만 시간이 흐른 후 판은 생존보다는 실존을 원했다. 생사 확인을 해줄 동사무소 복지과 직원의 정기적인 방문이 아니라 함께 밥 먹을 사람이 필요했다는 걸 아무도 몰

랐다. 사람들은 동정심을 종종 자신의 인품으로 착각한다고
도 했다.

우리 이제 밥 먹자.

조금만, 조금만 더 있다가요.

수영복을 갈아입는 라커룸에서 수영 강사는 조용히 판의
몸에 난 멍 자국의 개수를 셌다고 했다. 그건 계단에서 넘어
진다거나 축구를 하다 생길 수 있는 상처가 아니었다. 그는
신고했고 판은 수업이 끝나고도 학교로 돌아가지 못했다. 처
음 판은 사고라고 했다. 달려오는 차에 뛰어들어 길을 건너는
위기 탈출 게임을 하다 사고를 당했다고 했다. 하지만 금방
들통이 났다. 그런 일은 없었다. 거짓말 때문에 이후 판은 위
센터에서 심리 상담을 받았다. 판의 아버지는 아동학대와 주
취폭력으로 집행유예를 받았고 판은 다시 집으로 돌려보내졌
다. 센터장은 판이 정서불안 증세를 보이며 오랜 방치의 결과
로 학습 부진이 심각한 상태라고 평가하고 사인했다. 그녀는
판을 딱 한 번 본 적이 있었고 그것만으로 다 안다고 생각했
다. 그녀는 지겹도록 그런 아이를 봐왔다. 안 봐도 알 수 있었
지만 직업윤리 때문에 판을 만났다고 했다.

아버지가 때릴 때 어땠니?

대답이 없자 그녀는 아버지를 죽이고 싶었니? 라고 물었
다. 판은 고개를 저었다.

그래, 착하구나. 상처 좀 보여줄래?

상처는 없어요.

왜 없니? 넌 매일매일 아버지에게 맞는 아이야.

저기요, 아줌마, 고통은 늘 정면으로 마주해야 해요. ……
제대로 맞기만 하면 돼요. 잘못 맞으면 상처가 나고 더 아파
요. 나는 이제 그걸 알아요. 그걸 터득하는 데 시간이 좀 걸렸
지만.

그녀의 얼굴은 심하게 일그러졌다. 이후 꽤 긴 시간 동안
판은 홀로 상담실에 앉아 파란 하늘을 봤다. 물고기가 다시
헤엄쳐 오지는 않았다고 했다.

*

아이들은 욕조에서 오래 첨벙거렸다. 아내와 나는 저녁 뉴
스를 통해 그 사실을 알았다. 그건 시계가 일곱시 삼십분을
가리킬 때쯤 나온 속보였다. 뉴원에서 누출 사고가 있었고 처
리 중이라는 짧은 자막이 다였다. 이후 숨 가쁘게 뉴스가 전
송됐다. 뉴원은 발전소 사고 이후 상황 파악이라는 명목으로
열두 시간 만에 공식 발표를 했다는 비난에 대해 그건 사실이
아니라고 했다. 백색비상이 발표되고 예비현장지휘센터를 발
족했다며 현재 상황을 설명하기에 바빴다. 아나운서는 평상

시와 같이 생활할 것을 당부했지만 목소리에는 다급함이 실려 있었다. 뉴스를 보던 아내는 놀란 목소리로 아침이야, 라고 말했다.

뭐?

아침에 아파트 안내방송 말이야. 이게 그거였나 봐.

방송은 없었어.

그래, 그런데 왠지 이거 같아.

아내는 불안한 듯 거실을 서성거렸다.

확실해. 오늘 아침 어린이집 차를 기다릴 때 분명히 들었어, 관리소장이 출근 직후 서둘러 퇴근했다고 했어.

다른 일이 있었겠지.

그때 뉴스는 재앙이라는 말을 처음 내보냈다. 몇 분 후 공영방송으로서 단어 선택이 적절치 못했다는 사과 자막이 나왔다. 나는 창밖을 봤다. 재앙이었지만 폭발 같은 건 아니었다. 찢어지는 폭발음도, 홀로코스트를 연상시키는 목욕탕 굴뚝의 치솟는 연기도 없었다. 저녁 식탁 위에는 아이들이 먹다 남긴 밥과 미처 뚜껑을 닫지 못한 김치통이 그대로였다. 식은 콩나물국과 진미채, 계란말이가, 아이들의 숟가락에 들러붙은 흰 밥풀들이 오히려 처참하게 보이는 저녁이었다.

여덟시, 청색비상이 발효되자 아내는 이제야 생각났다는 듯 관리소장의 친척이 국회의원이라고 했어. 그래도 어떻게 그럴 수 있어? 어떻게 혼자 퇴근을 할 수 있지? 아내는 창가 쪽으로 갔다. 붉은 지느러미로 헤엄치는 물고기처럼 노을이 지고 있었다.

하늘이 온통 핏빛이야.

아내가 말했다. 그건 아주 잠시 그랬다. 하늘은 이내 검붉은 오디색으로 변했다. 서둘러! 내가 말하자 돌아선 아내의 얼굴은 사색이 돼 있었다. 한여름 잘 익은 오디를 먹으면 입술이 검게 변했다. 마치 죽은 사람처럼 보였다. 그날 저녁 아내는 그렇게 보였다.

서둘러! 물속에 너무 오래 있으면 네 입술도 그렇게 될 거야.

그러니까 배가 고프네, 판은 수영장 밖으로 나왔다. 판의 손발이 어제보다 더 심하게 부풀어 있었다. 곧 미쉐린의 심벌이 될 것 같았다. 판의 머리카락에서는 물이 뚝뚝 떨어졌고 나는 잠시 그것이 판의 눈물인 듯 착각이 들었다. 나는 수건으로 판의 몸을 닦았다.

미진 엄마 보러 갈까? 판이 말했다.

그 여자 미친 여자야.

알아, 그런데 안 보면 보고 싶어.

판은 엄마가 없었다. 네가 엄마가 없어서 그래, 라고 말하자 그래요, 난 엄마가 없어요, 그래도 우리 엄마는 좋은 사람이었어, 판이 나를 쏘아봤다.

신이 왜 엄마와 아빠를 주고 매번 한쪽을 망가뜨리는지 알아요?

왜?

신은 완벽을 사랑하지 않아요. 자신이 완벽하지 않다는 것도 알고요. 결핍이 있어야 자신이 더 많이 자주 호명될 테니까. 그래서 아무 죄도 없는 애들을 자꾸 괴롭히는 거예요.

우리는 수영장을 나와 텅 빈 도시를 배회했다. 발밑으로 뜨거운 바람이 불었고 어디서 날아왔는지 모를 전단지가 굴러다녔다.

1,000만 명 가운데 100명꼴로 발생하는 소아 갑상샘암이 인구 200만 명 도시에서 17배에 달하는 3,300명에게 발병. 수산물 오염도 CSS-1377 수치 치솟아 전량 폐기…… 그곳은 안전한가요? 스스로 살아남아야 한다! 1. 마스크 쓰기 2. 긴 소매 옷 입기 3. 외출을 자제하고 외출 시 입었던 옷은 바로 벗고 버리기 4. 자주 샤워하기 ……비 맞지 않기.

전단지 속 알 수 없는 숫자와 글자들을 밟고 우리는 알 수 없는 방향으로 계속해서 걸었다.

우리는 배가 고프면 아무 집에나 들어갔다. 냉장고를 열고 음식을 꺼내 먹었다. 음식들은 아직 먹을 만했다. 운이 좋으면 치킨이나 피자 같은 것들이 식탁에 그대로 있을 때도 있었다. 판은 그런 것들을 좋아했다. 내가 인상을 찌푸리자 아무것도 모르면서 원래 피자랑 치킨은 식은 게 더 맛있어, 라고 말했다. 치킨과 피자는 그렇다 쳐도 김빠진 콜라는 영 아니었다.

오늘은 어느 집에 들어가볼까? 신김치 같은 게 먹고 싶어. 아주 짠지가 된.

아저씨 집에 가면 안 돼요?

불쑥 판이 말했다. 나는 대답 대신 멀리 귀환곤란구역 표지판을 쳐다봤다. 붉은 글씨로 더 이상 들어갈 수 없으니 유턴해주세요, 라고 적혀 있었다.

응?

……안 돼.

왜? 가보고 싶어요. 아저씨가 어떻게 살았는지 보고 싶어.

우리 집엔 아무도 없어.

아저씨 지금 장난해요? 이 도시에는 아무도 없어요. 개미새끼 한 마리 없다고요!

판이 소리쳤다. 회전교차로의 신호등이 깜박거렸다. 우리는 아무도 없는 도시의 꺼지지 않는 신호를 지켜 길을 건넜다.

다른 집은 다 돼도 우리 집은 안 돼.

그러니까 왜요?

그러니까 왜? 나는 딱히 할 말이 없었다. 대출이 많아……
딱 현관까지만 우리 집이야, 우리 나이가 되면 집이 그냥 짐
이야. 판이 나를 뚫어져라 쳐다봤다. 거짓말이었다. 아침에
나왔다 저녁에 들어가는 것처럼 집으로 가는 길이 익숙할까
봐 두려웠다. 거짓말이었다. 판을 따돌리고 나는 매일 집으로
갔다.

아파트 현관문을 열면 방치된 재활용 쓰레기들이 보였다.
연두색 고무공이 신발장 아래 처박혀 있었고 슬리퍼가 벗어
던진 그대로 놓여 있었다. 나는 마치 그 집을 처음 가보는 사
람처럼 굴었다. 목욕탕 입구에는 물기를 닦고 던진 수건과 갈
아입은 빨랫감이 뭉쳐져 있었다. 아이들 방문을 열자 읽다 던
져둔 책과 장난감이 방 한가운데 덩그러니 놓여 있었다. 똑같
은 침대에 똑같은 시트, 똑같은 베개와 잠옷. 똑같은 두 개의
물건들이 불필요한 삶의 한 부분인 것처럼 느껴졌다. 아이들
에게 잘해주지 못한 것 같았다. 아내가 쌍둥이를 임신했다는
것을 알았을 때 이후로 그건 언제나 선택이 아니란 생각이 들
었다.

안방에서는 아내가 금방이라도 문을 열고 나올 것 같았다.

화장대에 아내의 가죽 시계가 그대로 있었다. 아내는 사치를 하지 않았다. 유일하게 시계에 대해서는 탐을 냈다. 때가 되면 새로운 시계를 하나씩 샀고 나는 그걸 물욕으로 치부하고 한심하게 생각했다. 집 안을 다 돌아볼 때까지 울지 않았다. 냉장고에 붙은 아이들의 그림이나 가족사진 같은 것을 볼 때는 주먹을 꽉 쥐었다. 하지만 거실에는 한쪽 면이 꺼진 소파가 주인을 기다리는 것처럼 놓여 있었고 그곳에 앉자 눈물이 났다. 거푸집처럼 꼭 맞는 어떤 시간이 나를 가만히 껴안는 것 같았다.

시간이라는 상이 있으면 좋겠어.

아이들의 초등학교 입학식이 끝나고 교문을 나올 때 아내가 했던 말이 떠올랐다. 마치 아내가 바로 옆에 있는 것처럼. 그 말이 지금 내게 가장 필요한 것처럼.

구시가지 쪽으로 가보자. 거기 시장도 있어.

긴급보호조치 지정구역은 사고 발생지로부터 30킬로미터였다. 도시 외곽으로 높은 담장이 쳐졌다. 판은 마름모꼴 모양의 철조망을 막대기로 툭툭 치며 걸었다. 더 이상 신간이 들어오지 않는 시립도서관을 지났다. 판은 심심하면 그곳에 가서 책을 읽었다. 가끔 어떤 페이지들을 찢어 호주머니에 넣었다.

한번은 도서관에서 돌아온 판이 개구리 한 마리를 발견하고 신이 나서 뛰어온 적이 있었다.

아직 살아 있어요.

개구리는 이상한 파란색이었다. 머리부터 물갈퀴까지 모두 비닐처럼 얇고 투명한 피부에 둘러싸여 있었다. 언제나 그런 것들이 있었다. 작고, 미끄럽고, 축축한 것. 이제 막 태어난 것 같은 것들.

만져봐요.

싫어.

징그러워서 그래요?

아니.

무섭구나?

놀리듯 판이 말했다.

아니.

그럼 왜요?

살아 있으니까.

왜 살아 있는 게 싫어요?

죽을 거니까.

그게 무섭다는 거예요.

*

여덟시 십오분, 적색비상이 선포됐다. 집은 고요했지만 더 이상 고요는 고요하지 않았다. 이후 안전 매뉴얼에 따른 혼란스러운 대피가 이어졌다. 저녁 여덟시 삼십분, 도시의 모든 사람이 차를 몰고 나왔다. 민방위 경보, 방송의 긴급속보, 휴대전화 재난문자, 차량 가두방송이 온 도시를 덮쳤다. 그에 비해 대피 요령은 간단했다.

1. 집 안의 모든 전원을 차단할 것.
2. 개인물품과 귀중품, 평소 먹는 약, 갈아입을 옷, 휴대폰 및 충전기를 챙길 것.

실제상황은 간단하지 않았다. 통신은 폭주했고, 두절됐고, 사람들은 미친 듯이 누군가의 이름을 불렀다. 미처 출발하지 못한 사람들이었다. 나는 아내와 아이들을 차에 태우고 라디오를 켰다. 단출한 차림이었고 쌍둥이는 밤 외출에 신이 났다.

놀이터에 나간 아이가 아무리 찾아도 없어요. 아이는 다섯살이고, 파란색 줄무늬 티셔츠에 노란 샌들을 신었…… 아니, 나이키 운동화예요. 아니 샌들…… 나이키…… 나이키!

라디오를 통해 여자는 미친 듯이 울었다. SUV 차 안에서 아내는 다급하게 뒷좌석의 아이들을 확인했다. 아이들은 안전벨트를 매고 어리둥절한 표정으로 애벌레 모양의 젤리를 먹었다. 아내는 부스러기가 남는 과자를 잘 사주지 않았다. 아내는 불안한 표정을 숨기지 못했다. 불과 몇십 분 전 아이들의 머리카락에서는 물이 뚝뚝 떨어지고 있었다. 비상 대피 매뉴얼이 발표되자 아내는 욕조에서 놀고 있던 아이들을 억지로 건져냈다. 나는 생각보다 당황하지 않았고 두렵지 않았다. 정확한 상황을 알 수 없기도 했고 무엇보다 우리는 그 시간에 같이 있었기 때문이었다. 그게 안심이 됐다. 늦어도 내일이나 모레쯤 다시 돌아올 것처럼 우리는 가볍게 아파트 현관문을 닫았다. 지난 몇 년간 몇 번의 지진 대피가 있었고 그때마다 별다른 일 없이 상황은 정리됐다.

다행이야.

차가 아파트 단지를 빠져나가자 아내가 중얼거렸다. 마치 새로 뽑은 차 안에 아무런 부스러기도 흘리지 않아 다행이라는 표정으로, 그런 작은 일에 큰일을 숨기는 건 아내가 상황을 처리하는 방식 같았다.

집으로 가라고 해주세요. 빨리! 제발, 엄마가 기다린다고…… 두희야! 두희야!

소리가 갑자기 끊어졌다. 차량용 라디오를 통해 삐—익 소리가 끔찍하게 흘러나왔다. 살면서 누군가의 불행이 그만큼

지척에 있었던 적이 없었다.

이후 재난방송에서는 냉철한 집단 이성을 강조했다. 국가 운명공동체 존폐의 차원에서 긴급 비상회의가 이어지고 있으며 유일한 대책은 긴급한 대피뿐이라고 했다. 국가 차원의 주민 소개로 확대 정비와 주민 운송 수단 확보, 보호소 운영 등의 대책이 마련됐다고 했다. 몇 분 후에는 바람의 영향을 받아 빠르게 확산할 수 있으니 되도록 바람의 직각 방향으로 대피해야 한다는 방송을 내보냈다. 다행히 당분간 비 소식이 없을 거라고도 했다. 그리고 여러 번, 가족의 안부는 일단 대피 후 구호소에서 확인하라는 메시지를 내보냈다.

이 현대적 재앙은 무색무취가 특징이었다. 오감으로 감지할 수 없으며 어떤 징후를 통해 인지한 순간은 이미 당한 후였다. 더 이상 방송에서는 두희야를 울부짖는 감정적인 내용을 다루지 않았다. 차들은 꼼짝하지 않았다. 시간은 아주 느리고 지루하게 흘러갔다.

*

판과 나는 화학단지 주변을 헤매고 있었다. 언제나 걷다 보면 그곳이었다. 거대한 배관과 검은 연기가 구불구불하게 뒤섞여 있었다. 이제 그런 것들은 아무 소용이 없는 것처럼 구시대적인 위험을 알리는 표지판은 보이지 않았다. 우리는 철조망 경계 가까이 갔다. 바닥에는 석회 가루가 잔뜩 뿌려져 걸을 때마다 버석거렸다. 뜨거운 공기가 커다란 공처럼 바닥에서부터 부풀어 올랐다. 입안에서 모래 알갱이가 씹히는 것 같았다.

미진이 엄마였다. 커다란 배낭을 메고 방독면을 쓴 채 여전히 그 자리에 서 있었다. 꽃무늬 치마가 바람에 날렸다. 그녀는 우리만 보면 방독면을 벗고 소리를 질렀다.

미진이, 우리 미진이 좀 찾아줘요! 나는 그곳에 못 가요. 아직 그곳은 안전하지 않아요.

그러니까 개요?

나는 항상 그렇게 물었다.

아니, 미진이, 우리 미진이를 나는 한 번도 개라고 생각해본 적이 없어요.

미진이 엄마는 개 엄마였다. 사고가 있던 날, 그녀는 자신의 딸 같은—아니 딸이라고 했다—미진이를 깜박 잊었고, 그 사실을 대피소에 도착해서 알았다. 그건 그녀에게 큰 충격이었다. 시츄 미진이를 그녀는 평소 가족이라고 생각했다. 그녀는 가장 가족이 필요한 순간 가족을 버리고 나왔다는 죄책감에 시달렸다. 그녀는 매일 가족을 찾아달라고 울부짖었다. 그녀는 오랫동안 체육관에 임시로 설치된 수백 개의 다닥다닥 붙은 텐트 중 하나에서 생활했다. 각 구호소의 대피 명단이 매일 업데이트됐지만 미진이는 없었다. 개는 없었다. 지금 당신 개가 중요해? 그게 중요해? 당신이 사람이야? 사람들은 그녀를 욕했고 한밤중에 그녀의 텐트에 불을 질렀다. 그들은 미칠 듯이 두려웠다. 그들에겐 무색무취한 공포보다 미진이 엄마의 눈물이 훨씬 더 다루기 쉬웠다.

그냥 아무 일 없다는 듯 잊어버리고 살아요.

어쩌면 그건 그녀에게 한 말이라기보다 나에게 하고 싶은 말이기도 했다. 또 그 말은 살아남은 사람들이 습관적으로 매일같이 하는 말이었다. 그 말을 할수록 그 일은 더욱 불가능한 일처럼 여겨졌기에 어쩌면 그 말은 이미 오래전에 이 도시에서 죽은 말이었다.

아무 일 없다는 듯 그게 돼!

미진이 엄마는 악을 썼다. 정부는 대형 축사의 소와 돼지들을 모두 안락사시켰다. 가축들은 영문도 모른 채 죽었고 한 구덩이에 묻혔다. 애완동물들은 자생 능력이 부족해 굶거나, 야생동물의 습격을 받아 일찌감치 죽었다고 했다. 살아남은 동물들도 치명적인 질병에 걸려 죽은 거나 마찬가지였다. 집 안에 갇혀 있던 반려동물이 굶어 죽기까지는 대략 2주가 걸렸다. 나는 매번 이 얘기를 하지 못했다. 구조하기에는 너무 짧은 생존의 시간이었고 죽기에는 너무 긴 실존의 시간 같아서였다.

……그냥 잊어요. 잊고 살아.

그게 돼? 어떻게 그게 그렇게 쉽게 돼? 그게 사는 거야? 너는 부모도 없지. 자식은 더더욱. 있다면, 만약에 그렇다면 그럴 수 없지! 그건 인륜이거든! 버린다고 버릴 수 있는 게 아니거든!

미진이 엄마는 여느 때처럼 소리쳤다. 나는 매번 인륜이라는 말이 인류라는 말처럼 들렸다.

아무 일 없다는 듯, 너는 진짜 그게 돼!

미진이 엄마가 주먹으로 철조망을 내리치며 울부짖었다. 어제도, 그제도, 작년에도.

……한번 버려진 걸 또 어떻게 버려 ……어떻게 그래.

*

중간에 끼어드는 차들로 전혀 속도를 낼 수 없었다. 나는 숨 막히는 공포를 내색하지 않기 위해 핸들을 세게 잡았다.

아무래도 안 되겠어.

그냥 다 같이 가. 조용히 있을게.

아내는 뒷좌석에서 터닝메카드 카드를 만지작거리고 있는 쌍둥이를 불안하게 쳐다봤다. 조용히 해, 라고 말했다. 아이들은 떠들지 않았다. 과자 부스러기도 없었다. 하지만 아내는 여러 번 흘리지 마, 라고 소리쳤다. 아내가 그렇게 말할 때마다 정작 놀라는 건 나였다. 긴 줄은 줄어들지 않았다. 꾸역꾸역 차들이 늘어갔다.

안 되겠어! 먼저 가. 이대로는 다 제시간에 도착 못할 거야.

비상 깜빡이를 켜고 차에서 내려 트렁크를 열었다.

뭐 하는 거야, 지금!

이 방법밖에 없어.

다행히 얼마 전 대형 마트에서 새로 산 쌍둥이의 자전거가 차에 실려 있었다. 그리고 반으로 접힌 전문가용 자전거 한 대가. 지난해 오월 한 달 동안 거의 매일같이 타다 방치한 내 것이었다. 나는 아내에게 맞춰 안장 높이를 조절했다.

이건 미친 짓이야!

뾰족한 안장을 아내는 불안한 듯 쳐다봤다.

그럼 다른 방법 있어? 두 시간째 차는 꼼짝도 않는데. 다 같이 죽어? 그래?

나는 협박하듯 소리쳤다.

빨리 타!

아내는 혼란스러워 보였다. 억지로 차에서 끌어낸 쌍둥이가 울기 시작했다.

싫어! 안 갈래! 매달리는 아이들을 사납게 떼어내 자전거에 앉혔다. 안전모를 씌웠다. 앞만 보고 가! 아이들을 한번 안아줄까 생각했지만 그만뒀다. 마지막처럼 굴고 싶지 않았다.

전화할게. 길이 뚫리면 중간에서 만나면 돼.

나는 아무렇지도 않은 척 말했지만 목소리는 전혀 아니었다. 이건, 진짜. 아내는 나를 한참 동안 쳐다봤다. 그리고는 빨리 와, 라고 아주 작게 말했다. 마치 그 말을 누가 들을 것처럼 조심했다. 다른 차 안에서 사람들이 그런 우리를 구경했다. 나는 상관없었다.

무조건 먼저 도착해야 해.

소실점처럼 자전거가 점점 더 작은 점이 되어 차들 사이로 빠져나가 완전히 사라졌다. 나는 시내로 다시 돌아가기 위해 차를 돌려야 했다. 사방에서 클랙슨 소리가 한꺼번에 울렸다. 나는 이미 제정신이 아니었다. 멀었지만 사고 지역을 관통해 도시 외곽의 해안도로로 돌아가기로 마음먹었다. 그건 미친 생각이었다. 하지만 어느 쪽이나 불가능해 보이기는 마찬가지였다. 시간이 얼마나 걸리든 다시 만나야 했다. 입술이 바짝 타들어갔다. 목이 말랐다. 생수가 있었지만 그걸 마실 생각도 들지 않았다.

중앙선은 이미 의미가 없었다. 차들은 모두 한 방향으로 움직였다. 차는 한동안 단단한 진흙 속에 발을 집어넣고 걷는 것처럼 좀처럼 방향을 바꾸지 못했다. 나는 차에서 내려 일일이 돌아다니며 사정했다. 죽고 싶어요? 미쳤어요? 죽으려면 혼자 죽어! 사람들이 고함을 질렀다. 그렇게 천천히 도시의 경계 지역에서 멀어졌다. 다행히 사고 지역에 가까이 다가갈수록 차량은 서서히 줄었고 어느 순간 도로는 텅 비었다. 군데군데 버려진 차들이 보였다. 주인들은 다 어디로 갔을까? 그런 생각을 할 시간조차 아까웠다. 천천히 액셀을 밟아 속도를 최대치로 올렸다. 판은 아버지를 면회하러 갔다가 휴게실에서 깜박 잠들었다. 사고 뉴스를 뒤늦게 접한 판은 놀라 뛰쳐나왔고 나는 판을 차로 들이받았다.

판, 그날 넌 죽었어.

아저씨도요?

……그래.

노을이 우리를 가만히 덮쳤다. 머리 위로 대형 전광판에서 영상과 자막들이 뒤엉켜 송출됐다. 화면은 어느 유튜버가 드론을 띄워 촬영한 폐쇄지역 영상이었다. 우리가 사는 텅 빈 도시가 화면 가득 나타났다. 불 꺼진 도시와 문 닫힌 상점들, 은행과 공원이 차례로 스쳐 갔다. 페인트가 벗겨진 도시는 한 가지 색깔로 통일됐다. 주유소는 흉물스럽게 방치돼 있었고 주택의 유리창은 모두 깨져 있었다. 먼지를 뒤집어쓴 의자들이 녹슨 자판기 옆을 지켰다. 드론은 시 외곽의 넓은 들판으로 계속해서 날았다. 우리는 한동안 멍하니 서서 그것을 바라봤다. 폐기물들이 일련번호를 붙인 검은 포대에 담겨 줄지어 서 있는 도로와 학교와 집, 논밭을 지나 빈 옥수숫대가 흔들리는 곳에 이르자 화면에 검은 점들이 생겨나기 시작했다. 드론이 빙글빙글 돌며 지상으로 바짝 몸을 낮추자 여러 개의 소실점이 점점 커졌다. 점점 가까워졌다. 점점 붉어났다.

너무 많은 배고픔과 추위와 공포가 옥수수밭에서 드론을 쫓아 달려 나왔다. 버려진 시간 속에 개와 고양이, 닭과 염소들이 제시간을 다하고 있었다. 꽃과 나무, 강물은 폐허를 거슬러 살아 있었다.

그곳에 너무 많은 미진이들이 있었다.

미진이 엄마가 미친 듯이 미진이를 불렀다. 하지만 그건 모두 미진이이기도 했고 전혀 미진이가 아니기도 했다. 판은 5학년처럼 울었다. 미진이 엄마는 가방에서 전지가위를 꺼내 철조망을 자르기 시작했다. 어디선가 비상 사이렌 소리가 울렸다. 찢어진 세계의 한 페이지가 너덜거리며 바람에 펄럭거렸다.

아스팔트 위로 천천히 피가 스며들고 있었지만 판은 아직 죽지 않았다. 판은 물 밖으로 튀어나온 물고기처럼 오래 팔딱거렸다. 판은 작았고 쓰러진 채 나를 쳐다봤다. 이상하게도 판과 눈이 마주쳤을 때, 정작 그 순간 도움이 절실한 사람은 나 같았다. 어떤 이유로도 지체할 수 없다는 생각이 들었다. 나는 시간이 없었다. 기다리는 사람이 있었다. 도로는 텅 비었고 공단의 굴뚝들은 여전히 검은 연기를 내뿜고 있었다.

괜…… 찮니?

나는 서너 걸음 떨어진 곳에서 판을 내려다봤다.

목이, 목이 말라요.

판이 헐떡거리며 말했다. 차 안에 있는 생수병이 떠올랐다. 나는 천천히 차를 향해 걸었다. 운동화 바닥이 끈적거렸다. 판이 내게 원한 것은 고작 생수 한 병이었다. 나는 그것을 가지러 차로 돌아갔고 그 모습을 판은 바닥에 얼굴을 붙이고 엎드린 채 줄곧 쳐다보고 있었다. 판이 나를 불러 세웠다. 아저씨! 나는 붙잡히고 싶지 않았다.

아저씨…… 머리에 피…… 피 나.

판은 희미하게 나를 향해 웃어 보였다. 나는 이마를 만지며 고개를 끄덕였다. 판을 안심시키기 위해 한 손을 들었다. 판은 그제야 작은 한숨을 쉬었다. 나는 다시 차로 향했다. 운전석 차 문을 열자 따지 않은 새 생수병이 보였다. 나는 그것을 못 본 척하며 운전석에 올라탔다. 안전벨트를 맸고 다시 시동을 걸었다. 차가 달리기 시작하자 백미러에 비친 판의 머리가 살짝, 1~2센티미터 정도 바닥에서 떴다 다시 내려앉는 것이 보였다.

계속해서 119에 전화를 걸었지만 모두 통화 중이었다. 초과 연결음의 삐―익 소리만 귀를 찢었다.

그날 타오르는 재를 뿌리는 검은 비도, 끔찍한 비명도 흰 담요를 덮고 길가에 버려진 주검도 보이지 않았다. 매운 떡볶이집에는 여전히 손님이 들끓었고, 세탁소의 빨래들은 오래전에 죽은 자의 명부처럼 어떤 감흥도 주지 못했다. 오히려 너무 고요했다는 말이 맞았다. 오히려 너무 무료했다. 지난 평범한 날들과 전혀 다를 바가 없었다. 그날 사람들은 아무것도 느끼지 못했다고 한결같이 말했다. 전광판에서는 이제 사고 이후 인터뷰가 전송되고 있었다. 화면 속 남자는 거의 울 것처럼 말했다. 조금만 더 일찍 대피가 시작됐다면 모두 살았을 거래요. 그의 말속에는 여전히 평범을 가장한 불안이 묻어났다. 연신 땀을 흘리는 그의 모습은 흡사 인질극의 인질 같았다. 그날 이후 모두가 그랬다. 온 나라가 정신없이 겁에 질렸다. 고요한 그날이 지나고 모두 그 고요한 공포에서 놓여날 수 없었다. 조그만 여자아이는 수돗물은 마시지 않고 오염된 공기를 피하기 위해 종일 마스크를 쓰고 생활한다고 했다. 또 앞으로 사랑을 하거나 아이를 무사히 낳을 수 있을지 불안감

을 안고 있으며 아이를 낳는다고 해도 이런 고통이 대물림되
는 것이 몹시 두렵다고 말하고는 울었다. 화면은 계속해서 지
직거렸다.

다시 태어나면 뭐가 되고 싶어요?

……

착한 신?

아니.

……

소방관.

*

오래 부식된 물마개가 뽑히자 녹슨 배관에서 *끄륵— 끄끅*
같은 소리가 났다. 흡사 살 속에 단단히 박힌 덫을 빼낼 때 짐
승이 내는 소리 같았다. 판은 물의 진동을 느끼고 잠시 휘청
했다. 바닥과 천장을 공명하던 소리가 사라지자 수영장은 다
시 고요해졌다. 하늘색 타일 바닥에서부터 작은 소용돌이가
바람개비 모양으로 빠르게 돌아갔다. 나와 눈이 마주치자 판
은 내게 손을 높이 쳐들었다. 팽팽한 고무줄을 억지로 잡아당
길 때처럼 판의 몸은 늘어났다. 국가대표 수영선수 같다는 생
각이 들었고, 더 이상 판이 아이처럼 느껴지지 않았다. 잘 자

랐구나, 라고 생각한 순간 판은 눈부시게 탄력 있는 몸으로
숨을 한번 크게 들이마시고 천천히 수영장 바닥으로 고꾸라
졌다.

판!

판! 판!

대답이 없었다.

판!

……판.

나는 천천히 수위를 낮추는 수영장을 오래 바라봤다. 천장
에 맺힌 물방울이 머리 위로 떨어졌고 자꾸만 얼굴 위로 흘러
내렸다. 판은 이제 물속에 완전히 잠겨버렸다. 오랫동안 올라
오지 않았다. 조용한 소용돌이만 누군가 입을 모아 부는 휘파
람처럼 어떤 음을 만들어냈다.

물이 빠진 수영장처럼 도시는 텅 비었다.

앨리스 증후군

서른일곱 편의 동시를 읽고 잠들기 위한 밤, 앨리스는 착해져야지, 라고 생각한다. 매일 밤, 밤마다, 그녀는 착한 아이가 되는 꿈을 꾼다. 그것이 얼마나 덧없는 일인지 알면서도 그 생각에서 벗어날 수 없다. 아이 방 창문이 조금씩 흔들리면서 뒤틀린다. 그녀는 불안한 마음으로 창문을 쳐다본다. 남편은 단열을 위해 창문마다 에어캡을 붙이자고 했다. 아이들 방은 외풍이 너무 심해서 아무리 보일러를 돌려도 소용이 없었다. 기온이 떨어지자 아침마다 아이들은 마른기침을 토해냈다. 그녀는 망설였다.

"붙여야겠지?"

"우린 지난겨울을 겪었잖아."

남편의 말에 앨리스는 지난겨울을 떠올려보려고 했다. 마치 떠올리고 싶지 않은 악몽을 떠올리는 듯 그녀는 머뭇거렸다.

'좋은 일도 있었잖아.'

앨리스는 산천에 가서 얼음을 깨고 아이들과 빙어 낚시를 했던 때를 떠올렸다. 하얗게 피어오르던 아이들의 입김과 잘 익은 복숭아 껍질처럼 솜털까지도 빨갛게 일어나던 뺨을. 그 뺨에 얼마나 뽀뽀를 해주고 싶었던지에 대해 생각했다. 지금이 아니면 안 될 것 같은 순간이었다. 아이에게 다가가기 위해 작은 캠핑 의자에서 갑자기 일어나려다 플라스틱 낚싯대를 건드렸고, 입질을 기다리던 아이와 남편은 그녀에게 소리를 질렀다. 앨리스는 그들의 바람대로 다시 작은 캠핑 의자에 앉을 수밖에 없었다. 이후 뭔가가 식어버렸는데 앨리스는 그것이 종이컵에 담긴 믹스커피라고만 생각했다. 그리고 남은 오후의 시간들을 몽땅 종이컵 바닥에 남아 있을지도 모를 온기를 짜내려는 데 썼지만 소용없었다. 화장실을 다녀오겠다고 말하자 남편은 미심쩍은 눈빛을 보냈다. 앨리스는 마치 그 시선을 밟고 가는 것처럼 조심스럽게 빙판을 걸었다. 혼자 빙판을 걷는 일은 생각보다 어려웠다. 균형을 잡을 수 없어 앨리스는 술에 취한 사람처럼 비틀거렸다. 파란색 천막이 있었고 천막 가운데 드럼통에서 굵은 나무둥치가 타고 있었다. 덜 마른 나무에서 연기가 피어올랐다. 칠성사이다 로고가 그려진 플라스틱 의자가 듬성듬성 놓여 있었고 사람들은 모두들 귀 아니면 코, 그도 아니면 손이 빨갛게 얼어 있었다. 그녀는 다급하게 몸이 너무 추워서요, 라며 소주 한 병을 시켰고 그것을 선 채로 마셨다. 금방 몸이 따뜻해지는 것을 느낄 수 있었다. 그때를 떠올리자 그녀는 다시 한번 몸이 떨렸다.

"그래, 우린 지난겨울을 이 집에서 보냈어."

앨리스는 당신이 제대로 알아보고 집을 구했다면 좀 더 좋았을 텐데, 라는 말을 숨겼다. 남편의 대기발령 상태가 오래 지속되자 추가 수당이 줄고 성과급도 사라졌다. 그들은 조금 더 싼 곳으로 이사를 해야 했다. 차익의 전세 보증금은 야금야금 생활비로 나갔다. 새시는 이미 수명을 다한 것처럼 보였고 수돗물을 틀면 한동안 붉은 녹물이 나왔다. 앨리스는 변비가 있는 아이들이 화장실에 들어갈 때마다 변기가 막히지나 않을지 걱정했다. 무엇보다 앨리스에게 이 집은 너무너무 추웠다. 사방에 유령 같은 바람이 몰려다니는 것 같았다.

"아이들 병원비를 생각해봐."

"그래, 우리는 또 겨울을 나야 해. 그래야만 해."

앨리스의 남편은 온순한 사람이었다. 그런 그에게도 앨리스는 참기 힘든 사람이었다. 어떤 일이든 지신의 의견을 먼저 말하지 않았다. 그렇다고 다른 사람의 의견에 동의하는 편도 아니었다. 그녀에 관해서라면 그는 늘 미루어 짐작해야 했다. 그것은 그녀의 뜻과 맞을 때도 아닐 때도 있었다. 하지만 아이 둘을 함께 낳아 기르는 동안 그녀에게 그것이 중요하지 않다는 사실을 알게 됐다. 그녀는 술을 마실 때를 제외하고는 대부분 자신이 살아 있지 않다고 느낀다고 했다. 대기발령 중에도 그는 꼬박꼬박 출근을 했고 내일 퇴근길에는 에어캡을 사 오겠다고 했다. 그리고 처음부터 하고 싶었던 말을 덧붙이는 것처럼 말했다.

"내일 모임에 늦지 마."

앨리스의 남편은 시계를 봤다. 마치 모임 시간이 얼마 남지 않았다는 듯, 조급하게. 그 모습은 앨리스에게 눈알이 빨갛고 털이 하얀 토끼를 떠올리게 했다. 조끼 주머니에서 시계를 꺼내 보는 토끼. 큰일 났네! 이러다 늦겠는걸, 이라고 외치며 뛰어가는 그를 뒤쫓아보지만 번번이 그녀 앞에는 작은 토끼굴만 남았다. 앨리스가 대답을 않자 남편은 마지막이야, 라고 말하고 조급한 표정을 지었다.

앨리스는 지난 몇 번의 단주 모임에 참석하지 않았다. 그건 번번이 남편과의 약속을 저버리는 일이라는 것을 잘 알고 있었다. 지난달에는 정말 가려고 했다. 하지만 모임 시간이 그녀의 발목을 잡았다고 그녀는 변명처럼 남편에게 말했다. 남편은 이제 화를 내지도 않았다.

그날 오전에는 특별한 일이 없었다. 앨리스는 일곱시 알람과 함께 일어나 아이들을 깨우고, 씻기고, 옷을 입히고, 도시락김을 뜯어 밥을 먹였다. 식탁에서 큰애가 왜 자기는 밥을 먹기 전에 이를 닦아야 하냐고 투정을 부렸다. 어차피 밥을 먹을 건데 왜 이를 닦아야 하는지 모르겠다고 작은아이도 앵무새처럼 따라 말했다. 앨리스는 짜증이 났다. 고마운 줄 모르는 아이들이라고 생각했다. 아이 둘을 동시에 씻기고 입히고 먹이는 일이, 매일매일 반복되는 일이, 앨리스는 버거웠다. 얼굴을 씻기고 밥을 먹이고, 다시 이를 닦이기 위해 목욕탕에 들어가면 한 단계가 더 추가되는 것 같았다. 앨리스에게 그 한 단계가 중요했다. 목욕탕에서 아이들은 한시도 가만히 있지 못하고 장난을 치고 일거리를 만들고 싸웠다. 앨리스의 남편은 이런 일들을 대수롭지 않게 생각했다. 양치를 언제 시키는지가 왜 그녀의 인생을 불행하게 만드는지 도무지 이해할 수 없었다. 앨리스는 남편에게 정확한 시간에 어린이집 차가 도착하지 않으면 조급하고 불안해진다고 말했다. 그녀의 남편은 앨리스가 좋은 팔자를 타고났다고 생각했다. 앨리스는 아이들이 돌아올 시간이 되면 심장이 미친 듯이 뛰고 두근거린다고 했다. 남편은 앨리스가 게으르고 지나치게 예민하다고 생각했다. 앨리스는 남편에게 자기가 결코 좋은 엄

마가 아니라고 말했다. 남편은 이 세상에 좋은 엄마는 어디에
도 존재하지 않는다고 말했다. 노력하는 엄마면 충분하다고
타이르듯 말했다. 앨리스는 화가 났다. 하지만 앨리스는 조만
간 아이들에게 어떤 짓을 할지도 모르겠다고는 말하지 않았
다. 그것이 너무 무섭고 두렵다는 말을 차마 입 밖에 낼 수 없
었다. 온순하고 인내심이 많은 남편은 앨리스가 자신의 인생
을 모두 갉아먹고 있다고 말하지 않았다. 누군가의 수고로 누
군가 혜택을 보는 일은 불행이라고 말하지 않았다. 둘은 말할
수 있는 부분과 말할 수 없는 부분이 무엇인지 정확하게 알며
행동하는 사람들같이 굴었다.

그날은 정말 특별한 일이 없었다고 앨리스는 기억한다. 노
란 어린이집 차가 정확한 시간에 골목을 돌아 연립주택 앞에
섰다. 그녀는 멀어져가는 어린이집 차창의 뽀로로와 에디를
향해 오래 손을 흔들었다. 집으로 돌아와 그녀는 진하게 커피
를 한 잔 타서 마셨다. 선 채로 부엌 쪽창을 바라보며 그녀는
많은 생각을 하지 않으려고 애썼다. 부엌 창으로 제법 쌀쌀한
바람이 불었다. 하늘은 흐렸고 감나무의 잎이 삼분의 일이나
사분의 일쯤 검붉게 물들어가고 있었다. 앨리스는 그것이 타
들어가는 것처럼 느껴졌다. 잎의 가장자리에 대고 누군가 라
이터를 켜고 서 있는 것 같았다.

앨리스는 오래전 남편을 따라 참석한 대규모 집회가 떠올랐다. 곳곳에 깃발이 펄럭거렸고 사람들은 하나같이 두꺼운 점퍼를 입고 있었다. 입구에서 화려한 구호가 적힌 전단지를 은박 발포지와 함께 나눠줬다. 은박 발포지는 한 사람의 엉덩이만 간신히 걸터앉을 수 있을 정도로 작았다. 앨리스는 그걸 깔고 앉았다. 생각보다 작지 않다고도 생각했다. 어쩌면 자신이 가질 수 있는 것이 앞으로도 쭉 그만큼인 것만 같았다. 밤이 깊도록 구호와 노래와 발언은 끊이지 않았고 앨리스는 너무 춥고 졸렸다. 그때 사회자가 많이 추우시죠? 라고 말했다. 앨리스는 마치 그가 그녀에게 한 말이라는 듯 다시 허리를 꼿꼿이 세우고 연단을 바라봤다. 이렇게 차가운 겨울밤에 우리가 무엇 때문에, 무엇을 위해, 꽁꽁 언 아스팔트 위에 앉아 있는지 생각해보라고 했다. 이보다 더 차가운 곳에서 외면당하고 버려지고 있을 노동을, 하찮을 대로 하찮아진 노동에 대해 생각해보라고 했다. 그리고 그는 가슴속에 남아 있는 한 줌의 온기라도 기꺼이 나누겠다고 했다. 사람들은 환호했다. 앨리스는 그들이 말하는 노동이 결코 자신에게 닿지 않을 것을 알고 있었다. 거칠고 메마르고 갈라진 노동이 그녀의 집에는 없다고 앨리스의 남편은, 어쩌면 그곳에 모인 대부분의 사람들은 생각했다. 여전히 노동의 강도만이 그들에게 중요해 보였다. 토끼굴 속에서는 하루가, 끝도 없이 반복되는 시간이 문제였지만 앨리스의 남편은 알지 못했다.

　다만 그날 앨리스에게 인상 깊은 장면은 이런 것이었다. 마이크를 잡은 사회자의 손이 빨갛게 얼어 있었고 누군가 연단을 뛰어올라 사회자에게 털장갑을 건넸지만 사회자가 받지 않았던 것. 그 시간 이후로 앨리스의 눈에는 사회자의 손만 보였다. 집회의 마지막은 영상과 노래로 마무리됐다. 사회자는 라이터를 꺼내라고 했다. 노래가 흐르고 사람들은 라이터를 켰다, 껐다를 반복했다. 남편의 얼굴은 시종일관 붉게 상기되어 있었다. 앨리스는 라이터의 깜박이는 불들이 남편과 자신에게 닿을까 봐 두려웠다. 그와 그녀가 만들어놓은 삶의 가장자리를 조금씩 타 들어올까 봐 불안했다. 사람들은 너무 다닥다닥 붙어 있었고, 바람은 그 좁은 틈새도 놓치지 않고 계속해서 파고들었기 때문이다.

　정오가 되자 앨리스는 참을 수 없었다. 두시의 여성문화센터 단주 모임은 너무 까마득하고 멀게 느껴졌다. 그녀는 더욱 진하게 커피를 탔다. 오후 한시가 넘자 그녀는 참지 못하고 와인 병을 딴다. 시작은 늘 우아하게 딱 한 잔만이다. 대형 마트에서 행사 상품으로 나온 와인은 시원하게 먹을 때가 많다. 안주는 어제저녁에 먹다 남은 김치찌개다. 데우지 않고 식은 돼지고기와 김치를 건져 먹는다. 앨리스에게 그런 것들이 첫 끼니일 때가 많다. 어느새 앨리스는 한 병을 비운다. 그리고 시계를 본다. 시계는 한시 사십분을 넘어가고 있다. 택시를 타고 간다면 충분히 닿을 수 있는 시간이다. 하지만 그녀의 몸은 말을 듣지 않는다. 앨리스는 이미 늦어버렸다고 자조적으로 말한다. 남편의 얼굴이 잠깐 떠오른다. 지각하는 앨리스. 이상한 나라의 앨리스. 늦었어, 늦었어, 라고 말하는 토끼굴의 토끼가 남편의 얼굴이 되어 그녀에게 뛰어드는 상상을 한다. 앨리스는 웃음이 났다. 취하면 앨리스는 그녀의 몸이 무한대로 커지는 것 같다. 평소의 그녀는 자신이 작고 어두운 집 안에 틀어박혀 아무도 관심 없는 삶을 산다고 생각한다.

앨리스는 어느새 또 한 병을 비운다. 그리고 시계를 본다. 아이들이 돌아오기까지 시간이 남았다. 마음이 조급해진다. 앨리스는 급하게 냉장고의 소주병을 꺼내 든다. 잔도 없이. 아직까지는 괜찮다고 생각한다. 앨리스는 딱 한 잔만 더 한 뒤 설거지를 하고, 아이가 올 시간에 맞춰 집을 정리하고, 노란 어린이집 버스를 기다릴 것이다. 그날 아이들을 어떻게 데려왔는지 앨리스는 도무지 기억나지 않는다.

"배고파. 집에 뭐 먹을 거 없어요?"

앨리스는 술에 취해 너무 많은 음식을 하거나 아무것도 하지 않은 채 배달 음식을 시킬 때가 많다. 어지리운 개수대 앞에서 여러 가지 배달 박스 앞에서 그녀는 번뜩, 정신이 든다.

너무 많아. 그녀는 빈 병을 센다. 남편이 오기 전에 분리수거장에 가야 한다. 단주 모임에 가지 못한 핑계도 만들어야 했다. 바쁘다, 바빠, 라고 마음이 터무니없이 커져버린 앨리스를 다시 좁고 어두운 굴속으로 밀어 넣는다.

그날은 운이 좋았다. 앨리스가 완전히 뻗어버린 날은 아이들이 그녀를 흔들어 깨운다. 너무 세지 않게, 잠이 완전히 깨지 않을 정도로만 흔든다. 앨리스가 신경질적으로 깨어나면 아이들은 배고픔보다 더 혹독한 시간을 맞이하게 될지도 몰랐다. 네 살, 일곱 살 아이들은 그러한 사실을 이미 알고 있다. 술에 취한 그녀는 이미 아이들의 엄마가 아니었다. 신경질적이고 폭력적인 괴물이 돼버렸다. 아이들은 아직까지 괴물이나 악당을 무서워한다. 그들에게는 이유가 없다. 나쁜 짓을 하는 이유가 없다는 것이 아이들은 늘 두렵다. 이유 없이 세상을 파괴하고, 도시에 불을 지르고, 사람들을 이상한 곳으로 데려간다.

"엄마 너무 배가 고파. 배달시켜도 돼요?"

큰아이의 말에 눈도 뜨지 않고 그녀는 응, 지갑은 신발장 위에 있어, 라고 말한다. 앨리스는 깊은, 그러나 알 수 없는 잠의 언저리를 떠돈다. 일어나야지. 이건 자는 게 아니야. 그냥 끝도 없이 가라앉고 있을 뿐이라는 것을 그녀는 안다. 그러나 몸을 움직일 수 없다. 그나마 그녀가 대답이라도 해주는 날은 운이 좋은 날이다. 아무리 흔들어도 그녀가 일어나지 않을 때, 아이들은 슬퍼진다. 형아, 엄마 죽었어? 막내 아이가 묻는다. 형은 응, 이라고 말하고 슬픈 표정을 짓는다. 그 슬픔은 뱃속 가득한 허기가 밀어내는 슬픔이다. 아이들은 배가 고프면 먹다 남은 피자 박스나 치킨 박스를 뒤진다. 수돗물을 틀어 마신다. 양이 차지 않자 막내가 다시 앨리스를 흔든다. 엄마, 죽어지지 마! 죽어지지 마! 그렇게 흔들어본들 아무 소용이 없다는 걸 큰아이는 안다.

에어캡을 사 들고 집으로 돌아온 앨리스의 남편은 평소보다 깨끗한 집에 만족했다. 아이들은 한꺼번에 그의 품에 달려들었다. 작고 말랑말랑한 몸들이 달라붙는 느낌이 좋았다. 그가 바라는 것은 이렇게 작고 보잘것없는 하루라는 것을 그녀가 이제는 알았으면 하고 바랐다. 그녀는 아직 술이 덜 깬 상태로 그를 맞는다. 이제는 자신의 상태를 숨기려는 노력도 하지 않았다. 그는 그녀가 단주 모임에 참석하지 않았다는 문자를 받았다.

술에 취하면 앨리스는 한동안 횡설수설한다. 그때만큼은 아이들에 대한 애정이 넘쳐흐른다. 아이들의 뺨에 뽀뽀를 퍼붓는다. 에어캡의 공기 방울을 톡, 톡 터트리듯 아이들의 볼에 입을 맞췄다. 아이들은 뽀뽀 괴물이다! 소리치며 달아난다. 사실 그는 그녀에게서 풍기는 술 냄새가 싫지 않다. 적당한 취기는 그녀를 좀 더 자유롭게 한다. 소녀같이 수줍어하기도 하고 그에게 애교를 부리기도 한다. 그리고 그녀는 부드러워지고 말랑말랑해지고 너그러워진다. 무엇보다 자기 자신에게 너그럽고 관대하게 군다는 걸 그는 안다. 어느 순간부터 그녀는 경계가 없다. 애드벌룬처럼 부풀어 둥둥 날아다니는 그녀가 점점 더 먼 곳으로 달아나는 것 같다.

저녁상을 치우고 앨리스의 남편은 에어캡을 펼친다. 창문 크기에 맞춰 자른다. 앨리스는 에어캡을 톡톡 터트린다. 남편은 그녀의 그런 행동이 몹시 거슬린다. 굳이 말하지 않는다.

"우리가 해도 돼?"

"그래. 같이 하자."

"어떻게 해?"

"물이 접착제야. 이렇게 한쪽 면에 물을 바르고 창문에 딱 맞게 붙이면 바람이 못 쳐들어오지."

우와! 아이들은 별것 아닌 일들에도 흥분했고 즐거워했다. 앨리스는 여전히 뽁뽁 소리를 내며 에어캡을 터트렸다. 아이들이 물을 바르면 그녀의 남편은 창문에 맞춰 에어캡을 붙였다. 잘못 잘라 모자란 공간은 또 거기에 맞춰 발랐다. 모서리를 잘 맞추면 감쪽같았다. 물을 뿌리는 데 싫증이 난 아이들은 장난감을 들고 뛰어다녔다. 노래를 불렀다. 앨리스는 술기

운이 가시면서 점점 몸이 차갑게 식는 것을 느꼈다. 모든 창문에 에어캡을 붙이며 남편이 뭘 막으려는지 알 수 없었다.

'그 작은 방울들이 도대체……'

위태롭게 의자 위에 올라가 있는 남편의 등을 보며 앨리스는 그에게 조금은 덜 추운 자리를 내줘야 할지도 모른다고 생각한다. 단주 모임에 가야 했다. 앨리스에게 그것은 언제나 생각뿐이다.

"헬로, 헬로, 카봇, 카봇, 우리들의 친구! 로봇자동차 카봇! 힘든 일이 생길 때면, 헬로. 언제든지 불러줘요. 헬로, 헬로."

늘 술이 깨고 나면 앨리스는 참담한 기분이 든다. 술 냄새가 가시지 않았다. 입안에서, 온몸 구석구석에서, 알코올은 완전히 휘발되지 못하고 남았다. 그것은 어쩌면 아이들에게는 온전히 엄마 냄새가 아닐까, 앨리스는 걱정한다. 아이들은 그녀의 뽀얀 젖내를 기억하지 못한다. 그녀는 모유 수유를 하는 동안 술을 마시지 않았다. 그래도 에미는 에민가 보다, 라고 산후조리를 해주러 온 친정엄마가 말했다. 그녀의 엄마는 몰랐다. 수유 기간 동안 앨리스는 식품저장고처럼 살았다. 언제든 문만 열면 먹을 것을 꺼내줘야 하는 냉장고처럼 늘 가슴이 서늘했고 답답했다.

앨리스는 남편에게 말한 적이 있다. 여보, 나 가슴이 너무 추워. 그녀의 남편은 돌아누운 채로 추워? 어떻게? 라고 말했다. 그냥 모든 게 다 빠져나가버린 것 같아. 모유 수유를 끊었을 때, 그녀는 가슴이 더욱 시린 것 같았다. 텅 빈 냉장고를 이제 뭘로 채워야 할지 몰랐다. 그녀의 남편은 돌아누워 그녀의 늘어진 티셔츠 안으로 차갑고 딱딱한 손을 밀어 넣었다. 수유로 늘어진 그녀의 가슴을 주물렀다. 물기가 너무 많거나 적은 밀가루 반죽처럼 탄력을 전혀 느낄 수 없었지만 그는 계속해서 주물렀다.

앨리스는 그와의 신혼여행을 떠올렸다. 보라카이는 화이트 비치가 아름다운 섬이었다. 이제는 홈쇼핑 여행 상품으로 지겹도록 소개되는 곳이지만 그때는 그나마 덜 알려진 파라다이스쯤으로 여겨졌다. 지구의 숨은 보석처럼 둘만의 장소를 찾아낸 듯 스물과 서른의 경계에서 앨리스는 흥분해서 말했다. 보라카이에서는 일몰 시간에 맞춰 모든 술집들이 해피아워를 외쳤다. 달콤한 칵테일이 반값에 제공됐고 그런 것은 사실 아무 상관이 없었지만, 알코올의 휘발성에 적당한 흥을 더해주기에 완벽했다. 앨리스는 길고 긴 화이트 비치와 분홍빛 일몰이 길고 지루했던 지난날들과의 이별 같았다. 해피아워! 앨리스와 그녀의 남편은 그 말을 나누어 가지며 몇 잔째인지 모를 칵테일을 연거푸 들이마셨다. 남편의 부드러운 손길에 그녀는 잠시 행복에 젖었다. 여전히 보라카이 바닷가에 누워 있다고 생각했다. 히비스커스 꽃이 가득 피어 있는 원피스에,

부드러운 모래가 그대로 들어오는 조리를 신고 원주민 여자
가 자신의 몸에 오일을 골고루 바르고 머리끝부터 발끝까지
마사지를 해주고 있다. 앨리스는 꿈에서 깨고 싶지 않다고 생
각했다. 영원히. 동시에 앨리스는 그 시간으로부터 너무 멀리
왔다고 느꼈다. 너무 멀어서 다시는 찾을 수 없을 것 같다고
생각하자 눈물이 났다.

"아!"

앨리스가 짧은 비명인지 탄식인지 모를 소리를 내뱉었다.
그가 그녀의 가슴을 너무 세게 문질렀기 때문이었다. 가슴은
이제 탄력도 꿈도 없는 것처럼 보였다. 이미 터져버린 에어캡
같은 가슴이라고 앨리스는 생각했다.

그 일은 급작스럽게 일어났다. 처음으로 단주 모임에 참석
한 날이었고 생각보다 분위기가 좋아서 앨리스는 이런 식이
면 곧, 술을 끊을 수 있을 거란 기대에 부풀었다. 상담사와 여
러 명의 참석자가 동그랗게 둘러앉아 서로 인사를 하고 이야
기를 나눴다. 그녀처럼 처음 온 사람은 아무도 없었다. 그건
생각보다 걱정스러운 일은 아니었다.

"드디어 만났네요. 우리!"

모임이 시작되기 전 상담사는 남편분과 여러 번 통화를 했
다며 반가운 체를 했다. 심리치료 상담사라고 자신을 소개하

고 자신은 어떤 개입보다 진행과 안내 위주의 역할을 할 것이라고 말했다. 모든 얘기는 비밀에 부쳐진다고 했다. 실제로 모임에서 그녀의 역할은 별로 없어 보였다. 무엇보다 본인의 의지가 중요하다는 식상한 말을 하지 않아 좋았다. 첫 모임에서 앨리스는 아무 말도 하지 않았다. 자신을 앨리스라고 불러달라는 소개만 간단히 하고 끝냈다. 그것밖에 하지 않았는데도 식은땀이 나고 목이 말랐다. 다행히 사람들은 더 이상 물어보지 않았다. 그건 그녀에 대한 배려였다고 생각했다. 앨리스는 조용히 이야기를 듣기만 했다. 사실 등 뒤로 식은땀이 흘러서 그 이상은 아무것도 할 수 없는 상태였다. 앨리스를 제외하고는 모두 편안해 보였다. 각자 자신이 하고 싶은 이야기를 했다. 꼭 듣기를 바라는 것 같지도 않았다.

자신을 고고한 냥이라고 소개한 여자가 이야기를 시작했다. 자기는 평범한 가정주부고 결혼과 동시에 모든 경력이 단절됐다고 말했다. 앨리스는 단절과 단주, 단속이라는 말들을 차례로 떠올렸다. 왠지 그 단어들이 같은 선상에 있다는 느낌을 받아서였다. 그녀는 아이들이 집에 있을 때는 스타벅스 텀블러에 술을 담아 마셨다고 했다. 텀블러는 시애틀 출장 중 스타벅스 1호점에서 남편이 사다 준 것이라고 했다. 아이들 장난감과 함께 술병이 나뒹구는 것을 남편은 참지 못한다고 말하고는 슬쩍 웃었다. 그건 순전히 그녀의 중학교 때 선생님을 따라 한 것이었다. 그녀의 중학교 때 국어 선생님은 알코올중독자였다. 수업 시간에 늘 보온병을 들고 왔다. 수업을 시작할 때는 멀쩡하던 그의 목소리가 수업이 끝날 때쯤엔 배배 꼬였다. 그는 결국 일 년을 채우지 못하고 학교를 떠났다고 고고한 냥이는 아쉬운 듯 말했다. 아쉬움에 덧붙여 전교조 탄압이 심하던 시기였다고 말했고, 그래서였는지 그녀는 그와의 수업 시간 내내 시를 외웠다고 말했다. 지금도 기억에 나는 시가 있는데, 라고 말하며 그녀는 잠시 망설였다. 시를 암송하는 것이 알코올중독자를 옹호하는 듯한 느낌이 들어서라고 했다. 하지만 그녀는 어쩔 수 없다는 듯이, 격렬한 고통도 없이 날이 가고 봄, 여름이 가고 저녁이면 미친 듯이 떨리는 미루나무 잎새들,* 로 시작하는 시를 외웠다. 그리고 자신의 이야기를 들어줘서 고맙다고 나아지고 있다고 말했다. 그녀의 이야기가 끝나자 사람들은 박수를 쳤다. 앨리스는 그녀의 무엇이 박수받을 만한 일인지 알 수 없었지만 나쁘지 않았다.

두번째로 이야기를 한 사람은 나이가 많은 중년 여자였다. 흰 머리카락과 검은 머리카락이 섞여 정수리에서 이마, 귓바퀴까지 웨이브를 타고 흘러내렸는데 퍽이나 우아해 보였다. 그녀는 자신을 키티라고 소개했다. 그녀는 아이들을 더없이

* 이성복, 「격렬한 고통도 없이」.

사랑한다고 말했다. 아이들을 위해서는 무슨 일이든지 할 수 있다고. 그런 일들은, 이를테면 아이들을 위해 목숨을 내놓는 일은 너무 당연해서 말할 필요가 없다고 느낀다고 했다. 또 그들을 끝까지 공부시킬 것이고, 그들의 결혼에 적지 않은 돈을 보탤 것이고, 그 이후에도 생일이나 그들에게 일어나는 승진, 첫 아이의 돌잔치 같은 일들을 꼬박꼬박 챙길 것이라고 했다. 그리고 그런 일은 일어나지 않았으면 늘 바라지만, 그들이 아플 때, 그것이 몸이든 마음이든, 지치고 힘들 때, 할 수만 있다면 옆에 있어줄 거라고 했다. 그런 노력은 선택의 문제가 아니라는 것을 너무 잘 안다고 말했다. 아이들이 뱃속에 들어왔을 때부터 그녀의 시간은 결코 혼자만의 것이 아니었다고 말했다.

지금은, 아이들이 모두 가고 난 지금 그녀는 조용히 혼자 딱, 한 잔만 마시고 싶다고 말했다. 축배를 들면서 오랫동안 기다려온 이 시간들을 남모르게 쿡쿡거리며 보내고 싶다고 그녀는 말했다. 그녀에게 남은 시간이 딱 적당하다고 생각한다고도 했다. 남편은 이제 그녀와는 상관없다고도 했다. 남편이 그녀에게 어떤 잔소리도 늘어놓지 못할 것을 그녀는 알고 그와 그녀 사이엔 이미 아무것도 놓여 있지 않다고 했다. 하지만 그 축배의 한 잔이 이렇게 오랫동안 계속될지는 몰랐다고 고백했다. 그녀는 그녀의 인생이 이미 너무 늦어버린 것은 아닌지 불안할 뿐이라고 말하고는 서둘러 자리에 앉았다. 접이식 철제 의자가 잠시 휘청했지만 그녀는 우아한 머리를 한 번 쓰다듬고는 아무 일 아니라는 듯 자세를 바로잡았다.

마지막에 그들은 모두 함께 박수를 치고 동시에 앨리스를 향해 웃음을 지어 보였다. 앨리스는 그 상황이 무척이나 이상했지만 그건 알코올에 대한 의존을 어느 정도 극복한 사람들의 여유라는 것을 이내 알아차렸다.

집으로 돌아오는 길, 앨리스는 엄마를 떠올렸다. 친정엄마는 늘 싱크대 앞에서 누가 볼세라 얼른 한 잔을 입안에 털어넣었다. 그러다 누군가에게 들키기라도 하면 야, 물이 참 달다, 라고 말했다. 어린 앨리스는 물이 달다, 는 말에 실제로 물잔의 물을 마셔보기도 했다. 물은 그냥 물맛이었다. 물이 달다, 는 말을 앨리스는 이해할 수 없었다. 앨리스는 아이들을 데리고 집으로 돌아와 싱크대 앞에 서서 급하게 물 한 잔을 마셨다. 아이들이 뭐냐고 묻는다. 그녀는 웃으며 응, 달콤한 물, 이라고 말한다.

앨리스는 그 어느 때보다 평범한 하루를 보냈다. 시계를 자주 확인했다. 술을 마시지 않으면 시간이 너무 천천히 흘러 마치 고장 난 것처럼 느껴졌다.

"힘든 일이 생길 때면 헬로. 언제든지 불러줘요. 헬로."

카봇을 부르던 아이들도 잠이 들었다. 잠들기 전 작은아이가 엄마, 몸에 힘이 하나도 없어, 라고 말했지만 앨리스는 그래? 엄마도 그래, 라고 말했을 뿐이다. 앨리스에게는 견디는 게 중요했다. 그래서 그녀는 달력을 보고 시계를 봤다. 번갈아 보며 매일매일이 늘어진 시계에 갇혀 있는 것 같다고 앨리스는 생각했다. 남편의 귀가 시간을 기다리기라도 하는 듯 앨리스는 오늘따라 더 자주 현관을 내다본다. 위태롭게 쌓아놓은 분리수거 그물망이 쓰러지며 현관의 인공센서가 켜지고 불이 들어온다. 깜깜한 거실에 앉아 앨리스는 그 모습이 꼭 생일 케이크의 촛불 같다고 생각한다. 그녀는 생일 축하해, 라고 말한다. 오늘부터 술을 끊기로 했다. 앨리스에게 오늘은 자신의 생일이다. 앨리스는 정말 다시 태어날 수 있을 것 같았다.

앨리스는 술에 대한 생각을 지우려고 허공을 향해 여러 번 손사래를 친다. 시간이 지날수록 그녀는 현관의 센서등이 너무 빨리 꺼져 아쉽다고 생각한다. 아직 소원도 빌지 못했는데. 이 순간 남편이 들어오고 다시 반짝 불이 켜지면 좋겠다고 생각한다. 그렇게만 된다면 그녀는 남편과 대화를 나누고 싶다. 그날 사회자는 왜 장갑을 받지 않았을까? 얼어터진 손을 그러쥐고 왜 그토록 뜨겁게 온기에 대해 말했을까? 온기가 아닌 한순간 모든 것을 태울 수 있는 불길처럼 불안해, 나는. 그런 고백을 할 수도 있을 것 같았다. 아니면…… 어쩌면 당신이 믿는 온기를 온전히 믿고 싶다는 애원에 가까운 그런 말들……

앨리스의 남편은 오지 않는다. 그녀는 서둘러 소원을 빈다. 아무렇게나 지쳐 잠든 아이들에게로 간다. 이 세상에서 내게 딱 하나만 가지라고 한다면 당연히 너희들이야, 앞으로도 쭉 너희만 있으면 돼, 라고 말한다. 잠결에 아이는 몸을 뒤척인다. 이런 비슷한 이야기를 술이 취하면 그녀는 자주 했다. 아이들은 의심하지 않는다. 그렇게 말하는 앨리스의 마음 한구석에는 늘 의심이 도사린다. 그 의심을 지우기라도 하듯 너희만 있으면 돼, 라고 앨리스는 주문을 외듯 말한다.

불쑥, 바람이 그녀를 친다. 창문마다 단열을 위해 남편이 붙인 에어캡이 올록볼록하다. 앨리스는 그것이 볼록거울 같다. 낡고 가난한, 어느 집에나 있을 법한 자잘한 공기층들이 창문 밖을 넘어서지 못하고 경계에 몰려 있는 것 같다. 자신과 아이들을 비추는 그 거울들이 두렵다. 거울은 영원히 계속되는 겨울 같아서, 지금도 세상에는 자신과 아이들처럼 작고 동글동글한 존재들이 다닥다닥 붙어서 차가운 바람을 막고 서 있을지도 모른다고 생각하자 앨리스는 몹시 두려워졌다. 앨리스는 기어이 냉장고를 열고 술병을 찾는다. 오늘이 마지막이야, 딱 오늘만, 이라고 조급증을 낸다.

얼마나 시간이 지났을까? 방문이 열리고 작은아이가 나온다. 앨리스는 이미 취한 상태다.

"엄마, 나 몸이, 몸이 이상해."

아이는 그대로 쓰러진다. 앨리스는 놀란다. 아이에게 달려간다. 하지만 그녀의 발은 말을 듣지 않는다. 그녀가 식탁 의자에 걸려 넘어지고 아이의 눈이 하얗게 뒤집어진다. 산천의 빙어 낚시에서 아이는 하얗게 입김을 불어 그녀의 언 손을 녹여주었다. 그 작은 온기가 떠올라 앨리스의 심장은 미친 듯이 뛴다. 앨리스는 아이의 뺨을 때린다. 아이가 축 늘어지자 그녀는 겁이 난다. 큰아이를 부른다. 깨운다. 앨리스는 지각이야, 지각이라고 말하며 뛰어가는 토끼의 뒤를 쫓는다. 아이를 업고 뛴다. 차에 시동을 걸 때까지, 응급실을 코앞에 두고 음주 단속에 걸릴 때까지, 앨리스는 자신이 만취 상태라는 것을 전혀 깨닫지 못한다.

아이의 손에는 카봇이 쥐여져 있었다. 그것이 자신의 안전을 더 지켜준다는 듯이 열경기가 지나고 나서도 그것을 놓지 않았다. 앨리스의 남편은 여전히 연락이 되지 않았다. 남편은 어디에 있는 걸까? 앨리스는 오래 생각했다. 지금 이 순간 떠올려야 하는 것은 오직 그것뿐이라는 듯. 수액을 맞고 늘어진 아이는 자꾸 앨리스에게 달라붙어 보챈다. 그녀는 침대에 걸

터앉아 아이의 뜨거운 이마에 손을 얹는다. 술에 취해 걸음조차 잘 걷지 못하는 앨리스를, 저녁으로 아이가 뭘 먹었는지도 알지 못하는 앨리스를, 음주 측정을 거부한 앨리스를, 응급실 복도에 놓인 정수기에 입을 대고 차가운 물을 벌컥벌컥 들이켜는 앨리스를, 이상한 나라의 앨리스를, 응급실의 모든 사람들이 본다.

축, 축 늘어진 아이만, 한밤에 다디단 잠에서 깨어난 또 다른 아이만 앨리스에게 달라붙는다. 투명한 수액이 방울방울 아이의 몸 안으로 떨어지는 것을 쳐다보며 앨리스는 물이 접착제가 될 수 있구나, 중얼거린다. 말랑말랑하고 동글동글한 세계가 그녀에게 달라붙어 그 차가운 시선들을 막아주는 것 같다고 생각한다.

"저런 것도 에미라고! 쯧!"

손등이 다 타버려 재처럼 검게 변한 옆 침대의 노인이 혀를 찬다. 앨리스는 다시 시계를 본다.

새벽 한시가 넘어 집으로 돌아온 앨리스는 아이들을 침대에 눕히고 집을 치운다. 중간중간 아이의 열을 재는 것도 잊지 않는다. 빈 병과 과자 봉지와 부스러기들. 아이들이 흘린 오래된 콜라 자국을 닦는다. 한기를 느낀 앨리스는 베란다 창문을 닫는다. 닫기 전에 빨래가 다 말랐는지 만져본다. 빨래는 내일 아침이면 다 마를 것이다. 그녀는 종종 건조대에서 바로 걷은 옷들을 아이들에게 입혔다. 옷을 개고 서랍에 넣어도 어느새 뒤죽박죽이 됐다. 일상의 자잘한 사고들이 끝도 없이 그녀를 괴롭힌다고 생각했다. 지켜지지 않는 일상의 습관들에 대해서 남편이나 아이들이 일부러 자신을 골탕 먹인다고 생각했다. 뚜껑을 닫지 않아 세면대에 흰 혀를 빼고 있는 치약들이 그랬다. 다 쓴 휴지심은 아무렇게나 굴러다녔다. 입은 옷과 안 입은 옷의 구분은 그녀밖에 못하는 일 같았다. 신은 양말을 세탁기 안에 넣는 일이 한결같이 깜빡해야 하는 일인지 앨리스는 남편에게 묻고 싶었다. 그런 일은 없겠지만 아이들이 깰까 봐, 그녀는 살얼음판을 걷듯 집 안을 걸어 다닌다. 일상의 자잘한 습관들은 그녀에게만 들러붙었다.

이제 앨리스는 아이들이 잠든 방을 닦는다. 침대 바닥의 먼지도 모조리 닦아낸다. 방을 닦다 침대 밖으로 비쭉이 나온 아이들의 발바닥이 새까만 것을 발견하고는 앨리스는 깜짝 놀란다. 그녀는 누가 볼세라 물티슈를 뽑아 아이들의 발과 얼굴을 닦는다. 마치 모든 것이 다 그것 때문이라는 듯. 잠귀가 밝은 큰아이가 눈을 뜨지 않고 짜증을 낸다.

그 모든 일을 끝내고도 앨리스의 남편은 돌아오지 않는다. 대신 옷걸이에서 떨어진 남편의 점퍼가 바닥에 널브러져 있다. 앨리스는 돌아오지 않는 남편의 외투 주머니를 뒤져 라이터와 담배를 꺼낸다. 앨리스는 라이터를 켠다, 끈다. 앨리스는 담배에 불을 붙여 한 모금 빤다. 그리고 바닥에 대고 아무렇게나 담배를 끈다. 다시 새 담배에 불을 붙인다, 끈다. 바닥에 차례로 여러 개의 작은 구멍이 생긴다. 앨리스는 죽을 것 같이 피곤하다고 생각한다. 자꾸만 눈이 감긴다.

어느 순간, 그녀의 손가락 사이에서 담배가 빠져나가 이불 위로 떨어진다. 천천히 타들어간다. 앨리스는 따뜻해, 라고 말한다. 조금만 기다려, 이제 곧 따뜻해질 거야, 누구에게인지 모를 말을 중얼거린다. 반쯤 뜬 눈으로 앨리스는 이불의 가장자리가 타들어가는 것을 바라본다. 몸을 움직일 수 없어, 앨리스는 자욱한 연기가 퍼지는 허공을 바라보며 딱히 어디라고 할 수 없는 방향으로 몰아치는 자신의 마음을 두려워한다. 째깍, 째깍 서둘러 시계를 보던 토끼가 앨리스 앞을 빠르게 지나간다. 눈이 빨갛고 털이 하얀 토끼를 향해 앨리스는 작고 창백한 손을 힘겹게 뻗어본다.

'늦었어, 늦었어…… 이미 늦었어. 토끼야!'

방 안으로 끝도 없이 찬바람이 스며든다. 창문에는 앨리스가 터트려버린 에어캡의 한쪽 면이 납작하게 붙어 있다.

휘귀

죽음은 갈라놓지 않고 하나로 합친다.

우리를 갈라놓는 것은 삶이다.

—하인리히 하이네

　우리 식구들은 모두 지난봄에 죽었다. 엄마 고미영, 아빠 최태훈, 나 최지은, 동생 최동운이 한날한시에 목숨을 잃었다. 우리는 우리 죽음의 사유를 몰랐다. 그건 우리 죽음이 범죄나 어떤 비밀스러운 일에 연루되어 있어서는 아니었다. 그럴 수도 있지만, 사소하지만 우리를 죽일 수 있는 것들이 너무 많았기에, 돈, 음식, 지병, 고장 난 보일러, 비행기 사고, 말라리아, 접시 물, 심지어 날씨와 자살까지도 생각해볼 수 있었다. 하지만 그걸 안다고 해서 달라지는 것은 없었기 때문에, 우리는 죽었고, 죽음은 삶의 완성이었다. 우리는 우리 몫의 삶을 완성해버렸다. 어떤 이유도 우리를 놀라게 하지 못할 것 같았다. 귀신은 놀라는 존재가 아니라 놀라게 하는 존재니까.

어느 순간부터 우리는 우리를 귀신으로 인식하게 됐다. 배가 고프지 않고 이동이 자유롭지만 존재의 증거를 전혀 남길 수 없다는 것을 알게 되면서부터 그랬다. 신용카드를 사용할 수 없었다. 막힌 변기를 뚫을 수 없었다. 그건 순차적으로 우리를 각성하게 했다. 가능과 불가능의 영역이 뚜렷해졌다. 거기에는 다양한 시도들이 있었다. 당연히 성공보다는 실패가 많았다. 우리가 생각하는 대부분이 불가능했고 우리가 생각하는 대부분 가운데 극히 일부분만 가능했다. 동운은 이게 다 우리나라 공교육의 문제라고 했다. 우리가 배웠던 것들 대부분이 귀신의 삶에서는 전혀 도움이 되지 못했다. 죽기 전 동운은 고3이었다. 동운은 자신의 죽음에 대해, 우리 중 가장 짧은 삶을 살았지만, 가장 억울해하지 않았다. 죽기 좋은 타이밍이라고 즐거워했다.

처음 한 달이 지나고 우리는 정식으로—그 말은 조금 이상하지만—귀신의 삶을 살았다. 하지만 그건 금방 지겨워지는 일이었다. 살아 있는 동안 간절히 바랐던 시체 놀이, 출근하지 않고 먹지 않고 자지 않는 일은 결코 쉽지 않았다. 더구나 왜 그런지 모르겠지만 우리는 살아서 마지막에 하던 일을 계속해야 했다. 밤 아홉시가 되면 우리는 자연스럽게 둘러앉아 빨간 고무 다라이를 앞에 두고 물에 불린 마늘을 까야 했다.

아무리 멈추려 해봐도 멈춰지지가 않았다.

귀신이 되어서도 마늘은 맵고 아렸다. 눈물이 났다.

귀신의 기억은 인간의 기억과 반대의 시간으로 기록됐다. 살아 있었을 때의 기억은 가장 멀리 있는 것이 가장 선명하다. 자전거는 평생 딱 한 번만 배운다. 자전거를 두 번 배우는 사람은 없다. 그것처럼 귀신은 몸이 기억하는 것에서 조금 더 상회한 기억을 가진다. 이렇게 함께 마늘을 까고 있는 이들이 내 가족이라는 것. 여기가 우리 집이라는 것. 매일 귀가를 위해 쇠로 된 컨테이너의 손잡이를 돌리고 매일 밤 고단한 얼굴을 마주하던 반복이 기억을 담금질시키고 단련시켰다. 오히려 귀신에게는 마음보다 육체가 더 중요한 재화 같았다. 오래 반복되어왔을 성실한 책무.

최근 기억은 거의 없다. 특별한 날에 대한 기억은 없다. 생일이나 기념일은 물론 로또 오등 당첨에 대한 기억조차 없다. 이벤트 없는 맹물 같은 시간이 죽고 보니 알맹이였다. 살아 있을 때 살아 있다고 느끼는 모든 감각은 죽고 나서는 다 가짜였다. 우리가 아무것도 느끼지 못하는 시간이 진짜 우리의 인생일지도 모른다. 그러니까 맹물이 가장 순수한 물이었다는 식.

귀신에게는 모든 날이 평범한 날이었다. 죽음을 이길 만큼

강렬하고 특별한 이벤트가 없기 때문에. 죽음이 인생의 모든 이벤트를 이겼다. 죽음만이 유일한 삶이었다.

야호! 우리가 이겼다. 귀신이.

특히 죽기 전 일 년의 기억은 우리에게 남아 있지 않다. 그 일 년을 우리는 집에 남아 있는 물건들을 통해 유추해본다. 우리가 죽은 후에도 집은 방치된 채로 그대로다. 집도 아니지만—관리사다. 컨테이너다. 창고다. 냉동 저장 창고다. 이러니까 좀 낫다. 창고는 잡동사니를 쑤셔 넣는 용도지만 저장 창고는 다르다. 소중한 것, 대체로 썩지 말아야 하는 것을 보관한다—물건들도. 우리가 얼마 전까지 숨 쉬고 먹고 잠을 잤다는 것에 대한 한 치의 의심도 없이 더럽고 지저분한 생활의 냄새를 풍겼다. 한마디로 개판이었다. 모든 것이 그대로였지만 딱히 좋지는 않았다.

"사후세계는 정말 실망스럽네."

엄마가 말했다. 나는 죽음이 새 이불 같을 거라고 생각했고 기대했다. 천국은 혼자 쓰는 킹사이즈 침대라고 생각했다. 하지만 그런 건 없었다. 대신 우편물을 통해 우리 집이 소송에 묶여 있다는 것을 알게 됐다.

"집주인은 난데 누가 누구랑 소송을 한다는 거야?"

아빠가 말했다.

"모르겠어? 나는 알 것 같은데."

엄마가 비아냥거렸다.

"누구?"

"누구긴 당신 핏줄들이지!"

아빠의 목소리가 커졌다.

"그러니까 누구 말이야! 걔네들은 절대 그럴 리가 없어. 걔네들이 얼마나 나를 걱정한다고."

"퍽이나!"

죽어서도 저놈의 등신짓은 끝도 없지, 엄마는 마지막 말을 체념하듯 말했다. 자세히는 모르지만 아주 긴 소송인 것 같았고 그래서 당분간 집은 우리의 소유, 귀신의 소유가 될 것 같았다. 살아서 우리의 피를 빨아먹던 핏줄들의 아귀다툼이 죽어서는 도움이 됐다. 어떻게 찾아오는 것들이 하나도 없지, 엄마가 말했지만 방심은 금물이다. 언제고 녹이 슬고 다 쓰러져가는 컨테이너 안으로 이삿짐이 쳐들어올 상황을, 우리가 이 공간을 살아 있는 누군가와 공유하거나 기꺼이 내줘야 할 상황을 각오해야 한다. 그때 우리의 귀신 놀이가 더 재밌어질지도 모르겠다.

문제는 이 집이 철거되는 것이다. 그러면 우리는 이사를 가야 한다. 살아서 우리는 열두 번의 이사를 했다. 이사를 하면 할수록 종이접기처럼 집은 반에서 또 반으로 접혔고 살림은 더 비참해졌다. 한 번 더 접힌다고 달라질 것은 없다. 오랜 시간에 걸친 빈약한 상상력에 기대 귀신의 몸은 평면에 가까웠고 그조차도 기체나 형체 없는 신기루 같은 것이기 때문이다.

"그런데 말이야. 저승에서 가족이었다고 이승에서도 우리가 가족이어야 할까?"

엄마가 말했다.

"뭔 귀신 씻나락 까먹는 소리야!"

죽으면 자동으로 가족은 해체라고 엄마는 주장했다. 관은 일인용, 임종은 셀프였다. 아빠는 이틀에 걸쳐 화를 냈다. 그런 아빠를 엄마는 쫓아다니며 괴롭혔다. 이참에 이 지긋지긋한 가족 관계를 끝장내버리겠다고 말했다. 다른 사람 제삿밥 차리다 내 제삿밥도 못 얻어먹는 꼴이 됐다고 말하며 귀신을 쫓듯 깐마늘을 던졌다.

"그럼 그동안 당신한테 우리는 도대체 뭐였던 거야?"

팔굽혀펴기를 하는 자신을 보고 있는 엄마에게 아빠가 말했다.

"진짜 몰라서 물어?"

엄마는 아빠의 허리에 무거운 물건을 하나씩 올리는 시늉을 했다. 한쪽 팔이 삐끗했다.

"빚쟁이."

아빠의 나머지 한쪽 팔이 마저 꺾였다. 그랬다. 우리는 엄마에게 모두 쓰지도 않은 채무를 요구하는 사람들이었다. 다음 날 아침 아빠는 식탁에서 중대 발표를 하겠다고 했다. 아빠는 살아생전 성실한 가장 노릇을 하기 위해 애썼으며 한 번도 최우선 순위에서 가족을 밀어낸 적이 없었다고 고백했다.

"늘 영순위였어."

엄마는 그런 아빠에게 입만 열면 거짓말이라고 비난했다. 너네 동생들, 너네 동생들이 항상 먼저였잖아, 라고 하자 아빠는 한숨을 쉬며 걔네들도 내 가족인 걸 어떡해, 라고 했다. 물론 평등하고 사려 깊은 가장은 못 됐다고 그 일을 매번 성공적으로 해내지는 못했다고, 그 점에 있어서는 할 말이 없다고도 했다. 하지만 하나만 알아줬으면 좋겠다고 했다.

"한 번도 그 일이 내 일이 아니라고 생각한 적도, 한순간도 즐겁지 않은 적도 없었다."

나는 의문이 들었다. 그럼 우리는 왜 이렇게 된 걸까? 우리는 행복해 마지않는 가족이어야 했다. 자연의 순서대로 자연사해야 했다. 최소한 이런 죽음은 아니어야 했다. 이상적인 가족은 함께 죽는 것이 아니라 함께 사는 것을 택해야 했다. 그러니까 우리 중 누군가는 거짓말을 하고 있었다.

아빠는 계속해서 말했다. 하지만 지금은 상황이 달라졌고 귀신에게는 공포스러운 권위가 각자에게 있는 것 같으니 가족이 지긋지긋하고 징그럽다는 미영이의 의견을 존중해 이제부터는 각자 개별적인 존재로 살자고 했다.

"이제 우리는 남이다."

어떤 양육이나 부양의 의무도 없는 거다. 그리고 일주일이 지났다. 우리는 여전히 같이 밥을 먹고—먹는 척을 하고—아홉시가 되면 드라마를 보면서 마늘을 까고 나란히 누워 잠을—자는 척을 하고—잔다. 모두 개별적인 존재로 사는 법을 모르는 것 같았다. 우리는 살아서 한 번도 독립한 적이 없고 그건 남다른 가족애 때문이 아니라 그럴 만한 돈이 없었기 때문이었다.

지난주. 나는 드디어 강유정을 찾았다. 유정이 시의 사회적 일자리 담당자로 발령을 받았다는 것을 나는 페이스북을 통해 알았다. 이 년 전 게시물이었지만 반가웠고 당장 찾아가보려고 했지만 쉽지 않았다. 귀신의 이동에도 제한은 있었다. 생각보다 멀리 가지 못했고 엉뚱한 곳에 갈 때도 있었고 어느 순간에 제자리로 돌아와 있기도 했다.

"오늘은 유정이 형 봤어?"

"아니. 오늘은 두물머리에 갔어."

"왜?"

"나도 모르지. 주차장이 지옥이라고 누군가 소리쳐서 깜짝 놀랐는데 아니나 다를까 연잎 핫도그 집 앞에 사람이 진짜 많더라."

"그래서 먹었어?"

"아니, 줄을 어떻게 서 내가. 물에 떠 있는 오리만 봤어. 모두 열두 마리."

그렇게 한 달이 지나고 여러 번의 시도 끝에 정신없이 유정이 일하는 시청에 도착했을 때는 하필 점심시간이었다. 유정은 자리에 없었다. 나는 귀신 주제에 근처 카페에서 점심시간이 끝나기를 기다릴 작정이었다. 혹시 살아서 알았던 얼굴을 만나면 을의 입장에서—죽었다는 이유로, 안면이 있다는 이유로, 여러 의미로—과하지도 모자라지도 않은 인사를 해야 할지도 몰랐기 때문에 나는 일부러 농성 중인 천막을 지나 조금 멀리까지 가야겠다고 마음먹었다.

내가 유정을 찾은 이유는 우리가 죽고 나서 유정이 딱 한 번 우리 집에 찾아온 적이 있기 때문이었다. 그러니까 유정이 유일한 죽음의 단서처럼 보였다. 날짜는 기억나지 않지만 여름을 허술하게 지나버린 늦가을이었다. 유정이 우리 집 문밖을 서성인 날은 나무들이 살아 있는 그림자처럼 하늘을 향해 손톱을 드러내던 밤이었다. 그림자 때문에 우리 집 담벼락은 잠을 설쳐야 했다. 손톱으로 긁는 것처럼 할퀴고 무서운 매질처럼 그림자는 밤새 휘청거렸다. 그런 방식으로 살아 있는 것들을 쫓았다. 귀신이 사는 집의 나무들은 주인을 닮아 있었다.

우리 집은 시 외곽의 야산에 있었다. 시내로 이어지는 대로변에서 산길로 접어들면 배밭과 축사가 나왔다. 소나무 숲에는 군인의 별장—아주 높은 사람이라고 했지만 한 번도 본 적이 없다. 치매에 걸렸다는 소문이 있었고 군의문사진상규명위원회에서 보낸 우편물로 보아 군대 내 의문사와 관련이 있을 거라는 추측만 할 뿐이었다—이 있고 버려진 공장 터—이십 년 전 지퍼 공장이 있던 자리라고 했고 여공들의 기숙사가 있었는데 매년 한두 명의 여공들이 목을 매달아 죽었다는 나무가 있었다. 산책하러 나간 아빠는 흙에 반쯤 파묻힌 지퍼를 발견한 적도 있다고 했지만 믿을 만한 얘기는 아니었다—다음이 우리 집이었다. 오래전 배 냉동창고이자 관리사였던 곳에서 우리는 살았다. 마당에는 버려진 사다리, 아무렇게나 쌓아 올린 나무 팔레트가 썩어가고 있었다. 빛이 바랜 누런색 플라스틱 배 상자와 아무도 따지 않아 저절로 떨어지거나 목을 매단 것처럼 썩어가는 배의 달콤한 냄새가 가득한 집이었다. 기분 나쁜 단내였다.

"쳐죽일 연놈들!"

그 소리를 오랜만에 들었다. 욕설로 우리는 집에 누군가 찾아온 것을 알았다. 우리 집에서 대각선 방향에 있는 집은 대문이 없었다. 냉동창고보다 낫다고 할 수 없는 다 쓰러져가는 집이었다. 슬레이트 지붕은 주인을 닮아 땅으로 더 깊이 허리를 숙이며 나이를 먹는 중이었다. 움푹한 언덕 아래에 있어서기도 했지만 내 키로 내려봐도 지붕이 훤히 내려다보였다. 지붕의 슬레이트는 파란색이었는데 이제는 빛이 바래 희멀건 하늘색이었다. 지붕 한쪽이 망가져 있었다. 누군가 지붕에 올라갔다가 발이 빠진 자리처럼 푹 꺼져 있었다. 꺼진 곳이 하나였던 것을 보면 더 이상 전진은 없었던 것 같았다. 집이 언제 지어졌는지 누가 사는지는 정확하게 몰랐다. 우리 집으로 오는 자동차 헤드라이트 불빛은 쓰나미처럼 매번 정면으로 그 집을 덮쳤다. 곤히 잠든 사람의 이불을 거칠게 들춘 것처럼, 그 집에 사는 사람은 소리를 질러댔다. 얼굴은 한 번도 본 적 없지만 노인이었다. 노인은 자주 저주했다. 찢어 죽일 연놈들. 그 소리를 들으면 가랑이가 생각났고 지퍼 공장이 떠올랐다. 이사 온 직후부터 우리는, 늦은 밤 택시를 타고 귀가할 때면 운전기사에게 말해야 했다. 여기서부터는 헤드라이트를 꺼주세요. 우리는 도둑고양이처럼 집으로 들어왔다. 누군가의 깊은 잠을 방해하고 싶지 않았다.

밖에는 자동차가 한 대 있었고 빨간색 엘란트라였다. 그 안에는 유정이 타고 있었다. 시동을 끄고 내린 유정은 한동안 망설이듯 우리 집 앞을 서성거렸다. 망설이는 것은 유정의 오래된 습관이었다.

우리 집은 집 안보다 밖이, 마당의 것들이 더 예뻤다. 왜 밝고 싱싱하고 눈부시게 아름다운 것들은 집으로 가져오면 모두 죽는지 시를 읽지 않아도 우리는 알았다. 썩어가는 나무 팔레트 사이에 핀 봉숭아꽃들은 존재만으로 계절을 물들였다. 키 큰 접시꽃, 배롱나무꽃, 배꽃이 피면 더 예뻤다. 그런 것들은 결코 집 안으로 들어오려고 하지 않았다.

유정은 그걸 보러 온 걸까?

그날은 겨울에 바투한 늦가을이었다. 그런 것들이 있을 리 없었다. 유정은 담배를 피웠다. 한 대, 두 대, 세 대, 나는 유정의 폐 건강이 걱정됐다. 유정은 바닥의 무른 흙들을 뭉개고 쓸기를 반복했다. 들어오라고 할 수 없어서 나는 그걸 보기만 했다. 이상하게 유정을 안아주고 싶었다. 그게 생각보다 마음이 아팠다. 유정이 말없이 돌아가고 나자 나는 죽음 이후 처음으로 상실감을 느꼈다. 내가 잃어버린 것은 무엇일까? 내가 잃어버린 세계에서 우리는 어떤 일을 겪은 걸까? 그날 밤 나는 누군가를 초대할 수 없는 세계에 산다는 것 때문이 아니라 그럼에도 불구하고 누군가를 기다려야 할 것 같다는 이상한 예감 때문에 울었다.

"누군가는 오지 않을까. 우리를 보러."

"우리 엄마."

아빠가 말했지만 치매에 걸린 할머니는 요양원에 있었다. 아빠는 갑자기 자식을 앞세운 우리 엄마—그러니까 할머니, 최태훈이 엄마—가 불쌍하다며 울었다. 씻을 수 없는 불효를 저질렀다며 울었다. 엄마, 엄마, 복잡한 시장통에서 엄마 손을 놓친 아이처럼 울었다. 실제로 여섯 살 때 할머니 손을 놓쳐 경기도 모란시장 바닥을 헤맨 적이 있다고 했다. 뼛속까지 무서워서 박카스 색깔의 노란 오줌을 싸면서도 싸는 줄 몰랐다고 했다. 종아리를 타고 흘러내린 오줌으로 흙바닥이 검게 번지는 것처럼 어둠이 찾아오고 할머니가 다시 아빠의 손을 잡았을 때, 다시는 누구의 손도 먼저 놓지도 놓치지도 않을 거라고 다짐했다고 했다.

나는 우리가 여전히 손을 잡고 있는지 궁금하다. 이 피 묻은 손은 누구의 손일까 생각하면 사후세계는 정말이지 복잡한 시장통 같다. 많이 것들이 우리를 그냥 스쳐 지나간다.

유정은 다시 오지 않았다.

귀신은 익명성 자체다. 귀신은 친구를 사귈 수 없다. 귀신은 연애를 할 수 없다. 귀신은 섹스를 할 수 없다. 나는 한 번도 그런 몸에 대해 생각해본 적이 없다. 줄곧 살아 있었으므로.

우리가 이곳에 이런 식으로 존재한다는 것을 아무도 몰랐다. 귀신의 눈물은 아무 맛이 없고 냄새도 흔적도 없어서 우리는 자주 울었지만 아무도 몰랐다. 몰라서 우리는 오늘 울었다고 서로에게 말했다. 어떤 날은 울면서 나, 지금 울고 있어, 라고 말했다. 그러면 그래? 놀라는 척을 했다.

"그런데 왜 우는데?"

"그걸 모르겠어."

"귀신의 습관 같은 건가?"

나는 마음만 먹으면 종일 울 수도 있었다.

"그만 울어."

"왜?"

"자꾸 울면 배고파."

아빠가 말했다. 그 말을 하면서 아빠가 울고 있었는지는 알 수 없었다. 아마 최태훈 씨는 울지 않을 것 같다. 양심이 없는 사람은 울어도 그건 울지 않는 거나 마찬가지니까. 우리가 누구 때문에 이렇게 됐는데. 아빠는 억울하다고 말했다. 무슨 일이 있었든 누구 때문이든 결국에는 모두 당신 때문이야, 아빠의 고미영이 말했다. 살아 있었을 때 나는 나를 뺀 나머지 가족들의 보험을 들었다. 당신 때문이 아니라 당신 덕분에가 가능할 것 같았다. 그건 내가 기대할 수 있는 우리의 최대치의 미래였다.

죽음과 동시에 미래는 귀신처럼 사라졌다.

유정이 다녀간 뒤로 나는 자주 유정을 생각했다. 한 번만 더 얼굴을 보고 싶었지만, 유정은 나타나지 않았다. 우리 집은 이제 귀신 출몰 지역이지 유정 출몰 지역은 아니었다. 한때—우리가 사귈 때—유정은 자주 출몰했었다. 사귄 기간 동안 우리는 거의 매일 만났다. 한밤중에 불쑥 나타나 내 손에 따뜻한 레쓰비 커피를 쥐여주고는 했다.

"먹지 말고 쥐고만 있어."

"왜?"

"식을 때까지만 있다 가려고."

유정이 주고 간 온기가 한동안 나를 지탱했던 적도 있었고 아마 그건 내가 죽기 전 기억일 것이다. 생각보다 더 오래전이었을지도 몰랐다. 생생하게 기억이 나니까 말이다.

시청 점심시간이 끝나면 돌아올 유정을 기다리기 위해 나는 카페로 향했다. 대로를 면한 인도에 천막이 쳐져 있었다. 호기심에 나는 살짝 파란 천막 안을 들여다봤다. 시에서 새롭게 조성한 농공단지에 아스콘 공장이 들어온 것을 반대하는 주민 시위인 모양이었지만 사람들이 한 명도 보이지 않았다. 텅 빈 천막 안에 휴지와 라면, 생수 같은 생필품이 한쪽에 아무렇게나 쌓여 있었다.

마을 주민 몰살시키는 아스콘 공장 결사반대!

니들이 와서 살아봐라!

발암물질 배출 공장 허가한 시청은 각성하라!

생존권과 결사반대라는 글자가 피를 흘리는 것처럼 휘갈기 듯 적혀 있는 피켓이 모두 바닥에 놓여 있었다. 사람들은 한꺼번에 어디로 가버린 모양이었다. 생존보다 더 급한 일이 뭘까 생각하며 나는 천막을 빠르게 지나쳤다.

정확히 오 분 후 조우한 시위자들은 모두 좁은 카페 안에 있었다. 카페 이름은 블라썸이었다. 둘러앉아 화기애애하게 커피를 마시는 그들의 모습이 평화롭다 못해 태평하게 보였다. 카페 안이 좁아서 나는 어쩔 수 없이 시위자들 사이에 끼어 앉았다.

"하루는 아파트 베란다에 빨래를 너는데 놀이터에 바람이 일고 자욱한 먼지가 우리 애들을 덮치는 거야. 그땐 그게 그냥 먼진 줄 알았지 뭐, 그게 설마…… 이사? 생각도 했지. 근데 내가 이사 가면 또 누군가는 여기로 이사 올 거 아니야. 그래도 되나 싶고. 어디 가서도 발 뻗고 못 잘 것 같더라고."

좁은 카페의 최대치로 높인 히터에도 불구하고 그들은 모두 두꺼운 점퍼 차림이었다. 어렴풋이 지난밤이 그들에게도 혹독하게 추웠을지도 모르겠다는 생각이 들었다.

짧은 평화가 끝나고 그들은 우르르 밖으로 나갔다.

"여긴 어떻게 알았어?"

나를 먼저 알아본 것은 유정이었다. 나는 잠시 유정을 쳐다보기만 했다. 놀랐다기보다는 당황했다.

"내가 보여?"

유정은 말없이 나를 쳐다봤다. 내 말이 전달되지 않는 것 같았다. 순간 나는 말이 없는 것과 발이 없는 것 중에 뭐가 더 이득일까를 생각했다. 유정과 나는 대학 때 만나 연애했다. 사귀는 동안 헤어진다는 생각은 한 번도 하지 않았지만 결국에는 헤어졌다. 이후로 나는 우연히라도 유정을 만난 적이 없다. 유정은 나와 만날 때보다 좀 더 살이 찐 것 말고는 달라진 게 없었지만 몸은 더 단단해 보였고 어딘가 모르게 여유가 있어 보였다. 유정이 나를 보고 희미하게 웃었다. 한겨울에 꺼내 먹는 여름 음식처럼, 얼음이 서걱이는 셔벗을 한입 베어 문 것처럼 즉각적인 통증을 불렀다.

너는 웃는구나, 나는 매일 우는데.

나는 이렇게 우리가 스스럼없이 뭔가를 나눌 사이인가라는 생각이 새삼 들었고―그게 웃음이든 눈물이든―이미 그렇게 규정하고 있는 유정의 밝음이 마음 아팠다. 그럴수록 나는 더 반가운 척을 해야 할 것 같았다. 아무렇지도 않은 척을 해야 손해를 보지 않을 것 같았다. 귀신이라고 마냥 손해만 보란

법은 없으니까. 그리고 그런 척은 사회생활에 유용했고—이제는 소용없지만—그런 것들을 적절히 익히고 사용하는 것이 우리가 어떤 시절 되고 싶어 하던 쓸모 있는 사회인이 되었다는 증거 같았다. 그리고 어쩌면 유정도 그런 척을 하는지도 모르겠다는 생각이 들자 유정보다 좀 더 잘하고 싶었다.

혹시 유정이 내 근황이나 상태를 물을까 봐—발이 왜 그래? 피부 화장이 너무 파란 거 아냐? 어디서 마늘 냄새 안 나?—나는 유정을 제대로 쳐다볼 수 없었다. 그런 것들이 모두 걱정스러웠지만 유정에게는 일행이 있었고 다행히 카페 안은 몹시 시끄러웠다. 유정은 그래, 라고 말했고 나도 그래, 라는 뜻으로 고개를 끄덕였다. 때마침 나온 테이크아웃 컵을 들고 유정은 밖으로 나갔다. 나는 카페 통유리 창으로 좀 전의 나란 존재에 대해 까맣게 잊고—귀신은 그런 대우를 받아야 마땅하다—다른 얘기에 몰두하며 걸어가는 유정의 흐릿한 뒷모습을 한동안 쳐다봤다.

섭섭했다.

그게 정확하게 그런 감정이라는 것이 불편했다. 우연히 한 번쯤은 마주칠 것 같았지만 이런 식일지는—귀신이 되어서—몰랐다고 생각했고 이런 식이 아니라면 뭘, 이라는 생각이 들었다. 나와 우리 가족은 지금까지도 유정을 늘 우리 곁에 있는 식구처럼 여겼다. 우리가 사귄 짧지 않은 시간 때문이기도 하고 이후로 우리 가족의 삶에 조금의 변화도 없었기 때문이기도 했다. 나는 인생의 여러 시기에 종종 유정의 마지막 말을 떠올렸고 그게 이렇게 건조하기만 하지는 않았을 거라는 추측에 스스로 조금 부끄러워지기까지 했다. 그런데 그 말이 생각나지 않았다.

유정을 만나고 돌아오는 길, 나는 내가 죽은 이유보다 우리가 헤어진 이유가 더 궁금했다.

"내가 오늘 누굴 만났게?"

아무도 정답을 못 맞혀서 내가 유정을 만났다고 얘기했다.

"세상에! 죽어도 견디고 있으니 이렇게 만나지기도 하네."

그런데 어떻게? 엄마가 물었다.

"유정이는 귀신을 봐."

그건 우리가 귀신이 된 거에 비해 놀라운 일도 아니라는 듯 말했다.

"그러니 착하게 살아야 해. 그러니까 보는 거야, 우리를."

아빠의 말에 엄마는 유정이가 얼마나 곰살맞게 우리한테 잘했니? 한 번도 빈손으로 온 적이 없어요, 걔가, 라고 맞장구를 쳤다. 엄마와 아빠는 죽은 아들이 살아 돌아온 것처럼 기뻐했다. 동운도 비슷했는데 약간 달랐다.

"그래서 우리를 보러 온대?"

나는 순간 기계적으로 마늘을 집어 올리는 나를 바라보는 그들의 눈빛이 너무 섬뜩해서 놀랐다. 아린 마늘처럼 독기가 서려 있었다.

"설마 우리를 이대로 방치한다는 건 아니지?"

그래서였다.

"조만간 인사드리러 한번 온대. 그런데 우리 사정은 자세히 몰라."

그건 우리도 몰랐다. 우리 사정을.

"인사는 무슨, 놀러 오라 그래. 옛날처럼. 그냥 그러면 되지."

아빠가 말했다. 간절한 사람은 대충 한 누군가의 어떤 말에도 자신의 진심을 끼워 넣는다. 자신의 진심을 넣어 상처의 입을 벌린다.

"진짜 오면 어쩌려고?"

그 말의 진심은 진짜 안 오면 어쩌려고? 였지만 내 말에 식구들은 새삼스럽게 집을 둘러봤다. 이제 막 죽음에서 깨어난 것처럼 엄마는 집이 왜 이렇게 더럽고 좁니? 라고 말했다. 간이 칸막이로 만든 방과 거실이 한눈에 들어왔다. 우리가 현관이라고 부르는 냉동창고 입구에는 무가지 신문과 붉은색 김치통이 덜 씻긴 채 방치되어 쌓여 있었다. 입구가 뜯긴 비료포대와 농약병이 나뒹굴었다. 배 포장지가 구겨진 채 굴러다

넜다. 시멘트 바닥 위에 설치된 싱크대는 원래 색을 알아볼 수 없을 정도로 누렇게 찌들어 있었다. 누런색, 하나같이. 군데군데 곰팡이가 피었고 바닥에는 모서리마다 먼지와 벌레 사체들이 흩어져 있었다. 가장 끔찍한 건 벽지였다. 시뻘건 백일홍 꽃이 정신없이 너덜거렸다.

"너네 집은 에버랜드에 있을 것 같은 집이네."

"뭐?"

"귀신의 집."

오래전 딱 한 번 동운이 가출한 친구를 데리고 와서 자고 간 날이었다. 아무래도 자기 집이 낫겠다며 신발을 구겨 신는 친구를 잊을 수 없다며 동운이 뒤늦게 수줍은 고백을 했다. 빚에 쫓겨 이곳에 살기 시작할 때 힘을 내서, 이곳을 꽃밭으로 느끼기 위해 뭉텅뭉텅 희망을 도배하던 오래전 우리의 모습이 생각났다. 나도 어렸고 동운은 더 어렸을 그때는 그게 잠시 우리에게 기쁨을 줬다. 우리에게 재미는 그런 것 같았다. 재미는 공포를 깔고 있을 때 즐겁다는 것. 가난만 한 공포가 없다는 것.

동운에게 공포는 언제나 현재진행형이었다. 일주일 뒤 불려간 학교 화장실에서 친구의 얼굴은 즐거움 그 자체였다. 주위로 다른 아이들이 동운을 둘러쌌다. 동운은 좁은 화장실 한 칸에 처박힌 채 자기 신발을 혀로 닦아줄 수 있냐는 친구의 말을 들었다. 친구니까. 해줄 수 있잖아. 동운은 얼마 안 가 학교를 그만뒀다. 다 죽여버릴 거야! 개새끼들! 어쩌면 그때부터 동운은 희망에 대해 말하지 않기로 했는지도 몰랐다.

"그래도 오라고 해."

아빠가 말했다.

"누가 알아? 유정이 우리를 구해줄지."

그 말은 이상했다. 이미 죽은 사람을 구할 수 있을까. 이상했지만 아무도 대꾸하지 않았다. 그 말밖에 달리 다른 말을 찾을 수 없었다. 문제를 모르는 문제의 정답 같은 것을 우리는 찾고 있는 것 같았다.

밤 열시, 마늘 까기를 멈추고 잠들기 위해 눕자 추웠다. 냉동창고는 전원을 꺼도 냉동이었다. 이 집의 겨울은 유난히 성능 좋은 냉동고였다. 아무리 보일러를 돌려도 추웠다. 죽기 전 어느 겨울에는 기름값이 팔십만 원이 나온 적도 있었다. 그 겨울 나는 사무실 믹스커피로 점심을 대신했고 추위와 배고픔이 선택의 문제라는 것을 알았다.

"죽으면 추위는 안 느낄 줄 알았어."

우리는 죽었는데도 추워서 더 비참해졌다. 습관처럼 보일러를 늘 외출 상태에 두고 전기장판을 사용했다. 온도를 최대치로 높였지만 외풍 때문에 이가 떨렸다. 나란히 누워 몸을 붙이고 함께 잠을 잤다. 체온은 공짜였다. 하지만 귀신이 된 이상 이제 나눌 체온도 없는 셈이었지만 그래도 우리는 매일 밤 꼭 붙어서 잠들었다.

내가 다시 찾아가자 유정은 인상을 찌푸렸다.

"너 이러면 안 되는 거 몰라?"

주위를 두리번거리며 말했다. 가늘게 유정의 책상 위에서 가습기가 하얀 연기 같은 물을 뿜고 있었다. 나는 고개를 끄덕였다. 귀신이 인간을 만나는 것은 불법이었다. 어차피 너무 많은 불법이 합법처럼 돌아다니는 세상이었다. 나는 이번이 마지막이라고 한 번만 우리 가족을 만나달라고 미리 써간 쪽지를 건넸다. 유정은 한동안 그걸 들여다봤다.

"빨리 가."

유정의 사무실을 돌아 나오는데 뒤에서 뭐야? 유정 씨, 라며 속삭이는 여자의 목소리—귀신을 보는 사람들이 많은 것 같았고 앞으로 조심해야 할 것 같았다—와 조금, 이라고 말하는 유정의 대답이 연달아 들렸다. 둘은 친밀한 사이인 것 같았고 이제 나는 유정과 그럴 수 없다는 사실이 삶과 죽음처럼 뚜렷해졌다. 이토록 완벽한 물리적 부재 앞에서 나는 당황했다. 나는 재빨리 사무실을 나왔다.

마음과 달리 누군가 붙잡고 있는지 엘리베이터가 일층에서 멈춘 채 좀처럼 올라오지 않았다. 기다리다 복도 구석에 방치된 화분에서 유정의 인사 발령을 축하하는 리본을 발견했다. 경축. 화분의 식물들은 말라 죽어가고 있었다. 잎들은 노란색이었고 기절 직전의 상태처럼 한쪽으로 넘어가고 있었다. 살짝 만져보자 뿌리가 덜컹거렸다. 물을 너무 많이 줘서 그런 것 같았다. 물고문을 당한 것 같았다. 식물은 자신이 흡수할 수 있는 물의 양보다 많은 물이 들어오면 물배가 터져 죽었다. 우리도 물을 너무 많이 먹어서 죽었을지도 모른다. 미드 수사물에서 본, 물이 한 방울도 없는 장소에서 사람이 익사한 사건이 떠올랐다. 초자연적인 사건이었으면 했는데 시체는 사후에 옮겨지고 위장된 거였다. 처음으로 우리도 그럴지도 모른다는 생각이 들었다. 우리의 죽음의 장소는 집일까? 집은 가장 안전한 장소여야 했다.

유정이 온다는 것에 기대를 품은 동운은 매일 밤 유정에 대해 캐물었다. 나는 마늘을 까며 유정에 대해 그러니까 결국은 나에 대해 말해야 했다. 그건 동운이 아니라 내가 원한 일이었고 교묘하게 동운이 원하는 일처럼 할 수 있어서 좋았다.

유정과 나는 같은 학부였지만 그전에는 데면데면했다가 같은 교양수업을 들으면서 친해졌다. '중국 문학의 이해' 수업은 우리 과 전공이 아니었다. 당연히 신청한 사람 중에 얼굴을 아는 사람을 찾기가 힘들었다. 겨우 수강인원 미달을 면한 비인기 강좌를 유정은 학점을 거저먹을 수 있다는 말에, 나는 도서관에서 우연히 읽은 중국 소설에 마음을 빼앗겨 신청한 거였다. 그렇게 몇 번의 수업을 함께 듣고 자연스럽게 우리는 같이 밥을 먹는 사이가 됐다.

"뭐 먹지?"

그때는 그게 세상에서 가장 중요한 일인 것처럼 우리는 자주 바보 사거리에 서 있었다. 그곳을 우리 학교 학생들은 모두 그렇게 불렀다. 대학의 유일한 번화가로 카페와 밥집이 사방으로 뻗친 곳이었다. 어디로 가야 할지, 뭘 먹을지를 모두 거기 서서 생각했다. 모두가 바보처럼 두리번거리게 됐다. 하지만 정작 본인들은 자신들이 바보처럼 보인다는 걸 몰랐다. 젊음의 엉뚱함과 혼란과 열기의 한가운데에 서 있는 동안에는 나와 유정도 몰랐다. 그곳이 그런 곳이었는지. 그저 이유 없이 바보가 돼도 좋은 곳이었다.

유정과 나는 매일 십자가 모양의 사거리에서 골몰했다.

"잠깐만."

유정은 선택지들이 가득한 칸들 앞에서 시험에 든 기분으로 메뉴를 고민했다. 그게 가장 중요한 일인 것처럼 진지했다. 나는 아니었다. 사실 그 봄 내내 뭐 먹지? 는 내게 뭘 먹으면 유정과 더 길게 있을 수 있지에 대한 질문과 답을 찾는 시간이었다. 나는 흰색 티셔츠 위에 스트라이프 폴로 남방을 입고 물 빠진 청바지에 캔버스화만 신고 다니는 지극히 평범하다 못해 진부한 유정을 신입생 오리엔테이션에서부터 눈으로 좇고 있었다. 하지만 그건 아직 어떤 가능성으로서의 일일 뿐이었다.

여름이 오고 '중국 문학의 이해'는 내 예상과 달리 중문학의 개론 수업이어서 실질적인 문학 작품 읽기는 아니었지만 학기가 끝나갈 때쯤엔 공기 속에서 뭔가 다른 충만함이 감지됐다. 나는 그게 뭔지는 몰랐지만 계절의 변화처럼 자연스러운 것이라는 걸 알았다. 우리는, 유정과 나는 함께 수업을 듣고 밥을 먹기만 했는데 어디서 그런 감정이 생기기 시작했는지 알 수 없어서 당황스러웠지만 아주 잠시 그랬다. 그건 유정을 만난 첫날부터 예정된 당연한 결과 같았다. 내 앞에 유정이 나타났다는 환기가 너무 강해서 의심이 싹틀 자리가 없었다. 하지만 열기구의 중심처럼 부풀어 오르는 내 마음을 어떻게 해야 할지 알 수 없어 마지막 수업이 끝나고 나는 바보 사거리에서 진짜 바보가 됐다. 여름이었고—그때나 지금이나 청춘은 여름 같았다. 지랄맞게 뜨거운, 외부의 온도가 아니라 내부의 온도가 모든 장기를 부풀리는 것 같았다—이제 방학이었다.

"마지막 날인데 뭐 먹을까?"

다정 김밥, 써브웨이 샌드위치, 고봉민 김밥, 백쉐프 초밥,

이삭토스트, 파스쿠찌…… 그날 유정이 음식점과 음식 이름을 말할 때마다 감정이 침으로 고일 수 있다는 것을 나는 알았다. 알게 됐다. 하나하나 상호를 말하던 유정이 갑자기 말을 멈췄다. 책을 읽듯 장난스럽게 간판을 읽어나가다 유정이 말을 멈추고 바라보던 곳. 거기에는 그러니까 파스쿠찌 옆으로 작은 골목이 있었다. 길게 세로로 낀 듯한 골목길 안쪽은 보이지 않았지만 새로 만들어진 입간판이 서 있었다. 매일 보던 그 길에 새로 추가된 간판에는 파크 모텔이라고 적혀 있었다.

대실 3만 원.

간판 없이도 누구나 알고 있는 그곳에 그날 간판이 등장한 것은 우연이 아닌 것 같았다. 파크 모텔이 존재감을 드러내기 시작한 것이 하필 오늘이라는 암시가 우리를 잠시 멈칫하게 했다. 아무 말도 없이 바보 사거리에서 진짜 바보가 된 채 우리는 한동안 조용했다. 해가 정수리에 내리꽂히듯 무언가를 자꾸 달구는 것 같았다.

"……한 칸씩."

유정이 말했다. 나는 고개를 끄덕이며 얼굴이 붉어지는 것을 감추려고 앞서서 초록색 간판이 산뜻한 다정 김밥을 향해 빠르게 걸었다. 그 유예가 가져다주는 충만감만으로 완전하게 황홀했다. 경축, 경축이었다. 방학이 끝나기 전에 닿게 될 그곳이 절정의 공원처럼 우리를 기다리고 있었다.

내 말을 다 듣고 유정이 형이 뭔가 모든 것을 해결해줄 것 같다고 상기된 동운이 말했다.

"왜?"

"사랑이 모든 걸 구하잖아."

우리는 우피 골드버그—고미영 씨는 자기가 정말 좋아하는 배우라고 했고 동운은 사람 이름에 벌레를 쓰냐며 농담인지 무식인지 모를 말을 했고 나는 골드버그가 딱정벌레가 아니냐고 했고 최태훈 씨는 벌레도 자세히 보면 얼마나 귀여운데, 라고 했다. 우리는 같은 영화를 보면서 각자 다른 말을 했다. 죽음도 그런 것 같았다. 함께 죽었지만 우리는 모두 다른 곳을 보는 것 같았다—가 나오는 「사랑과 영혼」을 너무 많이 봤다.

"유정이랑 나는 헤어졌어. 꽤 오래전에. 이후로 다시 만난 적도 없고. 그럴 이유가 없지."

그 말을 하면서 나는 웃었다. 이후로 나는 계속 연애를 했다. 유정보다 더 뜨겁고 그리운 연애들도 있었다. 그런데 왜 하필 유정일까? 웃음이 나왔다. 지금 나 웃는 거야, 라고 여러 번 말했다. 너무 웃어서 마늘 까는 시간이 끝나고 잠자리에 누웠을 때 나는 울었다. 그게 뭐든 우리에겐 유정이 형밖에 없으니까, 그런 말을 동운이 했기 때문이고 가만히 있던 엄마가 그렇긴 하지, 라고 말했기 때문이었다. 우리가 죽어 마땅한 이유가 사랑이었다고 믿고 싶은 밤이었다.

우리는 썩고 있었다. 유정을 만나고 온 얼마 뒤부터 우리가 썩어가고 있다는 것을 알았다. 올지도 모를 유정이를 생각하며 우리는 우리의 부패 속도를 관찰해야만 했다. 돌이킬 수 없는 순간이 되면 유정의 방문을 막아야 했다. 이런 꼴을 보여줄 수 없으니까. 우리는 몸을 더 차갑게 해야 했다. 전기장판을 아예 꺼버렸다. 나는 주말에 시간을 내 도서관에 갔다. 반나절 정도 시체 해부학에 관련된 책을 읽었다. 그 책은 별로 도움이 되지 않았다. 오히려 머리를 식힐 겸 읽었던 소설의 문장—죽지 않는 사람이 된다는 것은 그다지 특별한 게 아니다. 인간을 제외하고 모든 피조물은 죽지 않는 존재들이다. 그것은 그들이 죽음을 모르기 때문이다*—이 심장을 찔렀다. 그런 문장들은 죽은 사람의 심장도 찌를 수 있었다.

뒤늦게 범죄 수사에 관한 책을 찾아 펼치자 바로 폐관 시간을 알리는 안내 방송이 들렸다. 엘리베이터가 고장 나서 삼층 종합자료실과 이층 문학자료실, 일층 어린이자료실을 지그재그로 걸어 내려왔다. 그것 때문인지 오랜만에 집중해서 책을 읽어서인지 피곤했다.

"⋯⋯선생님."

---

* 호르헤 루이스 보르헤스, 「알레프」.

내가 막 일층 회전문 밖으로 나가려는 순간 누군가 나를 불렀다. 나이가 많은 남자였다. 어쩐지 분위기가 어둡고 습해서 도망치려고 했다. 낡은 점퍼와 무릎이 나온 체육복 바지를 입고 있는 남자에게서 지독한 술 냄새가 났다. 미안해요, 선생님, 그게 아니고요. 그는 나를 놀라게 한 것이 미안한지 더 애처롭게 말했다.

"저는 선생님이 아닌데."

나는 혼잣말처럼 대꾸했다.

"그래도 저 좀 도와주시겠어요?"

그는 빌린 책이 연체됐는데 반납을 안 하자 자꾸 문자가 온다고 했다. 문자가 너무 시끄러워서 힘들다고 말했다.

"선생님, 제가 어떻게 여기까지는 왔는데요."

대출한 도서는 기계 반납이 가능하다고 알고 있는데 사용법을 몰라 밤마다 이러고 있다고 했다.

"선생님이 아니면 저는 오늘도 그냥 돌아가야 해서요."

그가 말을 할 때마다 술 냄새가 더 진해졌기 때문에 나는 그 입을 막는 수밖에 없었다. 반납 버튼을 누르고 그가 들고 있던 카프카의 책을 반납기 안에 밀어 넣었다. 책은 연체된 지 483일이 지났다. 연체된 기간만큼 책을 빌릴 수 없다고 말하자 그는 네네, 그럼요, 고맙습니다, 선생님이라고 했다.

그는 내게 도서관 마당에서 자판기 커피를 한잔 사고 싶어

했다. 나는 한동안 우리 가족과 유정을 제외한 누구와도 교류한 적이 없었기에 잠시 망설이다 그러자고 했다. 그는 말이 없었다. 커피 믹스 한 잔을 다 마실—마시는 척을 할—때까지 말이 없던 그는 얼마 전 인터넷 신문에서 자신의 기사를 봤다고 했다. 나는 신문에도 나오고 대단하신 분인데 몰라봐서 죄송하다고 했다.

"죄송은요."

나는 이만 일어나야겠다고 말했다. 그는 자기는 좀 더 있다 가겠다고 했다. 걸어가는 내 등 뒤에서 그는 선생님, 이라고 다시 한번 나를 불렀다. 내가 돌아보자 그는 머뭇거리다 저는 고독사한 것 같아요, 기사에서요, 라고 몹시 부끄러운 듯 말했다. 나는 그가 부끄럽지 않게 빠르게 도서관 주차장을 걸어 나왔다.

그날 밤에도 우리 식구들은 마늘 까기 알바를 했다. 저녁 식탁에 앉아 수백 개의 눈부신 마늘을 깠다.

"다시 사람이 되고 싶어?"

동운이 물었다. 아린 마늘이 손톱 깊숙이 파고들었다.

"식탁의 네 다리가 웃겠네."

뻔뻔하고 징그러운 것들. 뭔가를 떠올리며 엄마가 말했다. 그럴 때마다 너도 죽고 나도 죽고, 다 같이 죽고 싶었던 적이 한두 번인 줄 아니? 엄마는 몸서리쳐진다는 듯 떨었다. 칼을 들고 왔더라, 그 밤에. 어두운 창으로 들개의 그림자가 지나 갔다. 우리는 서로에게 다시는 사람이 되고 싶냐고 묻지 않을 것 같았다. 그게 아니라면 우리에게 남은 선택은 뭘까?

심장이 얼어붙을 것 같은 밤. 다시 전기장판을 틀어도 온기가 돌아오지 않는다. 우리를 빠져나간 온기가 영영 돌아오지 않았다.

예고 없이 유정은 우리 집에 왔다. 내가 마지막으로 찾아간 날로부터 이 주가 지난 어느 일요일 늦은 오후였다. 마당이 꽝꽝 얼었다. 땅속 깊은 곳에 남아 있던 물들이 모두 언 것 같은 날씨였다. 사위가 푸른곰팡이 같은 어둠으로 휩싸일 때 우리는 마당과 집 주변을 점검했다.

"살아서 흐르는 것들은 안 어는데."

아빠는 산 위에서 내려오는 물이 고이는 도랑을 돌아봤다.

"봐라, 이 물은 안 얼었지."

그리고는 손을 모아 흙바닥이 보이는 물을 떠먹었다.

"그걸 왜 먹어?"

몸에 좋은 물이다. 우리에게 권했다. 엄마는 살아 있을 때도 끔찍이 챙기던 몸을 죽어서도 챙긴다고 혀를 내둘렀다. 아빠의 꿈은 무병장수하는 귀신인 것 같다고 동운이 말했을 때 유정의 차가 들어오는 소리가 들렸다. 우리는 서로 얼굴을 봤고 기뻐했다.

"드디어 왔어!"

우리에게서 귀기가 느껴졌다.

유정은 화분을 들고 들어왔다. 시청 복도에 버려진 바로 그 화분이었다. 죽은 화분. 썩은 식물마저 뽑아버린 화분이었다. 나는 입술을 깨물었다. 그것만은 아니었으면 했다. 하지만 기분 나쁜 내색은 하지 않았다. 엄마가 그냥 와도 되는데 이런 걸 뭐, 라며 너무 반가워했기 때문이었다.

"어서 와라."

아빠는 반가움을 숨기며 말했는데 오히려 그게 더 안쓰러워 보였다. 우리는 차가운 방바닥에 빙 둘러앉았다. 한쪽에, 빨간 다라이 안에 물에 불려놓은 마늘이 담겨 있었다. 유정은 뭔가 불편한 기색이었다.

"옛날에 자주 얼굴 봤었는데 헤어진 다음에는 영 뜸했지?"

유정은 고개를 주억거렸다. 헤어진 지 십 년도 더 됐으니까요. 벌써 세월이 그렇게 됐나? 아빠가 말했다. 어색한 분위기를 바꾸기 위해 동운은 내가 해줬던 우리 애기를 바로 어제 일처럼 꺼냈고 유정은 가끔 기억난다는 듯 웃었다.

"편하게 앉아. 예전처럼."

부모님은 본론으로 들어가기 전에 지나치게 뜸을 들이고 조심하는 태도를 보였다. 그러다 대뜸 동운이 누나랑 형이 왜 헤어졌는지 이유를 모르겠다고 말했다.

"진짜 두 사람 왜 헤어진 거야?"

유정과 나는 서로를 쳐다봤다. 서로 먼저 말하라는 듯 입을 떼지 않았다. 나는 우리가 헤어진 이유가 기억나지 않았다. 가장 궁금한 사람은 동운이 아니라 나였다. 하지만 그걸 잊어버렸다는 말을 차마 유정에게 할 수 없었다. 침묵의 시간이 흘렀다. 불 꺼진 창문을 헐겁게 들여다보고 있는 가로등 불빛이 흔들렸다. 날이 어두워지고 기온이 더 떨어지는 것을 느낄 수 있었다. 나는 유정이 집으로 돌아갈 때 일이 걱정됐다. 산길이 좁고 미끄러울 것 같았다.

"몰라, 그게 기억이 안 나."

놀라운 말이 유정의 입에서 흘러나왔다. 나는 순간 유정이 기억하고 싶지 않은 건지, 진짜 기억을 못하는 건지 궁금했다.

"진짜야."

유정의 말에 나는 고개를 끄덕였다. 다 지나간 얘긴데 뭐, 뭐 특별한 게 있겠어, 라고 말했다.

"그래도 어떻게 그럴 수 있지? 우리를 무시하는 것도 아니고!"

갑자기 아빠가 화를 냈다. 이해할 수 없었지만 대신 화를 내주는 게 가족이라고 생각하는 것 같았다. 아빠의 말에 유정은 놀라 죄송하다고 말했다. 이유 없이 아빠는 화를 내고 이유 없이 유정은 사과하고 집 밖보다 집 안이 더 얼어붙는 것 같았다. 너무 추워서 뭐든 들러붙을 것 같은 날씨였다. 유정은 턱을 덜덜 떨면서 더 이상 옛날애기는 좀 불편하다고 했다. 그러고 보니 유정은 여름 양복을 입고 있었다.

"내가 좀 흥분했어. 그래, 아무래도 옛날 일을 들추는 건 좀 그렇지."

아빠는 마지못해 입맛을 다셨다. 죽은 다음에야 그런 게 다 무슨 소용이야, 엄마가 아빠를 나무라듯 말했다. 분위기가 가라앉자 동운이 그럼 형 애기해줘요, 옛날애기 말고 요즘 형 애기, 라고 했고 나는 순간 동운의 눈빛이 너무 간절해 보여서 놀랐다. 그런 동운이 왜 수면제를 사 모았을까? 동운의 책상 서랍에서 우리는 빈 수면제 통을 발견했다. 모두가 먹고 죽을 수 있는 양이었다. 그날 동운을 뺀 우리는 생각을 재빨리 수습했다. 아빠는 아무 말도 하지 않았고 엄마는 앞도 뒤도 없이 우리 아들 많이 무서웠겠다고 했다. 나는 내가 동운의 누나가 아니라 형이었다면 복수를 해줬을까, 많이 달라졌을까, 하고 처음으로 생각했다. 다시 태어난다면 그래봐야겠다고.

유정은 솔직하게 말할게, 라고 헛기침을 한번 하더니 자기도 실은 같은 상태라고 말했다.

"뭐가?"

“나도 죽은 것 같아.”

우리 가족은 놀랐다. 아빠는 그걸 왜 그렇게 직접적으로 표현하냐고 했다. 좋은 말도 많은데, 아빠는 아직 죽음을 이벤트로 받아들이고 있었다. 하지만 중요한 건 그게 아니었다. 왜? 유정이 네가 왜? 유정은 아무래도 스스로 그런 것 같다고 했다. 자살? 우리가 놀라서 쳐다보자 아닐지도 몰라요, 라고 말했다. 그리고 시기는 정확하지 않은데 좀 오래된 것 같다고 했다. 그럼 우리가 같이? 동운이 말하자 유정은 고개를 저었다. 나는 너희 가족의 죽음에 대해서는 아무것도 몰라. 그래서 놀랐어. 시청 사무실로 찾아온 건 지은이뿐이었으니까. 지은이만 잘못된 줄 알았지. 정말 나는 아무것도 몰라. 우리는 조금 아쉬웠다. 일이 더 복잡하게 됐다고 생각했다. 유정은 자신은 매일 아침 일곱시 십분에 정확하게 사무실에 가게 된다고 말했다. 시청 건물 십삼층 사회적일자리팀 사무실에, 자신의 시디즈 의자에 무슨 일이 있어도 앉게 된다고 말이다. 우리 식구들은 모두 고개를 끄덕였다. 그렇다고 우리는 저녁마다 마늘을 깐다고 말할 수는 없었다.

“그게 죽기 전에 마지막으로 한 일 같아.”

“그리고?”

“점심때까지 엄청 바쁘게 일해. 그리고 구내식당에서 밥을 먹고 커피를 마시러 가. 블라썸 알지? 그리고 또 정신없이 바쁘게 일하고 야근. 다음 날 아침이면 또."

"시시하네."

나는 시시하다고 생각했다. 죽기 전에 마지막으로 한 일이 너무 시시했다. 마늘을 까는 우리와 다를 바 없었다.

"우리에 대해 기억나는 건 없어?"

아빠는 이제 마음 놓고 본론으로 들어갔다. 그러자 유정은 집이 원래도 이렇게 더럽고 좁았다고 말했다. 처음 왔을 때 저도 좀 놀랐거든요. 둘째 동생에게 사기를 당하고 막냇동생의 음주운전 합의금을 대고, 네 식구가 방 두 개에 거실 겸 주방이 있는 과수원 관리사로 이사 온 것은 오래전이라고 했다. 그때도 이것보다 상태가 낫지 않았어요. 처음에는 임시였지만 임시가 영구가 되는 것은 예정된 일처럼 진행됐는데 아버님은 공사장 비계에서 떨어져 허리를 다쳤고 일을 그만뒀어요. 어머님은 당뇨 합병증으로 매일 아침 온몸이 끔찍하게 부었고 동운은 몇 년째 구직 활동을 하고 있었는데 실은 매일 게임 도박에 빠져 살았다고 했다. 지은이는 졸업 후 몇 군데 직장을 전전하다 구립 아동센터 상담 보조로 들어갔고 삼 년 만에 계약직에서 정규직이 됐지만 월급이 오른 것은 아니었다고 했다. 수입보다 지출이 많다는 것은 산다는 일이 마이너스인 거라고 매일 유정에게 푸념했다고 말했다. 실질적으로 지은이가 가장이었죠. 빚이 많았어? 아빠의 말에 유정은 그건 잘 모르겠다고, 아무래도 부유한 쪽과는 많이 멀었죠, 생활고에 늘 시달렸으니까, 라고 말했다.

"생활고란 말이지."

아빠가 입맛을 다셨다. 유정이 우리의 삶을 생활고라고 말하니까 무척 평범하게 들렸다. 우리가 발견되면 기사에도 그렇게 적힐 것 같았다. 일가족 생활고를 비관해…… 그렇게 간단하게 말해진다는 사실이 나는 새삼 놀랍고 끔찍했다. 현장은 있고 범죄는 없는 말 같았다. 그리고 그것이 우리와 우리 주변에서 일어나고 있는 일들의 구체적인 고통에서 멀어지는 이 사회의 방식 같았다.

"옷장에 교복이 그대로 있는데 내가 고3이 아니었어?"

동운이 안타까운 듯 말했다. 동운을 빼고 우리는 고개를 끄덕였다. 우리가 생각했던 것보다 훨씬 더 오래 살았다. 하지만 그것이 희망이나 다행처럼 느껴지진 않았다.

"우리가 그랬구나."

아빠가 말했다.

"그래도 그런 것들이 모두 우리가 죽은 이유가 될 수 없지."

네, 이유는 아니죠, 유정은 오히려 우리에게 미안해했다.

"그런데 그게 우리 책임은 아니잖아. 우리 나름대로 열심히 산 건데."

엄마의 말에 유정이 고개를 숙였다. 왜 그래? 내가 묻자 울고 있는 거야, 라고 말했다.

"갑자기?"

"몰라."

유정을 빼고 우리는 모두 시선을 다른 데로 돌렸다. 나는 문득 우리는 각자 아무도 모르게 열심히 울고 있었을지도 모른다는 생각이 들었다. 살아서도, 죽어서도, 우리는 아무도 모르게 울고 아무도 모르게 산 것 같았다. 말하지 않으면 아무도 모르는 이유로. 누구에게도 말할 수 없는 사정으로.

연체된 삶이 죽음으로 반납된 곳에서.

시간이 흐르자 방 안 공기가 점점 더 무거워졌다. 유정이 먼저 자리에서 일어났다.

"내일 일찍 출근해야 돼서……"

아빠는 조용히 고개를 끄덕였다.

"그래, 운전 피곤하잖아."

동운은 아쉬운 듯 말했다.

"형 또 놀러 와."

엄마는 아무 말 없이 유정을 꼭 안았다. 유정은 문밖으로 나가다 말고 다시 돌아왔다. 전기장판의 코드가 뽑혀 있었다. 유정은 아무 말 없이 그걸 다시 꽂고 온도를 최대로 높였다.

"겨울이라, 아무래도 냄새가 가장 빨라."

뒷말이 있었지만 삼켰다. 이렇게 나란히 누워 있는 걸 보면 동반…… 그 말끝이 닿기도 전에, 우리는 장판 위를 내려다봤다. 이불 틈으로 하얗고 물컹한 것이 끓듯이 올라오고 있었다. 하수구 속 거품처럼, 조용하고 꾸물거리는 그것들. 유정이 먼저 입을 열었다.

"가장 따뜻한 데부터 진행된 거야."

그건 일부러 누군가를 안심시키는 간호사처럼 담담한 목소리였다. 동운이 숨을 들이마시다 헛구역질을 하다가 식탁 구석에 토를 했다. 우리는 등 아래에서 꿈틀거리는 것들을 봤다.

살아 있었다!

작은 구더기들이 등과 허리, 종아리 쪽에서 기어 나오기 시작했다.

"저, 저것들이 언제."

우리는 아무렇지 않은 척을 해보았지만 그건 불가능했다. 죽음은 한순간도 쉬지 않았다. 아주 작은 한 마리까지 모두 살아 있었다. 마치 우리가 부활한 것처럼 느껴질 정도였다. 그때 우리가 느낀 건 정확하게 배신감이었다.

"여보, 왜, 이제야 저것들이 살아서 꿈틀거리는 거야? 왜? 살아서 모두 죽음만을 가리키던 것들이……"

삶이 우리에게 등을 돌린 방식으로 이제 죽음이 우리에게 등을 돌렸다. 이제 모든 손가락들이 죽음이 아니라 삶을 가리키고 있었다.

"왜, 왜 이제야…… 움직이는 거야…… 살아서, 이제 와서…… 아악!"

엄마는 손톱을 세우고 몸을 타고 오르는 구더기를, 아니 살아 있음을 떼어내기 위해 몸부림쳤다. 살점이 후두둑 떨어졌다. 아빠는 엄마를 향해 달려들었다.

"미영아! 내가 잘못했어. 제발, 그만, 그만……"

엄마는 아빠의 얼굴에 손톱을 꽂았다. 피가 튀었다. 살이 벗겨졌다. 아빠의 입에서 짧은 신음이 터졌다. 엄마의 몸 위로 기어오르던 벌레는 더욱 맹렬하게 팔과 얼굴로 번지고 있었다. 엄마는 자신의 몸을 미친 듯 긁었고, 살이 벗겨지며 끈적한 진물이 이불 위에 떨어졌다.

"떨어져! 떨어지라고! 제발…… 제발 떨어지라고!"

구더기도 엄마도 멈추지 않았다. 온몸을 흔들며 비명을 질렀다. 바닥으로 후드득 벌레들이 떨어졌지만 이내 다시 꿈틀거리며 올라왔다. 여전히 많은 벌레가 붙어 있었고, 우리도 붙어 있었다. 아빠가 엄마를 끌어안았고, 동운이 아빠를 붙잡았고, 나는 그 모두를 껴안았다. 우리는 같이 울었고 그 순간, 우리는 벌레가 됐다. 떨어지지 않는 구더기처럼 서로에게 들러붙은, 그건 분명 우리였다.

"먹고 있어."

몸이 부풀어 오르듯 통통하게 살아 있는 것들이 우리를 먹고 있었다. 입을 벌린 채, 아무 말도 하지 않은 채. 죽음은 여기 없었다. 우리는 죽음을 선택했지만, 죽음은 우리를 선택하지 않았다. 이제 우리 죽음의 유일한 진실은 이것 같았다. 죽음은 우리를 배신했고 죽음은 결코 삶이 아니라는 것. 우리는 이제야 완전히 삶에게 먹혔다. 숨 쉬고, 움직이고, 부풀고, 썩어가며.

지난 몇 달간, 장판 아래 끓어오르던 것은 단지 벌레가 아니었다. 그건 살아 있으려는 어떤 것들이었다.

"이불 있니?"

관 속 같은 어둠 속에서 유정이 말했다. 여러 번의 시도 끝에 유정의 손을 빌려 우리는 이불을 머리끝까지 덮어썼다.

"그으래, 고맙다."

아빠는—이제야, 이런 방식으로 삶의 연속성과 죽음의 생명력을 마주하고는—고개를 돌렸다. 그건 처음으로 그가 살아 있음을 배신하는 순간 같았고 건강한 삶에서 고개를 돌린 순간 같았다. 그리고 이런 순간이 그에게 처음이 아닐지도 모른다는 의심이 고개를 들었다. 작년 여름 주방 가스가 샜고 그걸 그가 막았던 일이 떠올랐다. 배관 테이프로 감았지만 이후로도 가스 냄새가 가시지 않아 자주 환기를 했다.

유정은 더 이상 이곳에 있는 게 고인에 대한 실례라는 듯 그럼 이만이라고 돌아섰다.

"배웅해줄게."

나는 현관을 나가는 유정을 서둘러 따라갔다. 아무래도 이번이 죽어서 유정을 만나는 마지막 날일 것 같아서였다.

우리는 장군의 별장이 보이는 무덤가에 앉았다. 봉분이 꺼진 무덤 옆에 밤나무 한 그루가 서 있었다. 우리는 모르는 이름이 새겨진 작은 상석 앞에 앉았다. 화강암 상석 주위로 마른 풀들이 잠든 것처럼 누워 있었다.

"추워?"

유정이 물었다.

"아니."

나는 유정이 레쓰비를 줬다면 체온이 더 높아졌을 테고 그러면 고약한 냄새가 났을 거라고 생각하며 안심했다.

"그런데 흙만 있는 화분을 왜 들고 온 거야?"

나는 유정에게 물었다.

"살아 있는 것들은 들고 오기 힘들어서. 미안."

유정은 조심스럽게 대답했다.

"그러니까 흙을 들고 온 거네."

그 말을 하며 나는 살아 있지만 죽은 삶도 있다고 생각했다. 며칠 전 나는 장군의 집에 갔다. 그가 나를 부른 건지 내가 간 건지 알 수 없었지만 늦은 밤 나는 그 방에 있었다. 방에서는 오래 고인 배설물 냄새와 달큰한 침 냄새가 무겁게 떠돌았다. 장군은 호흡기를 끼고 빼기를 반복하며 몇 년째 누워 있다고 했다. 너무 힘들다고 말하며 소리 없이 눈물을 흘렸다. 삼십 년 전 입대한 늦둥이 아들이 삼 개월 만에 죽어서 돌아왔다고 했다. 아무도 이유를 알려주지 않았다고, 자신은 이유를 알 때까지는 절대로 죽을 수 없다고 했다. 마지막 순간에 얼마나 무서웠을까? 얼마나 괴로웠을까? 얼마나 살고 싶었을까? 그 생각만 하면 점점 더 생생하게 살게 된다고 말했다. 그래서 나는 절대 못 죽어요. 그는 마지막까지 죽음과 싸우고 있었다. 그날 밤 잠든 장군의 침대 옆에서 나는 죽을 수 없는 이유와 죽어야만 하는 이유가 나란히 등을 맞댄 것 같았다.

나는 우리가 헤어진 이유도 그런 게 아닐까 했다. 나는 유정에게 우리가 헤어진 이유를 더 이상 묻지 않기로 했다. 사실 그건 전혀 중요한 게 아니었다. 그걸 생각할수록 죽음에 대해 덜 생각할 수 있었을 뿐이었다. 대신 바보 사거리에서 그날 내 기분이 어땠는지 아냐고 물었다. 그러자 유정은 천국이었겠지, 라고 정확하게 그날을 떠올려 말했다. 나는 앞으로 천국을 믿는 귀신이 될 수 있을 것 같았다.

나는 조금 가벼워진 마음으로 물었다.

"가을에 우리 집은 왜 온 거야?"

유정이 당황하고 머뭇거려서 나는 좀 더 장난스럽게 말했다. 공무원이 됐다는 걸 알려주려고? 자랑하러 온 거야? 그런 셈이지, 7급이야, 하고 유정은 웃었다. 그런데 삼 년을 공부해서 7급이 되니까 다른 게 하고 싶더라.

"뭐? 외제 차? 승진? 결혼?"

"아니, 칼퇴."

나는 그제야 오래전 유정이 내게 자주 했던 말이 떠올랐다. 피곤해, 피곤해 죽겠어, 나와 헤어질 때 했던, 특별할 것도 없는 마지막 말이었다.

"그런데 이제 와 생각해보니까 내가 나를 그렇게 만든 것 같아. 조금만 더 하면 된다. 조금만. 그렇게 스스로를 지속적으로 착취하고 있었던 거지."

우리는 말없이 장군의 별장을 바라봤다. 이제 좀 쉬고 싶은데 그게 잘 안 돼, 유정이 말했고 멀리 장군의 방 창문으로 개나리색 불빛이 희미하게 번져 금방이라도 우리에게 닿을 것 같았다.

"그런데 그게 왜 칼퇴야?"

"응?"

"정시 퇴근이잖아."

그런 식으로 누군가는 거짓말을 하고 있다고 생각했다.

"그렇지."

유정은 소리 없이 웃었다. 웃음 끝에 화분에 꽃씨를 심어 뒀다고 말했다. 궁금해도 참아. 꽃이 피면 우리에게 주어진 삶이 선물이라는 걸 알 수 있을지도 모른다고 말했다. 나는 그 말을 믿지 않았다. 믿지 않는 것과 별개로 나는 씨앗은 죽은 상태인지 살아 있는 상태인지 궁금했다. 유정이 가져올 수 있었던 걸 보면 아마 그 중간쯤이 아닐까 했다.

내가 유정을 만나러 갔을 때, 시위자들은 꽃씨 뿌리기에 대해 말했다. 지난여름 기주 산업단지 2차 2단계 부지에 20여 개 지역단체, 120명이 모였다. 땅을 고르고 금계국과 유채 씨앗을 뿌렸다고 했다. 그때는 꽃밭을 잘 관리해 그곳을 명소로 만들어 아스콘 공장과 꽃으로 싸우겠다는 그들의 희망이 너무 가까워서 믿을 수 없었다. 씨앗이 싹을 틔우고 잎을 피우고 꽃 몽우리를 밀어 올리는 시간이 우리에게 있을까. 우리는 죽었고 이제 우리에게 남은 시간은 없었다. 하지만 우리에게 남은 시간이 없다는 것이 아무것도 멈추지 않는다는 사실을 나는 이제 알 것도 같았다. 어떤 싸움은 멈추지 않는다. 어떤 싸움은 가장 길고 오래된 싸움이다.

나는 이제 유정이 가지고 온 화분이 우리에게 일어나거나 일어나지 않았을 일에 대한 모든 단서이자 가능성 같았다. 우리의 미래. 부재를 통해 존재를 증명하는 씨앗의 방식이, 발아와 개화의 순간들이 미리 온 계절처럼 나에게 도착했다.

"봄이면 다 썩겠지? 우리 가족 말이야."

우리가 발견될 때쯤 화분에 꽃이 피고 누군가는 그 꽃을 보고 스스로를 구할 수 있었으면 좋겠다고 생각했지만 말할 수 없었다. 그건 귀신이 할 수 있는 얘기는 아닌 것 같았다. 대신 나는 여전히 우리 집 벽의 지지 않는 꽃밭을 떠올렸다.

"유정아."

"응?"

우리도 그랬을까? 마지막 순간에 무서웠을까? 괴로웠을까? 살고 싶었을까? 나는 새삼 궁금했지만 이제 그건 누구에게도 물어볼 수 없는 일이 돼버린 것 같았다.

"아니야."

다시 한동안 우리는 가만히 앉아 있었다. 나는 유정이 간다고 할까 봐 무서웠다. 하지만 유정은 간다고 말하지 않았다. 대신 이제 진짜 더 할 말이 없는지 우리 사는 곳을 다 봤으면서 지낼 만은 해? 라고 새삼스럽게 물었다. 나는 우리가 매일 밤 옛날 영화를 본다고 말해줬다. 주말에는 지갑이나 서랍, 우편함을 뒤진다고 알려줬다. 남아 있는 영수증, 밀린 고지서, 배달 음식 스티커 같은 것들이 생각보다 많은 것을 우리에게 알려줄 때도 있다고 말하고 우리 가족이 함께 훠궈를 먹으러 간 적이 있다고 말했다. 죽기 전에.

그런 사실을 알게 됐을 때 우리는 기뻤다. 육신을 얻은 것처럼. 살았었다는 감각이 희미해져갈 때쯤이어서 더 그런 것 같았다. 유정은 언젠가 자기가 정시 퇴근하는 날 모두 함께 그 훠궈 집을 가보자고 했다. 차가 밀리지 않는다면 우리 가족이 마늘을 까야 하는 저녁 아홉시 전까지는 돌아올 수 있을 거라고 말했다.

진짜 귀신의 삶에는 그런 것들이 필요했다.

배드민턴

부부는 저녁이면 배드민턴을 했다. 저녁에 시작한 게임은 깜깜한 밤까지 이어졌다. 그건 다 브라이트콕 덕분이었다. 브라이트콕은 문화센터 도자기 수업에서 지숙이 듣고 온 정보였다. 꽤나 운동이 된다는 말을 저녁 식탁에서 지숙은 남편 해태에게 홀리듯 말했다. 그날 저녁 해태는 인터넷으로 LED 야광 셔틀콕을 다섯 상자나 주문했다. 그는 다섯 개를 주문했다고 생각했는데, 그건 그의 착각이었다. 아주 잠시 다섯 상자나 되는 브라이트콕을 두고 부부는 난감해했지만 이내 두고 쓰면 될 일이라고 편하게 생각하기로 했다. 그들 부부에게 반품은 여유가 없는 사람들이나 하는 안달 같은 거였다. 지역

은행 지점장인 해태는 자신의 선택에 대해 늘 자부심이 있었다. 그건 크든 작든 상관없이 그의 인생 전반에 걸친 격이라고 생각했다.

"정학을 먹었어. 일주일이야."

아들 지욱에 대한 이야기를 들었을 때, 해태는 조금도 흔들리는 모습을 보이지 않았다. 지숙에게 이유를 묻지 않았다. 그는 딱히 누구라고 할 수 없는, 아주 사소한 누군가가 자신의 인생에 약한 스매싱을 날렸다고만 생각했다. 그의 몸을 살짝 스치고 맥없이 바닥에 떨어진 셔틀콕처럼 유효하기는 하나 의미 없는 공격 같은 거라고 치부했다. 다만 해태는 지숙의 표현이 거슬렸는데 그게 뭔지는 시간이 조금 지나서야 알게 됐다.

다음 날 그는 출근 직후 직원들에게 아주 사소한 일로 아들이 정학을 당했다고 말했다. 믹스커피를 뜯고 그 포장지로 커피를 저었다. 개점을 준비하는 직원들 사이에 비스듬히 서서 그는 아무렇지 않은 척했다. 소문이 퍼지는 건 시간문제였고 먹었다보다는 당했다는 말이 더 나아 보였기 때문이었다. 직원들은 내용을 묻지도 않고 그에게 위로의 말을 몇 마디 해주었다. 며칠이 지나 해태는 완전히 회복됐다.

아들 지욱은 아니었다. 지욱은 정학을 받은 다음 날부터 저녁을 먹지 않았다. 문을 닫고 방에 들어가 나오지 않았다. 꽤

찮니? 첫째 날 저녁 지숙이 물었다. 우리가 모두 너를 배려하고 있잖아. 둘째 날 저녁 지숙은 지욱의 방문을 사 분의 일만큼만 열고 말했다.

"알아요. 그런데 그게 뭐요?"

"그렇게 말하면 더는 할 말이 없어. 우리는 네가 점점 낯설어지려고 해."

"잘됐네요."

지숙은 자신이 지욱의 방문에 영원히 끼어버린 기분이 들었다. 셋째 날 저녁에는 지욱이 닫는 방문 소리가 꽤나 커서 그들 부부는 깜짝 놀랐다. 그들 부부는 지욱을 비난하지 않으려고 노력했다. 반대로 더 이상 아들을 위로하지도 않았다. 우리가 어떤 노력을 기울여야 해? 지숙이 말하자 해태는 잠시 생각하는 척을 했다. 그건 지숙에게 늘 좋은 인상을 남겼다. 그가 사려 깊고 따뜻한 사람처럼 보이게 했다.

"아니야, 때로는 기다려주는 게 다시 일으켜 세워주는 것보다 나을 때가 있어. 대부분 그래, 효과가 있어."

해태는 지욱이 다친 것처럼, 무릎이 까지거나 발목이 으깨진 것처럼 말했다. 지숙은 거실에서 방까지 이어지는 긴 복도가 지욱이 벗어놓은 양말처럼 버려져 있는 것 같았다. 지욱이 지금 성장통을 앓고 있는 걸까? 지숙은 지욱이 병에 걸린 것처럼 말했다. 이것도 금방 지나가겠지? 해태가 아무 말도 하지 않자 지숙은 사람들은 늘 허물을 벗는다고 생각했다. 또 어떤 사람들은 늘 껍데기만 치우고 다닌다고 생각했다.

아무것도 안 하는 저녁은 길었다. 밤이 좀 더 깊어서야 그들 부부는 겨우 운동을 떠올렸다. 이를테면 저녁에 시작해서 깜깜한 밤까지 계속되는 운동을 말이다.

"오늘은 쉴까? 배드민턴 말이야?"

"글쎄, 이게 우리가 운동을 쉴 일은 아닌 것 같아. 아무튼 내 생각에는 그래."

"그래, 그럴 만한 일은 아니야."

부부는 지욱의 닫힌 방문을 바라보며 뭔가를 결심한 듯 라켓을 챙겼다. 스텐실이 팽팽하게 조여진 라켓을 확인하고 그들은 집을 나섰다. 아직 밤바람이 찼지만 해태는 짧은 반바지를 입었다. 해태는 지나치게 깡말라서 가로등에 비친 그림자가 빈약한 자루처럼 보였다.

집을 나서 십 분 정도를 걸어가면 제법 규모가 큰 공원이 나왔다. 공원은 네 개의 출입구가 있었는데 그들은 주로 공영 주차장 쪽으로 난 출입구를 이용했다. 그곳은 대로변과 인접해 있었고, 지숙이 좋아하는 빵집이 있었다. 빵집은 살아 있는 효모를 이용해 빵을 발효시켰다. 운동이 끝나면 지숙은 종종 빵집에 들러 사라다가 들어간 빵을 샀다. 지숙은 해태에게 옛날 맛이 난다고 말하며 여러 번 권했지만 해태는 한 번도 그것을 맛보지 않았다. 해태는 옛날을 생각하면 언제나 어머니가 떠올랐다.

어머니는 오랫동안 초등학교 교사였다. 일찍이 미혼모가 된 그녀에게는 억지스러운 용기와 그것을 들켰을 때 지을 수 있는 아무렇지도 않는 표정 같은 것들이 중요했다. 그런 어머니 밑에서 자란 해태는 옛날 맛이 떠오르지 않았다. 생각난다 해도 그 맛을 확인하고 싶지 않았다. 지난해 유방암으로 어머니를 잃은 후에는 더욱더 옛날을 얘기하는 사람들에 대해 알 수 없이 화가 났다. 마지막 일 년 동안 지숙은 해태의 어머니를 잘 찾아가지 않았고 그런 지숙이 식탁 위에서 케첩과 마요네즈가 범벅이 된 유기농 사라다빵을 구겨 넣는 것이 해태는 끔찍했다. 옛날을 통째로 우걱우걱 씹어대고 있는 지숙이 견딜 수 없었다.

"운동이 끝난 뒤에도 사라다빵이 남아 있었으면 좋겠어."

공원 입구에 들어서면서 지숙이 지나치게 큰 목소리로 말했다. 마치 자신의 목소리에 자신이 놀란 것처럼 주위를 둘러봤다. 공원은 여러 개의 구역으로 나누어져 있었다. 놀이터가 있는 곳에서 끊임없이 웃음소리가 났다. 늦은 저녁이었기에 지숙은 아이들 부모가 생각 없는 사람들이라고 여겨졌다.

"아이들은 제시간에 잠들어야 해. 밤에 일어나는 일들을 봐서 좋을 건 하나도 없어."

부모들은 모두 사각의 등나무 벤치에 앉아 있었다. 테이크 아웃 컵을 들고 있는 네 쌍의 젊은 부부는 놀이터에서 놀고 있는 아이들을 눈으로 확인했다. 네 명의 아이들은 모두 비슷비슷해 보였다. 몸집이나 옷차림, 심지어 목소리까지도. 비슷한 아이들 가운데 부모들은 줄기차게 자신의 아이만 눈으로 좇았다. 마치 주의를 기울여야 할 대상이 그뿐이라는 듯 그랬다.

"글러브 박스."

해태는 지숙이 늘 그런 식이라고 생각했다. 문제를 던져주고 스스로 찾아내보라는 식이었다. 알아낼 수 있으면 해보라는 투였다.

"지욱이 정학을 받던 날 글러브 박스에 선글라스를 두고 내내 찾았어."

"왜?"

"눈에서 눈물이 나고 자꾸 따가워."

나이가 들어서라고 해태는 생각했다.

"병원에 가보라고 몇 번을 말해."

"병원에 가봐도 소용없어. 그때뿐이야."

해태는 작게 한숨을 쉬며 공원을 살폈다. 네트가 걸린 운동장과 농구 골대가 있는 운동장이 있었다. 뚜렷한 용도를 알 수 없는 작은 트랙들과 큰 트랙들. 지압을 할 수 있도록 여러 가지 모양의 돌들이 박힌 길이 있었다. 음수대와 화장실은 세 군데나 있었다. 날이 많이 풀려서 공원은 사람들로 넘쳐났다.

"콕이 왜 거기 있어?"

"뭐?"

주변에 대단위 아파트들이 많았지만 공원은 이곳 하나밖에 없었다. 사람들은 공원을 이용하기도 했고 공원을 가로질러 어딘가로 가기도 했다. 공원은 고층 아파트들에 둘러싸여 있었다. 그들 부부 옆으로 빠른 걸음으로 한 무리 중년 여자들이 지나갔다. 그들은 깜깜한 밤에도 선캡을 턱까지 내려쓰고 있었다. 어딘가로 급하게 출동하는 사람들처럼 그들을 지나쳤다.

"글러브 박스에 콕을 쑤셔 넣으면 깃털이 구겨진다고 몇 번을 말해?"

해태는 콕을 그곳에 넣은 기억이 없었다. 기억나지 않는 것을 떠올려보려 했지만 소용없었다. 그러다 이런 식의 대화에 은근히 짜증이 났고 참지 못하고 지숙에게 목소리를 높였다.

"그게 진짜 문제야?"

"그건 아니야."

지숙은 한풀 꺾인 목소리로 말했다.

"정학은 콘돔 때문이야. 하지만 난 이게 더 문제 같아."

콘돔이라니, 해태는 놀랐고 다른 의미로 해태는 자신이 태어나서 한 번도 그걸 사용해본 적이 없다는 것에도 그랬다.

공원은 넓었다. 벚나무와 자귀나무, 조팝나무, 은행나무 같은 것들이 뒤섞여 있었다. 봄에는 진홍색 철쭉이 여름이면 맥문동이 나무 그늘 아래 가지색으로 피어났다. 계절에 따른 식수가 어딘가 세련되지 못한 느낌을 주는 공원이라고 지숙은 생각했지만 배드민턴을 치기에는 좋았다. 처음 배드민턴을 치기 위해 공원에 왔을 때, 지숙은 이용객들에 비해 시설이 형편없다고 생각했다. 하지만 주말에 남편과 함께 갔던 실내 코트보다는 낫다고 생각했다. 그곳에서 콕을 날릴 때마다 새장에 갇힌 기분이 들었기 때문이었다. 지욱도 그랬을까? 그래서 그랬을까? 어쩌면 지욱의 문제가 아닐지도 몰랐다. 그것은 어디까지나 한국의 교육 문제 같았다. 그것은 익숙한 문제이기도 했고, 고질적인 병폐 같은 것이어서 쉽게 메스를 들 수 없다고 뉴스에서도 떠들어대는 문제이기도 했다. 결코 지욱의 문제는 아니야. 지숙은 확신 없는 단정으로 자신을 안심시켰다.

"빈 네트가 있어. 오늘은 운이 좋아."

네트가 걸린 네 개의 작은 운동장이 공원의 중심에 있어 사방으로 사람들이 뛰어다니는 것을 볼 수 있었다. 덕분에 공원은 다시 경쾌해 보였다. 해태는 반대편에 서 있는 지숙을 보며 네트 앞에 섰다. 공원의 네트는 별다를 것 없는, 보잘것없는 네트라고 지숙은 생각했다. 오랫동안 고기잡이 그물로 썼다고 해도 믿을 만큼 낡고 해지기는 했지만 부족함이 없었다. 네트를 사이에 두고 사람들은 테니스와 배드민턴을 했다. 족구를 했고 피구를 했다. 그들 부부가 점점 배드민턴에 취미를 붙이게 된 것도 어쩌면 네트 때문인지도 몰랐다. 네트를 사이에 두고 그들 부부는 넘지 말아야 하는 선을 잘 지켰다.

그들에게 새로운 취미가 생겨난 것에 대해 그들은 서로 적당한 혐오감을 느꼈다. 여러 번의 결혼기념일을 보내는 동안 그들 부부의 애정에는 약간의 문제가 생겼다. 하지만 그들은 그걸 인정하고 싶지 않았다. 매번 둘 사이에 새로운 것들, 일련의 취미를 통해 애정을 유지하려 했다. 서로에게 싫증이 난 것이 아니라 그들의 새로운 취미에 싫증이 난 것처럼 행동했다. 서로에게 관심 없는 친절을 베풀며 시간과 장소를 끈질기게 공유했다. 그것이 결국 그들을 더 외롭게 한다는 것을 알았지만 어쩔 수 없었다. 초기 열정이 식고 나면 대부분의 부부들이 겪게 되는 일이라고 생각했다. 우리 부부만의 문제는 아니야. 그러니까 문제가 아닌 것에 가깝다고 유리한 쪽으로 생각했다.

집으로 돌아가는 길에 해태는 한 통의 전화를 받았다. 모르는 번호였지만 처음 보는 번호는 아니었다. 어제도 그제도 똑같은 전화를 받았다. 전화를 건 사람은 아무 말 없이 몇 초를 흘려보낸 후 일방적으로 전화를 끊어버렸다. 숨소리가 몹시 거칠었고 화가 난 것 같았다.

넷째 날 저녁, 해태는 내내 지숙의 서브 자세가 마음에 들지 않았다. 전혀 나아지지 않는다고 생각했다. 그녀는 상대를 전혀 염두에 두지 않고 서브를 날렸다. 받을 수 있으면 받아보라는 식이었다.

"놀라지 마. 아주 작은 씨앗이 숨어 있는 사진이야."

결혼 전 아내는 자신의 자궁을 찍은 초음파 사진을 그에게 선물했다. 그는 무척이나 당혹스러웠고 자연스럽게 미혼모였던 어머니의 인생을 떠올렸다. 한 달 뒤 해태는 지숙과 결혼식을 올렸다. 첫번째 결혼기념일이 되기 전에 지욱이 태어났다. 아무 문제없는 해태의 삶에 문제가 생긴 건 어머니 때문이었다. 유방암에 걸린 해태의 어머니는 마지막 순간까지 두려움을 내색하지 않았다. 그의 병문안을 거부했고, 그의 걱정과 불안을 타인처럼 단련시켰다. 마지막 몇 달 동안 해태는 어머니가 깊이 잠에 빠졌을 때만 어머니를 만날 수 있었다.

부부는 평소보다 일찍 집으로 돌아왔다. 지숙은 집에 도착해서야 그날 치의 사라다빵을 사지 않았다는 것을 알았다. 지숙은 해태를 원망했다. 남편을 노려봤는데, 네트를 사이에 두고 볼 때처럼 딱 그 거리가 그들 사이에 남아 있었다. 해태는 에어 워시 기능이 있는 티셔츠와 반바지를 벗었다. 지숙은 해태의 다리가 너무 가늘다고 생각했다.

'비루먹은 개 같아.'

언제 저렇게 살이 빠져버렸을까? 반바지 아래 드러난 말라비틀어진 다리는 위태로워 보였고, 지숙은 그게 다 그가 사라다빵을 먹지 않기 때문이라고 생각했다.

지욱은 여전히 저녁을 먹지 않았다. 주방에서 지숙은 냉장고 안의 1.5리터 우유 한 통이 사라진 것을 발견했다. 팬트리에 넣어둔 시리얼 가운데 한 통이 사라진 것을 보며 기분이 언짢아졌다. 어제는 식탁 위에 올려둔 식빵이 사라졌고, 그저께는 생라면 하나가 없었다. 그녀는 지욱이 비겁한 방법으로 시위를 하고 있다고 생각했다.

다섯째 날 아침 지숙은 뭉쳐진 양말을 발견하고 한숨을 쉬었다. 학교에 가기 위해 지욱은 바람막이 점퍼의 지퍼를 채웠다. 가방을 메고 양말을 신었다. 지욱은 땀이 많았다. 손에도 겨드랑이에도 땀이 축축하게 고일 때가 많았다. 지숙은 아들이 점점 더 땀을 많이 흘리는 이유를 알 수 없었다. 지욱은 집에 들어오면 가장 먼저 양말을 벗었다. 집을 나설 때 가장 나중에 양말을 신었다. 어느 순간부터 지욱은 양말을 공처럼 뭉쳐서 여기저기 쑤셔 넣었다. 어느 날은 침대 헤드 뒤쪽에서, 어느 날은 책장 사이에서, 어떤 날은 창문의 홈통에서 지욱의 양말을 발견할 때도 있었다. 주의를 줘도 나아지지 않았다. 지숙은 지욱이 양말뿐 아니라 모든 문제를 뭉쳐 아무 데나 쑤셔둔다고 생각했다. 할 수만 있다면 양말을 네 입에 물려주고 싶어.

해태는 할 수만 있다면 그 입에 셔틀콕을 박아 넣고 싶었다.

"어떻게 그럴 수 있죠?"

"누구세요? 도대체!"

해태는 보이지 않는 상대를 향해 얼굴을 찌푸렸다.

"어떻게 배드민턴을 칠 수 있냐고요?"

해태는 며칠째 이상한 전화를 받았다. 깜깜한 밤 공원에서 핸드폰이 울렸다. 모르는 번호였다. 전화를 건 사람이 여자라는 것. 여자가 울고 있다는 사실만은 똑똑히 알 수 있었다. 오늘이 세번째였다. 어제까지는 말이 없었고 시간이 지나면 그냥 끊기만 했기 때문에 해태는 장난 전화라고 믿고 싶었다. 하지만 오늘은 달랐다.

"나는요. 당신 같은 사람이 벌 받았으면 좋겠어요. 천벌 받을 거야! 배드민턴이나 치면서…… 정말 자기 몸은 끔찍하죠? 진짜 끔찍한 게 뭔지도 모르면서!"

배드민턴이라는 말에 해태는 깜짝 놀랐다. 그는 이내 끊긴 전화를 쳐다보며 지숙에게 작은 목소리로 말했다. 그 여자야.

지숙은 갑자기 한기가 들었다.

"공원이 내려다보이는 아파트 베란다에서 전화를 걸었는지도 몰라."

해태의 말에 지숙은 포물선을 그리는 셔틀콕처럼 공원을 둘러봤다.

"원하는 게 뭐래?"

공원은 온통 사람들로 북적거렸다. 미지근한 공포가 그들을 따라왔다.

"몰라. 그런데 우리를 아는 것 같아. 우리가 저녁이면 배드민턴을 치는 걸 알고 있어."

"우리를 보고 전화하고 있다는 거야? 나쁜 년! 의심이 가는 사람 없어?"

"글쎄."

은행 고객일지도 몰랐다. 그는 이제 은행 상품을 팔지 않았기에 예금 유치 고객 중 한 명일지도 몰랐다. 하지만 VIP들은 이런 식으로 그를 압박하지 않았다. 그들은 이런 유치한 방식을 쓸 필요가 없었다. 은행 지점장실로 당당히 쳐들어오거나 말없이 거래를 해지하면 그만이었다. 다시 전화벨이 울렸고 지숙은 다급하게 말했다.

"일단 뛰어!"

"왜?"

"몰라. 들키지 말아야 할 것 같아. 왠지 그래."

지숙은 그들 부부가 표적이 된 것 같았다. 확신이 들었다. 몇 년 전 해태는 부도 직전의 중소기업의 대출 상환을 앞당긴 적이 있었다. 그 때문에 직원들은 밀린 월급도 받지 못한 채 쫓겨나고 회사는 문을 닫아야 했다. 고령의 사장은 해태 앞에서 무릎을 꿇고 애원했다. 중국에서 새로 수주받은 물량이 들어가면 자금이 금방 돈다고 그게 길어야 한 달이라고 살려달라고 사정했다. 해태는 무릎을 꿇고 있는 그를 혼자 두고 사무실을 나와 점심을 먹으러 갔다. 해태가 돌아왔을 때 그는 사라지고 없었다. 그날 오후 그는 차를 몰고 은행으로 돌진했다.

지숙은 그 일이 떠올라 머뭇거리는 해태에게 제발 같이 좀 뛰라고 애원하듯 소리쳤고 그들 부부는 동시에 공원을 뛰기 시작했다. 그들은 공원의 작은 쥐들 같았다. 해태는 작은 트랙과 큰 트랙을 달렸다. 트랙의 용도를 이제야 알아차린 사람처럼. 그들이 뛰는 동안 다시 전화벨이 울렸다. 벨 소리가 그들을 자꾸 따라오는 것 같았다.

"우리가 왜 이렇게까지 해? 모르는 사람 전화야."

해태가 속도를 줄이며 말했다.

"전구 같은 거야."

나무가 가린 자전거 거치대 앞에서 그들은 숨을 몰아쉬었다.

"새로 온 경비원은 매일 전구를 모아. 아파트 재활용 통 속에서 그는 기어이 퓨즈가 나가지 않은 전구를 찾아낸다니까. 그는 마치 시체들 속에서 아직 숨이 붙어 있는 사람을 찾듯 그 일에 몰두해. 일일이 전구를 돌려보다 불이 켜지는 순간, 그의 표정을 봤어야 해. 그건 마치 그의 인생에 불이 들어온 것처럼 그를 대낮같이 환하게 만들어."

전화는 다시 울렸고 그들은 뛰었다. 뛰는 내내 해태는 지숙의 이야기가 찜찜했다. 범죄자가 대상을 고르는 것처럼 들렸기 때문이었다. 크게 공원을 한 바퀴 돌고도 벚나무가 우거진 산책로를 한 번 더 지나 지숙과 해태는 공원의 시설물 창고에 숨었다. 창고 문은 열려 있었다. 그들은 플라스틱 빗자루와 마대 자루, 알 수 없는 포대가 쌓인 곳에 앉았다. 매캐한 냄새가 났지만 그것을 제대로 느낄 수 없었다. 그들은 숨을 헐떡거리며 자신들이 했던 행동이 얼마나 우스꽝스러운 일인지 금방 알아차렸다. 지숙이 먼저 웃었고 해태가 따라 웃었다. 하지만 여전히 그들은 전화벨이 다시 울릴까 봐 두려웠다. 누구도 나가자는 말을 하지 않았다.

시간이 지나자 지숙은 솔직해지고 싶었다.

"우리 인생에 아무런 문제도 없다고 믿고 있다는 거 알아. 하지만 이런 장난 전화 하나에도 이렇게 두려워하잖아."

"당신이 먼저 뛰자고 했어. 안 그래?"

"맞아. 내가 그랬어. 은행 로비로 돌진하던 차 생각 안 나? 계약직 보안 직원이 도망치다 넘어지는 바람에 손목이 부러졌잖아."

"도대체 뭐가 문제야! 그게 내 잘못이라는 거야?"

해태는 미칠 것 같았다. 동시에 해태는 아무것도 알고 싶지 않았다. 그런 생각들이 이미 그의 몸의 일부가 돼버렸다. 해태는 끔찍하게 슬프고 고통스러웠지만 어머니의 장례식 내내 눈물을 흘리지 못했다.

"전화를 건 그 여자는 며칠째 정말 슬프게 울었어. 내게까지 다 들릴 정도로 말이야. 울 수 있다는 건 아직 희망이 남아 있다는 거야."

해태는 길게 한숨을 쉬었다. 공원의 불빛은 오랫동안 꺼지지 않았다.

지숙은 시어머니의 병문안을 자주 가지 않았다. 해태가 그 일로 자신에게 복수를 생각하고 있다는 것을 알았다. 하지만 그건 시어머니의 뜻이기도 했다. 그녀는 자신의 죽음을 누군가에게 들키는 것을 싫어하는 사람처럼 굴었다. 병이 깊어지는 동안 그녀는 점점 더 볼품없이 변했다. 홀쭉한 뺨에 그림자가 지고 입술은 회색빛이 됐다. 피부는 굶주린 짐승의 가죽처럼 변했다. 한번은 시어머니의 팔에 연결된 주삿바늘이 밀려 나와 피가 스며 나온 적이 있었다. 피는 붉은 앵두처럼 맺

했다. 지숙은 그녀의 팔을 잡고 바늘을 바로 꽂아 넣었다. 그리고 손을 뗐을 때, 지숙은 놀랐다. 시어머니의 손목에 자신의 손자국이 그대로 남아 있었기 때문이었다. 마지막에 그녀의 살은 희부연 점토 반죽 같았다. 탄력이라고는 찾아볼 수 없었고 그대로 회복되지 못하고 굳어버릴 것 같았다. 시어머니는 끝까지 소변줄을 꽂지 않았다. 대신 하루에 서너 번 자신의 몸의 것들을 빼내기 위해 안간힘을 썼다. 이것도 못하면 죽어야지, 라고 말했다. 침대 시트를 부여잡고 천천히 슬리퍼를 꿰어 신고 링거대를 밀었다. 지숙은 그녀가 화장실을 간 사이 병실에 홀로 남겨져 회반죽 된 삶이 할퀴고 간 어떤 자리처럼 처참히 구겨진 시트를 오래 바라봤다.

"마지막 몇 달을 어머니는 마약성 진통제에 취해 있었어."

해태는 그런 어머니의 가슴과 배, 팔다리를 주무르고 만졌다. 마치 애무를 하는 것처럼. 간호사들이 수군거리는 소리를 지숙은 들었다. 그때부터 지숙은 더 병실에 자주 가지 않았다. 간호사들은 몰랐지만 지숙은 알았다. 그건 해태가 자신의 어머니에게 애정을 구걸하는 방식이었다.

"사람들은 당신을 징그러워했어."

해태는 몸을 떨었다.

"어머니는 늘 당신에게 자신의 두려움을 들키기 싫어하셨어. 그건 사실이야…… 나는 지욱을 보면 자주 두려워. 지욱이 자기 방으로 도망쳤을 때 한편으로 안심이 됐어."

시간이 흐르고 지숙은 어떻게 얘기해야 할지 알 수 없었지만, 또 언젠가는 할 수밖에 없는 일이라고 생각했다. 지욱은 재민이 다리가 불편한 아이라고 말하지 않았어. 지숙은 막상 말을 시작하자 이야기가 별로 어렵지 않다는 것을 깨달았다.

"친구도 아니라고 했어. 그냥 같은 반이라고만. 그게 걸려."

그들은 깜깜한 창고에 갇힌 사람들처럼 앉아 있었다. 마치 누군가 문을 열고 꺼내주기를 바라는 사람들 같았다. 지욱은 재민의 콘돔을 던졌다. 콘돔은 재민의 필통 안에 볼펜 몇 자루와 샤프, 네임펜, 불꽃 모양의 스피너와 함께 들어 있었다. 지욱이 그것을 발견한 것은 수학 시간이 끝나고 체육 시간이 시작되기 전 쉬는 시간이었다고 했다. 재민은 체육복을 갈아입지 않았다. 재민은 자신이 원하기만 하면 체육 시간에 혼자 교실에 남아 있을 수 있었다. 재민은 오른쪽 다리가 짧았고, 왼쪽 팔이 자꾸 등 뒤로 뒤틀렸다. 평소에는 괜찮지만 말을 하려고 애를 쓰면 얼굴 또한 비대칭으로 일그러졌다. 체육 시간이면 재민의 몸은 금방이라도 쏟아질 물잔 속의 물처럼 출렁거렸다. 그 파장은 꽤나 커서 모든 아이들이 재민을 보고 웃었다고 했다. 온몸을 비틀면서 웃었기 때문에 담임인 체육 선생은 더 이상 수업을 할 수 없었다. 스포츠맨십이 투철한 그는 훈계나 교육으로 그것을 돌파하려 노력했지만, 자신의 눈을 피해 아이들은 재민을 놀렸다고 했다. 재민은 교실에 남아 있는 날이 많아졌고 담임은 한결 편안한 마음으로 수업을 할 수 있었다. 정정당당을 좋아했지만 재민에게 어떻게 그것을 실현해야 할지 난감했다고 말했다. 결국 열외가 가장 큰 배려라도 되는 듯 상황을 모면하는 방향을 선택했다. 그게 최선이었다고 말하는 그의 정정당당은 만드는 것이 아니라 이미 만들어진 조건들 안에서만 가능한 스포츠 정신 같았다.

아이들은 처음에 그것이 뭔지 몰랐다고 했다. 그것은 반짝이는 포장지에 든 젤리처럼 보였다. 포도 맛이나 딸기, 바나나 향이 나는 과일 모양의 젤리를 떠올렸다. 그건 지욱의 손을 빠져나가 성이의 손에 들어갔고 성이의 손에 들어간 콘돔은 하나의 손에 떨어졌다. 그리고 다시 지욱의 손. 그 가운데 네트처럼 재민이 있었다. 아이들은 웃었다. 야! 야! 여기! 여기! 라고 소리를 질렀다. 그러는 동안 아이들은 그게 뭔지 알게 됐다. 그게 바닐라향 콘돔이라는 것을 알아차렸다. 아이들은 상쾌하게 웃었다. 한 아이가 콘돔의 은박지를 뜯었다. 여자아이들 중 누군가가 까악, 비명을 질렀다.

"콘돔을 뜯은 건 우리 애가 아니야. 그냥 몇 번 던지고 받은 거야."

지숙은 해태에게 장난이었다고 모두가 똑같은 장난을 쳤다고 말하려다 말았다. 확신이 없었다. 해태는 아이가 일주일

동안 학교에 가지 않는지 물었다. 지숙은 학교에 가서 수업만 듣지 않을 뿐이라고 말했다. 징계가 졸업 후 아이의 생활기록부에 남는 것도 아니라고 말하자 그는 안심한 듯 눈을 감았다. 지숙은 공원의 시설 창고에서 한 번도 사용되지 못한 욕망이 교실을 날아다니는 모습을 상상했다.

여섯째 날 저녁에도 전화벨이 울렸다. 여자는 밑창이 얇은 슬리퍼 끄는 소리로 울었다. 그 납작한 울음은 이상하게 사람을 지치게 만들었다. 울음이 추를 달고 끝도 없이 추락하는 것처럼 브라이트콕은 자꾸 공원 바닥으로 곤두박질쳤다. 이제 해태와 지숙은 뛰지 않았고 보란 듯이 더욱 배드민턴에 열중했다. 그리고 아주 깜깜한 밤이 되어서야 집으로 돌아갈 채비를 했다.

"배드민턴이 왜 좋은 줄 알아? 깃털이 달린 공이야. 콕만 있으면 언제, 어디서든 약간의 공간만 있으면 누구나 즐길 수 있어. 네트를 사이에 두고 서로 치고받는 게 다야."

"치고받는다고?"

"그래."

좋은 운동이야, 지숙은 마지못해 대답했다. 관계에 있어서 비난보다는 동조가 훨씬 더 쉽다고 생각했다. 폭력보다는 회피가 낫다고 생각하며 지숙은 자신을 평화주의자로 착각했다. 실제로 그날 아침은 평화로웠다. 지욱은 아침이면 자전거를 타고 학교에 갔는데 부부는 늘 차 조심해, 라고 인사를 대신했다. 사랑해, 보다는 그 말이 더 현실성이 있어 보였다. 또 지욱의 인생에서 그것밖에는 더는 걱정할 것이 없는 듯했다. 실제로 그랬다. 우연한 불행이 지욱을 덮치지만 않는다면 지욱의 인생에는 전혀 문제가 없다고 생각했다. 지욱에게는 여러모로 평균 이상의 부모가 있었고, 성적이나 외모도 더할 나위 없이 훌륭했다. 지숙은 그 사실에 대해 의심의 여지가 없다고 생각했다. 오히려 문제가 없는 게 문제가 아닐까, 라고 생각했다.

"이제 고작 중3이야. 뭘 알고 행동할 수 있는 나이가 아니라고."

리듬과 타이밍을 회복한 해태는 지숙을 향해 말했다. 지숙은 중학교 3학년이 네트의 나달나달한 끝자락 같았다. 숫자 3이 구부러지면 8이 될 수도 있다고 생각했다. 그건 아무 의미도 없는 거야.

"정학이 언제 끝나?"

해태가 진짜 몰라서 묻는 건 아니었다.

"내일, 내일이야."

지숙은 물어봐준 해태가 고마웠다. 그리고 그들은 그 순간 다시 연결됐다. 이 모든 게 끝날 거라고 생각하자 지숙은 조금 섭섭한 기분이 들 정도였다. 약한 스매싱만 계속되는 코트에 서 있는 것 같았고 앞으로도 그럴 것 같았다.

정학 처분이 끝나는 날, 지숙은 한 통의 전화를 받았다. 통화를 끝낸 그녀는 지욱을 태워주기로 마음먹었다. 아무래도 자전거는 너무 위험한 것 같았다. 아이를 학교 앞에 내려주고 그녀는 사이드 브레이크를 풀었다. 그때 지욱이 지숙에게 뛰어왔다. 올무에서 방금 풀려난 사슴처럼 펄쩍 뛰어올라 지숙을 안았다.

"미안해요. 엄마."

그리고 지욱은 곧장 교실로 들어갔다. 지숙은 그 순간 딱히 누구라고 할 수 없는 모든 것들에게 감사했다. 아이를 돌려받은 기분이 들었다. 지숙은 뛰어가는 아이의 뒷모습이 사랑스러웠다. 아직은 작고, 여리고, 말랑말랑한 아이의 세계가 그녀에게 모성을 불러일으켰다. 지숙은 갑자기 지욱이 안쓰러워 눈물이 났다. 그 손으로 껌을 떼고 계단을 닦았을 것이다. 화장실 청소를 하고 배식을 하면서, 여러 장의 반성문을 쓰며 시간을 보냈을 아이의 일주일이 떠올랐다. 정학이 시작되는 시기에 핀 벚꽃은 한순간에 떨어졌다. 금방이었다. 지숙은 지욱의 시간도 어쩌면 그럴지도 모른다고 생각했다. 지숙은 드라이브를 조금 더 했고 집으로 돌아가 점심을 먹고 샤워를 하고 다시 집을 나섰다.

"식판에 대해 말을 안 했어요. 그 새끼가. 그 선생 놈이."

재민 엄마는 대뜸 식판 이야기를 했다. 공원이 한눈에 내려다보이는 카페였다. 지숙은 이런 곳에 카페가 있는지 몰랐다. 몰랐던 건 그것뿐이 아니었다. 이른 아침 전화로 만나야 하는 용건도 식판이었다는 걸 지숙은 그제야 알아차렸다.

"우리 아이는 밥을 못 먹었어요. 그건 다 당신 아이 때문이에요. 그건 사실이에요. 나는 식판이 너무 싫어요."

이 여자는 왜 자꾸 식판 애기를 할까, 뭐가 문제일까. 모든 게 문제인 사람들이 있었다. 지숙은 오후의 공원을 낯설게 바라봤다. 한가로이 산책하고 있는 사람들과 햇빛을 받아 반짝이고 있는 나무들이 발밑에 있었다.

"하지만 나도 아이에게 식판에 밥을 줘요. 식판은 그런 거예요. 너무 싫지만 어쩔 수 없는 거. 하지만 밥을 못 먹는 건 달라요. 밥을 먹으려고 하면 의자를 찼대요. 그리고는 서로 치고받았다고 거짓말을 했어요. 왜 그랬을까요? 우리 아이가 그렇게 끔찍했을까요?"

재민 엄마는 쏟아내듯 말을 했다. 마치 연습한 내용을 말하는 것 같았고 너무 많은 연습이 오히려 경기를 엉망으로 만든 게임을 하는 것 같았다. 지숙은 난처했다. 이야기가 길어질 것 같아서였다.

"그건……"

"아니요! 그냥, 그냥 그랬대요. 그냥 단순한 게임이고 거기엔 아무런 의미도 없다는 거예요? 나는 그게 더 화가 나요."

지숙은 여전히 그녀의 말을 알아들을 수 없었다. 대신 재민 엄마가 말도 못하게 뚱뚱하다는 사실에 대해서는 모른 척할 수 없었다. 여기저기서 살이 흘러내리고 있었다. 단마다 프릴이 달린 꽃무늬 원피스 밖으로 하얗게 부푼 살들이 흘러넘쳤다. 재민 엄마가 말을 할 때마다 살들은 네트처럼 출렁거렸다. 운동하지 않는 몸이었다. 지숙에게는 여분의 콕이 있었고 순간 그 사실이 떠올랐다.

"왜 특수학교에 보내지 않냐고요? 식판 때문에요. 그곳을 졸업하고 결국 시설로 들어가게 되면 평생 식판에 밥을 먹다 죽어야 한대요. 그건…… 너무 끔찍해요."

지숙은 식판에 대해 한 번도 그런 식으로 생각해본 적이 없었다.

"식판이 정말 씨팔 같다고요! 먹는 걸로, 먹는 일로 그러면 안 되잖아요!"

그 말이 협박처럼 들렸기 때문에 지숙은 그녀를 똑바로 쳐다봤다.

"그건!"

"아니요! 그 집 아이는 우리 아이에게 한 번도 사과한 적이 없어요. 그럴 필요가 없다고 생각한 거죠. 나는 그게 참을 수가 없어요."

지숙에게 그건 모두 끝난 일이었다. 불과 몇 시간 전 오늘, 그들은 극복했다. 지숙은 다시 그 일을 떠올리고 싶지 않았다. 그녀와 남편은 충분히 어려운 일주일을 보냈다. 하지만 동시에 지숙은 들어야 한다고 생각했다. 이 정도 콕은 받아줄 수 있다고 말이다.

"죄송해요. 하지만 아직은 어린애들이잖아요. 자기가 하는 짓이 뭔지도 모르고 저지르는 거라고요. 어쩌면 그런 나이에요. 어쩌면 그런……"

지숙은 말끝을 흐렸다.

"아무튼 죄송해요. 너무…… 저는…… 뭐라고 해야 할지."

재민 엄마는 그녀를 말없이 쳐다봤다. 지숙이 한 번 더 죄송하다고 힘을 줘서 말하자 이제 됐다는 표정을 지었다. 그리고 손을 들어 바닐라 아이스크림을 시켰다.

"바닐라 아이스크림 더블이요."

지숙은 그 모습을 주의 깊게 쳐다봤다. 모든 걸 한꺼번에 쏟아놓던 재민 엄마가 너무 태연해서 놀랐다. 아이스크림은 모든 일을 끝내고 자신에게 주는 상 같았다. 그동안 얼마나 많은 상을 자기 자신에게 준 걸까? 그래서였다. 스스로도 미처 생각지도 못한 말이 지숙의 입에서 튀어나왔다.

"그런데 왜 콘돔을 준 거예요? 고작 중학교 3학년인 애한테."

재민 엄마가 그녀를 날카롭게 쳐다봤다. 하지만 공격을 멈출 수 없었다.

"왜? 바닐라향 콘돔을 주셨어요? ……실례가 되는 질문이라는 건 알지만 궁금해서요. 저는 왜 하필 바닐라향일까, 랜덤일지, 그게 너무 궁금한 거예요. ……저는 한 번도 그 생각을 못했거든요. 왜 못했을까요? 그 생각을. 바닐라향 콘돔이 있다는 걸. 민트향과 버블향, 박하향과 시나몬향 같은 세상의 모든 향기가 다 있겠죠. 그런 것들은 언제든 마음만 먹으면 살 수 있어요. 그런데 저는 그걸 한 번도 사본 적이 없는 거예요."

그런 말은 이제 아무 상관없다는 듯 재민 엄마는 다시 한번 그녀를 힐끗 쳐다보고는 아이스크림을 크게 떠먹었다. 그녀가 아이스크림의 가장자리를 파먹을수록 윗부분이 위태로워 보였다. 지숙은 갑자기 조급해졌다.

"만약에 제가 콘돔을, 바닐라향 콘돔을 샀다면, 그랬다면 이런 일이 없었을까요?"

재민 엄마는 아이스크림을 버섯 모양으로 파먹었다. 순간 아이스크림의 봉우리가 주저앉았다. 이제 다 끝났어요, 학교 정문 앞에서 지욱은 그 말을 그토록 순결하게 말했다. 그 순간 지숙은 알았다. 이번에는 이렇게 넘어갔지만 다음은 이 정도로 끝나지 않을 거라는 걸. 그리고 이게 처음도 마지막도 아니란 것을.

시간이 흘렀지만 둘은 이제 아무 말도 하지 않았다. 누구도 먼저 자리를 뜨지 않았다. 그러는 동안 창밖은 완전히 깜깜해졌다. 흔들리는 찌들처럼 브라이트콕이 공원을 떠다녔다. 재민 엄마는 세번째 바닐라 아이스크림을 시켰고 가장자리부터 파먹기 시작했다.

"그거 알아요? 콘돔이요. 아이에게 콘돔을 사줬어요. 바닐라향이 나는 콘돔. 내가 아이였을 때, 세상이 온통 바닐라향 같으면 얼마나 좋을까 하고 상상하곤 했죠. 세상은 그대로인데 이제 내 몸에서만 바닐라향이 나요. 나는 너무너무 뚱뚱해졌어요. ……왜냐고요? 왜 콘돔을 사줬냐고요? 뭐겠어요? 도대체 뭐였겠냐고요!"

공원 한가운데 네트가 달빛을 받아 출렁거리며 춤을 추는 것처럼 보였다.

"……두려워서였어요. 빌어먹을! 죽을 만큼 두려웠다고요. 이제 됐어요?"

지숙은 콕을 쫓아 뛰어다니는 사람들이 분홍색 아가미들처럼 보였다. 그 생각을 하자 찌에 걸러 퍼덕이는 물고기들처럼 하얀 배를 뒤집으며 회반죽 된 삶이 금방이라도 떠오를 것 같았다.

순간 공원의 가로등에 일제히 불이 들어왔다.

"세상에는 말이죠. 이상하고 나쁜데 너무 당당한 개새끼들이 너무 많아요. 제발 닥치고 꺼지라고 그래요. 제발 인생 근근이 살았으면 좋겠어요. ……저딴 배드민턴이나 치면서."

그건 해태의 전화기 너머에서 들리던 목소리였다.

"맞아요! 나예요!"

동시에 재민 엄마는 한순간 아이스크림이 무너지는 것처럼 엎드려 흐느끼기 시작했다. 녹아서 물처럼 흐르는 것 같은 소리를 냈다. 그들은 모두 아이가 있었다. 지숙은 시어머니를 떠올렸다. 시어머니는 마지막까지 죽음이 아니라 미혼모인 자신에게 날아와 꽂히는 시선을 두려워했다. 지숙은 알 것 같았다. 시어머니에게도 콘돔이 필요했다. 해태는 임신이 아니었다면 절대 지숙과 결혼하지 않았을 거였다. 해태가 지금까지 몰랐던 것, 바닐라향 콘돔. 그때 지숙에게도 다른, 되고 싶은 게 있었다. 지숙은 일주일 동안 자신이 두려워했던 게 뭘까 생각했다. 지욱의 인생이었을까. 자신의 인생이었을까. 우리는 어떤 게임을 했던 걸까.

"나는 아무것도 두렵지 않아요. 식판 말고는…… 아무것도."

재민 엄마는 이제 낡은 네트처럼 울었다.

야! 야! 여기! 여기!

얼마나 시간이 흘렀을까. 공원에서는 야간 경기가 이어지고 있었다. 벤치에 앉아 부모들은 비슷비슷한 아이들 속에서 자신의 아이를 찾아내 쳐다봤다. 등나무 줄기가 손아귀처럼 그들을 꽉 붙들고 있는 것처럼 보였다. 지숙은 잠시 집에 있는 다섯 상자나 되는 브라이트콕을 어떻게 처리해야 할지 고민에 빠졌다. 집으로 돌아가고 싶지 않았다. 계속해서 지숙의 핸드폰이 울렸다. 해태는 새로 온 경비원이 은행 차량 돌진사고로 자신이 해고했던 보안 직원인 걸 알아보지 못했다. 분리수거장에서 그는 지숙에게 어떤 보안 직원도 돌진하는 차량을 막지는 못한다고 그게 어떻게 업무 과실이냐고 따졌다. 계속해서 울리는 해태의 전화를 받는 대신 지숙은 자신의 첫번째 바닐라 아이스크림을 주문했다. 천천히 혀끝으로 아이스크림을 음미하면서 먹었다.

"씨팔…… 식판."

지숙이 말했다.

"씨팔!…… 식판!"

재민 엄마가 고개를 들어 그 말을 따라 했다. 그들은 번갈아 몇 번 더 그 말을 주고받았다. 한쪽이 씨팔이라고 말하면 다른 한 사람이 식판이라고 했다. 여전히 그들 사이에는 네트가 있었지만 그 말을 하며 그들은 서로에게 천천히 번지는 깃털처럼 연한 미소를 지어 보였다. 어쩌면 서로에게 끊임없이 콕을 날리면서도 자신에게 날아온 콕만을 바라볼 수 없다는 것을 아는 사람처럼.

무익한 지킴이라는, 불가능한 윤리

임정연(문학평론가 · 안양대학교 교수)

1. '지킨다'는, 무익한 말

누군가를 지킨다는 말은 언제나 효율과 교환의 논리 속에 놓이기 마련이다. 지킴은 대부분 목적 의식적이며 결과적으로 인정, 감정, 의미, 의무와 같은 보상을 수반하는 행위이기 때문이다. 그러므로 대가가 없는 무익한 지킴이란 공허한 수사에 불과하거나 불가능한 윤리의 영역일 수밖에 없다.

그럼에도 인간은 때때로 계산되지 않은 순간에 설명할 수 없는 이유로 그 불가능을 향해 스스로를 내어주는 존재가 되기도 한다. 이소정 소설의 인물들이 그렇다.

이소정의 세계에서 지킴은 힘 있는 자가 내세우는 구원이나 정의, 권력의 이름으로 존재하지 않는다. 이소정의 인물들은 하나같이 취약한 기반 위에 위태롭게 서 있는 존재들이다. "아무것도 되지 못한", "바랐으나 이루지 못한 일"투성이인(「날씨에 대해 우리가 했던 말」), 그래도 "아무렇지도 않은 사람. 늘 당하고 마는 사람. 그렇게 점점 사람들 사이에서 안 보이게 되는 사람"(「오영과 해영」), 그래서 "이곳에 이런 식으로 존재한다는 것을 아무도" 모르는 사람(「훠궈」)이다. "참지 못하고 더러운 것들을 다 쏟아내야지 직성이 풀리는 사람"(121쪽)으로 가득 찬 세상에서 참는 쪽의 사람들이다.

그래도 이들은 "더 작은 것. 더 작아서 보이지 않는 것"(16쪽)을 지키려는 사람들이다. 약하고 작은 존재를 쉽게 버리고 자주 잊어버리는 세상을 향해 "한번 버려진 걸 또 어떻게 버려"(227쪽)라고 반문하는 사람들이다. 이들에게 누군가를 지키는 일은, 고통과 연약함을 드러내는 타자의 얼굴 앞에서의 '무한한 책임'을 역설한 철학자 레비나스의 말대로 '해치지 말라'는 존재의 무언의 요구에 응답하는 일과 다르지 않아 보인다. 여기에 효율과 보상, 힘의 역학 같은 게 끼어들 틈은 없다.

『우리의 차와 미래의 문장들』은 이런 인물들의 사소한 순간, 대화의 파장, 마음의 잔상을 따라 어쩌면 무심하게 때로는 농밀하게 그러나 결코 감정을 소모하지 않는 단정하고 다부진 화법으로 이야기의 압력을 생성해간다. 그렇게 서사적 단절과 정서적 응축 가운데 직조된 공백 사이를 더듬거리며 이야기를 수집하다 이 소설집의 온도를 감지할 수 있는 지점쯤에서 독자는 결코 간단치 않은 질문과 마주하게 될 것이다. 가령, 타자의 얼굴이 부여하는 명령은 왜 상처 난 자들에게 더 쉽게 스며드는 것일까, 이런 무익하고 무해한 지킴의 자리에서 인간은 무엇으로 남을 수 있는가, 그 무용한 시도와 무력한 패배 속에서 문학은 무엇을 볼 수 있는가와 같은. 말하자면, 『우리의 차와 미래의 문장들』은 이런 질문을 서사의 형태로 번역하고 있는 셈이라고나 할까.

2. 차마 지키지 못한 '가정'과 '가능성'의 세계

이 소설집의 표제작 「우리의 차와 미래의 문장들」을 비롯해 「날씨에 대해 우리가 했던 말」, 「훠궈」, 「앨리스 증후군」, 「배드민턴」의 인물들은 모두 "복원 불가능한 균열"(39쪽)의 상태를 일상으로 살고 있다. 이들은 "보이지도 않는 실금 같은 것들이 모든 것을 집어삼"(20쪽)킬까 봐 미세한 균열 "딱 그만큼"(19쪽)을 지키려고 안간힘을 쓰는 사람들이며, 그럼에도 불구하고 끝내 관계를, 가족을, 자기 자신을, 그리고 살아 있음을 놓쳐버리고 만 사람들이다.

여기, 사랑을 시작조차 할 수 없는 연인이 있다. 「날씨에 대해 우리가 했던 말」에서 마트 문화센터 계약직 직원인 임수정은 소년원 출신의 목수 임수용과만 섹스를 하지 않는다. "만나면 되는 일보다 안 되는 일이 더 많"(31쪽)은 관계를, 서로의 결핍이 맞닿아 "1+1이 되면 더 저렴해지는 세계"(42쪽)를, 그러다 "체념과 무기력으로" "자신도 사라지고 마침내 세상도 사라지는 순간"(40쪽)을 견딜 수가 없어서다. "구질구질하게" "늘 그 모양"(39쪽)인 수용의 세계에 깊숙이 들어가는 건 수정에게 자기 내면의 결핍과 마주하는 경험으로 환원될 뿐이기 때문이다.

그래서 임수정에게는 임수용과 "할 수 있는 모든 일"보다 "하게 되면 안 될 모든 일들을 상상"(33쪽)하는 게 더 익숙하다. 미래를 가늠할 수 없어 "딱 계절만큼만 사는" 임수정과 "자기만의 계절을 아무렇지도 않게 사는"(11쪽) 임수용, 이 가난한 연인들의 대화는 기약할 수 없는 미래 대신 오늘 모두에게 공평하게 주어진 '날씨'에 대한 말들로 채워질 수밖에 없는 것이다.

이런 와중에 문화센터에서 수정이 겪은 일은 언제 무너질지 모르는 채 균열을 견디는 빌라 옹벽처럼 위태롭고 불안정한 이들의 관계를 직시하게 한 사건이라 할 수 있다. 수정이 자신을 모욕한 문화센터 손님의 집까지 찾아가서도 항의 대신 '택시비'를 받는 데만 집착한 이유도 훼손된 자신의 세계가 쉽게 복구되지 않을 것이며 그래도 그런 일상을 계속 붙들고 살아가야 함을 알기 때문이리라.

그래서 수정은 그 자리에 굳이 수용을 동행하게 함으로써 자신의 사랑을 미래의 모든 '가정'과 '가능성'이 차단된, 회복 불가능한 무엇으로 만들고자 한다. 다음 생에 임수용이 닭, 꿩, 토끼, 열대어로 태어날 수만 있다면 자신은 쥐새끼로 태어나도 좋다고 생각할 만큼 임수용을 사랑하면서도 그 사랑을 애써 "아무것도 아"닌 것으로, "바랐으나 이루지 못한 일"(11쪽)들 중 하나가 되게 하려는 것이다.

무엇인가를 '하는' 것보다 '하지 않음'으로써 '보편의 행복'을 가정법으로 상상하고 가능성의 영역에 두는 데 더 익숙한 사람들의 실존과, 바닥에 던져진 지폐같이 버리고 버려진 이들이 '보편의 사랑'조차 할 수 없게 만든 구조적 불능, 이 소설에서 '날씨'와 '택시비'처럼 사소한 장치들이 환유하는 것은 바로 이렇게 평범성에 가려진 일상의 잔혹성이다.

「우리의 차와 미래의 문장들」의 은영과 보승은 "어떤 것을 하지 않아서 가능한 미래"(167쪽)와 "하지 않아서 생긴 일"(168쪽) 사이에서 좌초된 관계라 할 수 있다. 보승 누나의 부고 소식을 듣고 장례식에 간 은영은 아파트 옥상에서 뛰어내려 한쪽 신발만 신겨진 채 발견되었다는 누나의 모습에서 캐나다 유학 시절 자신의 '버려진 신발'을 떠올린다. 학교 선생님과 친구들이 보여주던 과한 웃음과 그 웃음 끝에 한 짝씩 사라지던 동양인 아이들의 운동화. 그 운동화들이 버려진 외지고 어두운 응달의 이미지는 '보편의 행복'도 '보편의 죽음'도 누릴 수 없었던 보승 누나의 레즈비언 정체성과 환치되며 그녀들이 감당해야 했던 '보편'이라는 세계의 배타성과 폭력성을 선명하게 적시한다.

그런데 은영이 그 '버려진 신발'의 기억을 잊을 수 없는 또 다른 이유는 자신의 신발이 무사하기 위해 나중에 전학 온 보승의 신발이 대신 사라지는 것을 외면했고, 이를 보승에게 말하지 않았다는 점 때문이다. 그러니까 보승 누나의 죽음을 막지 못한 어린이집 차량 기사처럼 그 시절 보승이 당했던 일들은 은영이 "손을 내밀지 않고 가만히 있"(168쪽)어 생긴 일이다.

소설의 말미, 누나를 산에 묻고 돌아오는 길에 은영은 보승에게 그 일을 고백한다. 이 고백은 친구와 연인을 오가는 둘의 관계가 아무 일도 없었던 시절로 결코 돌아가지 못할 뿐 아니라 고백하지 않음으로써 두 사람 사이에 가능했을 미래의 문장들 역시 더 이상 쓰여질 수 없음을 전제한 것이다. 다시 말해 앞으로 은영에게 "하지 않아서 생긴 일"(168쪽)을 '생각'한다는 건 과거를 반추하는 속죄의 형식이자 지켜내지 못한 미래의 '가능성'을 상상하는 일 모두에 해당한다고 할 수 있다.

그나마 지키는 일이 '살아 있었다면'을 전제로 하는 가정법이라 한다면, '죽음'이란 "손상도 복구도 없는""모든 가정과 가능성의 죽음"(163쪽)을 뜻한다. 이런 면에서 지켜지지 못한 그 가능성들이 '귀신'의 존재를 통해 실현되고 있는 「훠궈」의 이야기는 매우 흥미롭게 읽힌다. 생활고로 동반 자살을 한 「훠궈」의 가족—화자인 딸 최지은을 비롯해 엄마 고미영, 아빠 최태훈, 동생 최동운—은 '귀신'이 된 처지인데도 여전히 열두 번의 이사 끝에 마지막 집이 된 과수원 냉동창고 컨테이너 안에 함께 머물며 밤마다 모여 마늘을 까는 일상의 노동을 계속해나간다.

그러나 실상은 이들 가족이 생을 마감한 뒤에도 농약병이 뒹구는 집 안에 부패 중인 채로 방치되어 있다는 것인데, 이로 인해 가장 안전해야 할 집은 우리 사회의 구조적인 배제로 보호와 지킴이 실패했음을 드러내는 사건 현장으로 전환된다. 여기서조차 이들의 존재감은 "이곳에 이런 식으로 존재한다는 것"(279쪽)을 아무도 알아챌 수 없고, 발견되더라도 "일가족 생활고를 비관해……"(304쪽)라는 기사 한 줄로 정리되고 말 정도로 미약하다.

데리다의 유령-존재론(hantologie)에 따르면, 보일 수 없는데도 보이는 '유령'의 함의는 애도되지 못한 죽음이자 상환되지 못한 부채, 실현되는 데 실패한 소망과 약속이다. 마찬가지로 "아무 맛이 없고 냄새도 흔적도 없"(279쪽)어 '기척'을 남길 수 없는 '귀신'이란 살아생전 "누구에게도 말할 수 없는 사정으로" "각자 아무도 모르게 열심히 울"(305쪽) 수밖에 없었던 이 가족의 생존 방식을 현현하는 존재일 수밖에 없다. 구더기에 둘러싸여 부패가 진행되고 있는 가족의 시신은 이들이 죽음의 냄새를 통해서만 그들이 실존했던 시간과 삶의 흔적을 증명할 수 있다는 아이러니를 보여준다. 지은의 가족처럼 죽어서도 일상을 유지한 채 "살아 있으려는"(308쪽) 죽음이나 호흡기를 낀 채 누워 있는 장군처럼 "살아 있지만 죽은 삶"(309쪽)은 모두 인식되지도 감각되지도 않았던 그 생의 무게를 반증하는 셈이다.

동시에 이들이 명징하게 보여주는 진실이란 결국 "죽음은 결코 삶이 아니라는 것"(308쪽)이다. 지은의 가족이 자신들이 죽은 이유를 계속 '모른다'고 말하는 이유 또한 그 사실을 알아버렸기 때문이며, 그들이 죽지 않았다면 누렸을 평범한 삶과 미래의 시간을 가능성으로 남겨두고 싶은 마음 때문일 것이다. 마치 지은이 유정과 헤어진 이유를 계속 생각함으로써 완전한 이별을 유예하고 있듯이.

이 가족의 마지막 음식이었던 '훠궈'가 남긴 뒷맛과 과로사한 유정이 옛 애인인 지은의 집에 들고 온 빈 화분 속 씨앗은 "부재를 통해 존재를 증명"(313쪽)함으로써 "일어나거나 일어나지 않았을 일에 대한 모든 단서이자 가능성"(312쪽)을 시사한다. 지은은 화분에 핀 꽃을 보고 누군가는 "스스로를 구할 수 있었으면 좋겠다"(313쪽)고 생각한다. 자기 스스로를 구하라는 것, 죽은 이들이 살아서 미처 하지 못한 말, 너무 늦어버려 할 수 없는 말은 이런 게 아니었을까.

그런데도 여전히 내면의 균열로부터 자기를 구하지 못해 몸과 마음이 붕괴되어버린 여자(「앨리스 증후군」)와 가정의 정상성을 지키려고 돌이킬 수 없는 내부의 균열을 외면하는 부부(「배드민턴」)가 있다. 「앨리스 증후군」에서 가사 노동과 육아에 시달리는 가정주부 '앨리스'는 누군가가 누리는 "작고 보잘것없는 하루"(249쪽)가 어떤 대가 끝에 가능해지는지를 알아주지 않는 사회에서 "외면당하고 버려"진(245쪽) 채 알코올 중독자가 된 상태다. 주부로서의 기능을 수행하면서도 "하루가, 끝도 없이 반복되는 시간"(245쪽)에 잠식되지 않기 위해 안간힘을 써보지만 작아졌다가 커졌다가를 반복하는 비틀린 존재감은 행위와 욕망, 의지와 실행 사이에서 한없이 미끄러지기만 한다. 몸과 마음의 분리, 시간의 뒤틀림, 분절된 감정, 불규칙한 신체 반응과 같은 앨리스의 증상은 한 개인의 신체적·정신적 이상 현상이 아니라 가족이라는 공동체가 제공해야 할 돌봄과 지킴이 제대로 작동하지 않은 결과라 할 수 있다. 그래서 감각의 파편화와 지각의 붕괴를 겪는 앨리스 증후군이란 바로 그녀, 앨리스의 위태로운 현존을 일컫는 말과 다름이 없다.

「배드민턴」의 부부는 중학생 아들 지욱의 학폭 사건 후 매일 저녁 배드민턴을 친다. 부부에게 배드민턴을 치는 행위는 "자신에게 날아온 콕"(346쪽)과 그로 인한 균열을 은폐하고 "평균 이상의"(337쪽) 중산층 가정―은행 지점장 남편, 선을 지키는 부부 사이, 잘 키운 아들―의 외피를 유지하려는 안간힘이다. 이런 가운데 수시로 걸려 오는 낯선 여자의 전화는 이들이 애써 지키려는 것의 틈새를 파고든 파열의 전조를 가시화한다. 즉 분리선을 사이에 두고 리듬이 어긋난 채 지속되는 배드민턴은 지킴의 과잉과 실패를 드러내는 장치라고 할 수 있을 것이다.

이처럼 지키려는 세계가 무너져가는 잔혹하고도 고요한 과정을 섬세하게 포착한 이 소설들은 취약한 기반 위에서의 지킴이 반드시 구원으로 작동하지만은 않는다는 서늘한 진실을 상기시킨다.

3. 실패한 지킴과 잔존의 힘

그렇다면, 「수영장」「테라스」「밸런스 게임」은 끝내 누군가를 구하지 못해 마음에 '자국'이 남은 채 붕괴된 세계에 갇힌 사람들의 이야기라 할 수 있을까. 하물며 그 누군가가 사랑하는 가족이라면 그 '자국'은 "당시에는 안 뜨거웠는데 시간이 지날수록 점점 더 뜨거워지는" "시간이 지나도 생생한 상처의 환부"(144쪽)일 수밖에 없으리라. 설령 그 죽음이 다른 누군가에게는 수많은 사고사, 자살, 고독사, 과로사들 중 하나로 분류되어 '농담'처럼 휘발되어버리는 것일지라도.

「수영장」의 '나'는 원전 화학단지 누출 사고로 폐허가 된 도시를 부유하는 유령이다. '나'는 피난 상황에서의 무모한 선택으로 가족과 헤어져 운전 중 '판'을 차로 치고 자신도 도로 가드레일을 들이받고 사망했다. '나'는 매일같이 재앙이 휩쓸고 간 텅 빈 도시 한구석 버려진 수영장에서 '판'을 만나 가족과의 마지막 "그날을 이야기"하고 가족이 없는 빈집으로 귀가하는, "다시 그 시간을 사는"(208쪽) 행위를 반복한다. 그리고 살아서 보호받지 못했던 아동학대 피해자 '판'은 화자의 죄책감이 고여 있는 장소인 수영장에서 매일 '생존수영'을 연습한다. 이때 이 수영장이 본래 소방서 건물을 개조한 시설이었다는 아이러니한 사실은 이곳이 실패한 보호와 구조를

상징하는 공간임을 알게 한다. 다시 태어나면 소방관이 되고 싶다는 화자의 말 역시 물이 빠진 수영장처럼 이미 실패한 지 킴에 대한 가망 없는 희구일 뿐이다.

그러나 가족과의 마지막 순간을 복기하며 구하지 못한 아 내와 쌍둥이 아이들 대신 판을 돌보는 나의 모습은 행위로서 의 지킴이 '책임'의 형태로도 지속될 수 있음을 보여준다. 반 려견을 두고 혼자 도망갔다는 죄책감에 죽어서도 방독면을 쓴 채 개를 찾아 헤매는 미진 엄마도 그런 경우다. 그녀에게 지키지 못한 가족인 반려견 '미진'은 "버린다고 버릴 수 있는 게 아"닐뿐더러 "아무 일 없다는 듯"(227쪽) 살아가기란 더더 군다나 불가능한 일이다. 상실의 경중에 상관없이 지키지 못 한 자들의 애도에는 유효기간도 골든타임도 존재하지 않는 법이다.

그런 의미에서 「테라스」는 애도가 '기다림'의 형태로도 영 원히 지속될 수 있음을 보여주는 소설이라 할 수 있다. 무능 한 아버지를 대신하는 가장이었던 형이 하청업체 서비스 센 터 비정규직 직원으로 일하다 과로사한 후 남은 가족은 "서 로의 얼굴을 보고 밥을 먹는 게 힘들"(72쪽)어진다. 하청에서 본사로 계단식 연락을 하다 골든타임을 놓쳤다는 어이없는 죽음에 대해 회사에 책임을 묻는 대신 이들은 그저 '공범자' 인 "서로를 가장 못 견뎌"(72쪽) 할 뿐이다.

갑상샘암으로 수술을 받고 그제서야 "뭔가를 나눠 진 것 같"아 형에게 "덜 미안하게 됐다"(52쪽)는 어머니, 형의 보상금을 한 푼도 쓰지 않고 테라스에 숨겨두고는 고모의 악다구니와 '나'의 원망을 묵묵히 받아내는 아버지, 새집 모양 시계의 창을 테이프로 밀봉해 형의 시간들을 영원히 가둠으로써 지키지 못했던 형과의 마지막 약속을 붙잡아두려는 '나', 이 가족은 "나쁜 것도 나누"(52쪽)는 관계가 되지 못한 채 각자가 "벌을 받는 것처럼"(70쪽) 제 몫의 죄책감과 상실감을 감당하고 있다.

이런 상황에서 가족이 모두 함께 살았던 낡은 사택 20호에 모여 형의 여자 '정미숙'을 기다리는 이유는 그녀가 "붙여둔 테이프를 떼어내고"(71쪽) 봉인된 가족의 시간을 다시 흐르게 해주리라는 기대감 때문이다. 이때 끝없는 기다림의 대상인 '고도(Godot)'처럼 끝내 오지 않는 정미숙의 존재는 구원 불가능, 애도 불가능 상태에 처한 가족의 실존적 상황을 현시하는 텅 빈 기호에 불과하다.

그럼에도 불구하고 남겨진 이들이 할 수 있는 것은 각자의 미진한 고해성사를 되풀이하며 "내일이면 다시 정미숙이를 기다"(74쪽)리는 일뿐이다. 이들에게 고해성사와 기다림은 그 생을 잊지 않겠다는 다짐이자 망각을 거부하는 기억의 형식이기에 결코 다함이 있을 수 없는 것이다.

「테라스」의 어머니가 아들의 죽음 이후 더 이상 '다행'이란 말을 하지 못하게 된 이유, 그것은 「밸런스 게임」에서 두 아들 중 하나를 사고로 잃은 윤이 "내가 안 죽어서 다행"(100쪽)이냐고 묻는 건희에게 차마 답하지 못하는 이유이기도 하다. 손을 잡고 어린이집을 다녀오던 두 아이가 아파트 화단으로 돌진하는 자동차에 치여 건희의 동생이 죽은 '그날 이후' 윤은 주변의 힐난과 말랑한 위로, 무지한 비난 모두를 묵묵히 받아낸다. '다행'은 최악이 아닌 경우에나 할 수 있는 말인바, "만약 둘 중에 누구를 선택할 수 있다면 나를 선택할 거예요?"(100쪽)라는 건희의 질문에 답해야 하는 상황은 둘 중 어느 것도 쉽게 고를 수 없는 '밸런스 게임'과도 같다. 선택이 무의미한 상황에서 후회와 가정 또한 무용한 일이기에, 윤은 그저 "언젠가 그칠 비를 종일 맞고 있는 사람"(101쪽)처럼 견딜 수밖에 없는 것이다.

그러나 윤과 윤의 가족들이 감당해야 하는 수많은 일 중 가장 잔인한 일은 남은 가족들이 서로를 돌볼 수 없게 하는 마음일 것이다. 윤은 남편과 별거 후 마트 직원으로 생계를 유지하며 건희를 키우지만, "죽은 아이를 배신하는 것 같"(100쪽)아 늘 건희를 혼자 두고 일부러 방치한다. 윤이 건희에게 사랑 대신 주는 '사탕'은 돈을 벌겠다고 어린 형제를 돌보지 못한 그녀의 죄책감의 표현이다. 그 사탕을 녹여 먹으며

엄마를 기다리던 건희처럼 윤과 남편도 모두 제 몫의 슬픔만
을 천천히 녹여 먹고 있는 것이다.

건희는 매번 학교에서 문제를 일으키는 방식으로 '혼자' 견
뎌야 하는 시간에서 자신을 꺼내달라는 구조 신호를 보냈지
만 윤은 그 신호를 번번이 외면한다. 건희가 학교 토끼장에
임신한 개를 집어넣어 토끼 두 마리를 죽게 한 사고도 이들을
'같이' 있게 하려는 마음에서 비롯되었다.

그러니 죽음 뒤에 남아 '사랑하기와 사랑받기'를 멈춘 이
가족에게 지금 필요한 건 서로의 방치된 마음을 돌보는 것,
각자의 상처를 입 밖에 내어 홀로 견뎠던 시간을 나누는 일이
다. 이제 윤이 해야 하는 일은 하지 못했던 선택을 후회하며
건희와 함께 "빛이 투과되지 않는" 10미터보다 깊은 "물속으
로 점점 더 깊이 내려가는"(102쪽) 게 아니라, 물속에 잠긴 건
희를 구해낸 뒤 '다행'이라고 말하는 것, 즉 다른 선택을 통해
'밸런스'를 잡는 일일 것이다.

이렇게 이 소설들은 역설적으로 지킴이 실패한 자리에서
다시 세우는 지킴의 의미를 되새기게 한다. 그런 지킴이란
'완수'의 문제가 아닌, 지키지 못한 이들의 자국과 함께 살아
가는 '잔존'의 힘이며, 그 힘은 망각에 저항하는 기억의 지속
이면서 그것을 다시 책임의 형식으로 지켜가는 단단한 마음
이어야 한다는.

4. 지킨다는 것의 일상성과 지속성

아무래도 이젠 이소정 소설을 감싸고 도는 어떤 '온기'에 대해 말해야 할 것 같다. 결핍과 상실과 실패를 이야기하는 순간에조차 미묘하게 잔재하고 있는 감정의 진동과 마음의 온도에 대해서 말이다. 분명한 건 이소정의 이야기에는 "자기가 지키려는 온기가 너무 보잘것없는 게 아닐까 생각"(143쪽)하는 사람들이 있고, 이들은 모두 누군가의 '취약한' 생을 지키려는 자들이란 점이다. 이들은 그것이 차 한 잔의 온기만으로도 충분하다는 걸 자신들의 평범한 생애를 통해 증명해낸다.

「지구의 밤」의 인물들에게 '지킨다'는 행위는 거창한 영웅적 심리에서 비롯된 일회성의 사건이 아니라 일상의 피로 속에서도 중단되지 않고 지속되는 생활의 윤리로 실천된다. '슈퍼', '맨'은 초등학교 시절 DC코믹스의 세계에 몰두해 횡단보도 건너지 않고 학교 가기, 교과서 한 번도 안 보고 한 학기 보내기, 일주일 동안 햇빛 안 보기 등등의 '고난도의 버티기 수련'을 함께했던 우주영웅수련의 동료들이다. 비록 수련을 하면 할수록 "영웅에서 멀어졌고 문제아에 가까워졌"(177쪽)으며, 지금의 현실은 편의점을 지키는 알바, 빠르고 신속한 배달로 지구를 안전하게 지키는 미래로퀵 배달맨, 그리고 나중에 합류하게 된 '진'도 디즈니 공주 옷을 입고 동심을 지키는 놀이공원 퍼레이드걸 신세에 불과하지만. 그럼에도 이들은 먼저 '나를 구하고 싶은' 마음을 애써 삼키며 환풍구에 낀 개 한 마리부터 치매로 가출한 맨의 할아버지까지 "남을 위해"(177쪽) 자신의 힘을 쓰는 "낡고 오래된 세계의 슈퍼맨"(178쪽)의 시대착오적인 세계관을 지켜간다.

이런 마음은 영웅심리나 정의감보다는 어떤 이의 삶을 지키지 못한 미안함으로 지속되기도 한다. 중학교 때 학교 옥상에서 자살하려는 여학생을 모른 척한 맨, 배달 주문한 고양이를 죽게 만들었다는 죄책감에 밤마다 잠을 이루지 못하는 여자, 젊은 시절 베트남에서 죽인 사람들을 기억하지 못할까 봐 치매가 죄스러운 맨의 할아버지. 이들은 '약'할지언정 '악'하면 안 될 것 같은 마음 때문에 미안해하는 일에 자신의 시간을 아끼지 않고 '탕진'하는 사람들이다.

비록 '슈퍼한' 능력을 갖지도 못했고, 셋 중 어느 누구도 자신과 타인을 구원하는 데 성공하지 못했다 해도, 이들이 보여주는 서로의 취약함에 대한 이런 연민과 감응으로 인해 누군가는 이 지구에서 완전히 추락하지 않을 수 있을 것이다. 그 보잘것없는 삶을 지켜주는 지구의 '중력'이란 "지금도 어딘가에서 죽어가고 있는 사람과 그 밤을 지키고 있는 사람들의 끝나지 않는 밤"(201쪽)의 인력과 척력으로 만들어지기 때문이다.

이렇게 보자면 「오영과 해영」은 약한 존재를 지키고자 하는 마음이 어디서 비롯되어 어디로 향하는지, 어떤 순간에 어떻게 실재하는 힘으로 작동하는지를 살필 수 있는 소설이라 할 수 있겠다. 입시학원 사무직 오영과 인쇄제작소 직원 민석은 연인 사이다. 오영의 언니 해영은 집 안 곳곳에 안전바가 없으면 목숨까지 위험한 185킬로그램의 고도비만으로, 오영은 일상의 속도를 따라가지 못하는 "거대한 연체동물"(111쪽) 같은 해영을 "자신과는 상관없는 무용한 존재"(111쪽)로 취급한다. 앙코르와트 여행을 간 엄마를 대신해 일주일간 해영을 맡게 된 오영은 민석의 제안으로 민석의 선배가 운영하는 경주의 펜션으로 여행을 떠나게 되는데, 오영이 이 '탐탁지 않은' 동행을 결행한 이유는 해영을 '다시 보지 않겠다는 결심', 즉 해영을 버릴 결심을 했기 때문이다.

그러나 셋은 끝내 목적지인 경주에 도착하지 못한다. 오영과 민석은 휴게소와 음식점 등 가는 곳마다 해영의 외모에 쏟아지는 호기심 어린 따가운 시선을 받아내야 했다. 결정적으로 건천 음식점 주인의 도를 넘은 참견과 비난—"게으르면 평생 그렇게 살아야 돼. 버러지처럼"(121쪽)—은 이들이 경주를 코앞에 두고서도 서울로 돌아가기로 결정하게 한 계기가 된다. 게다가 마지막으로 들른 도로변의 타운하우스 분양관에서조차 해영은 또다시 수모를 당하는데, 이때 민석은 오영을 달래 해영과 같이 KTX로 올려보내고는 모델하우스로 되돌아가 문을 잠근다. 그 모습을 마지막으로 민석과 헤어진 뒤 오영은 기차역에서 건천 모델하우스에서 화재가 발생했다는 뉴스 속보를 접하게 된다.

여기서 모델하우스 화재와 오래전 민석이 다녔던 유광이뉴텍의 인도네시아 현지 공장 화재, 직원 탑승 차량의 터널 전복 사고는 민석의 존재를 공통분모로 유비관계를 이루면서 "전에 본 적 있"(119쪽)다던 민석의 말에 대한 해석의 단서를 제공한다. 그리고 오영이 마지막에 본 "노을처럼 붉고, 이상하게 빛나던"(134쪽) 민석의 눈동자와 남부 자카르타의 붉은 귀신 '한투 메리'가 오버랩되면서 이 이미지들은 어린 시절 아무도 없는 놀이터에 남겨진 해영과 오영을 '바라봐주고, 어느새 나란히 앉아 있었던' 바로 '그 아이'로 초점화되기에 이른다.

그렇다면, "진짜 잘 참"(118쪽)는 것이 자랑이었던 민석을 "못 참을 정도"(122쪽)로 만든 건 무엇이었을까. 그가 지켜야 하는 사람의 "두려움과 간절함과 원망이 뒤섞인 눈빛"(135쪽)은 아니었을까. 과거에도 현재에도 자매의 곁을 지켰던 민석의 마음은 필연적인 이유가 있거나 다 이해해서가 아니라 "함께 있는 것만으로" "조용히 생겨"(136쪽)난 것이다. 어떤 존재의 외로움에 응답해 '말없이 곁에 앉아 있는 시간'

으로 구성된 민석의 지킴은 "물을 찾아 강 가운데로 걸어가는 나무처럼 마음을 마를 때까지 쓰는 일"(124쪽)과도 같다. 물론 해영을 돌보느라 생을 소진해온 오영의 엄마가 되찾고자 했던 "다시 돌보는 마음"(132쪽) 또한 이와 다르지 않을 것이다.

오로지 타인의 생이 끊기지 않고 지속되길 바라는 마음으로 취약한 자가 자신보다 더 취약한 자를 지키고자 하는 데서 발화하는 온기, 이런 온기를 기원으로 하는 지킴은 완수하지 않아도 윤리가 된다. 이들에게 온기와 윤리는 같은 언어이므로.

5. 문학이 지키는 마지막 온기

다시 환기해보자면, 이소정 소설에서 누군가를 지킨다는 말은 거창한 약속이나 의지, 당위에 의해서가 아니라 누군가와 함께 헤아리던 날씨, 반복하던 놀이, 미묘하게 조율해온 거리, 작은 선택들의 연쇄와 같이 균열을 내장한 일상의 자리에서 생성된다. 그래서 지킨다는 말은 약속의 언어가 아니라 인간의 본질적 취약함을 드러내는 결핍의 언어다.

『우리의 차와 미래의 문장들』은 그렇게 발생하는 일상의 마찰을 세밀하게 포착함으로써 '지킨다'는 행위가 사실상 얼마나 불완전한 감정과 조건 속에서 발현되고 소진되는지를 보여준다. 힘 있는 지킴의 숭고함이 아닌 무력한 지킴의 무익함을 통해 드러나는 것은 지켜낸 결과가 아니라 지키려 했던 마음의 자국일 터, 『우리의 차와 미래의 문장들』에서 우리는 그 자국이 세계의 온도를 미세하게 바꾸는 진동으로 작동할 수 있음을 목격할 수 있다.

이처럼 이소정 소설이 역설하는 대가 없는 무익한 지킴이란 권력의 회로를 거부하는 조용한 반항, 무너진 세계 속 더 약한 존재의 얼굴을 향하는 마음, 그 생을 잊지 않겠다는 조용한 다짐, 소멸 이후에도 남는 잔존의 힘 같은 것으로 구성된다. 이 불가능한 윤리를 언어로 새기며, 이소정의 문학은 보잘것없는 온기로도 지켜지는 존재와 사람의 체온으로만 할 수 있는 일을 기록하고자 한다. 그리하여 그 언어를 기억하는 한 아직은 우리가 이 세계의 셈법에 길들지 않고 '지키는 자'로 남을 수 있음을 증언한다.

그리하여 나는 『우리의 차와 미래의 문장들』이 끝끝내 지켜낸, 인간의 온도로만 쓸 수 있는 열 편의 이야기들을 읽으며 생각했다. 그렇다면 이소정의 소설이야말로 무력하고 무용해 보이는 문학이 이 세계의 무엇을 지키고 있는가를 보여주는 가혹하고도 아름다운 증거가 아닐까 하고.

한때 나는 신발이 있지만 신발이 없는 사람처럼 살았다. 나갈 데도 없었고, 나갈 수도 없었다. 밤이 되면 신발을 남의 것인 것처럼 바라보곤 했다. 그것은 신발이었지만 신발이 아니었고, 다른 모든 것이었다. 내가 갈 수 있지만 갈 수 없는 모든 길이었다.

그 시절 나는 어떤 질병처럼 읽고 쓰는 일에 목말랐다. 그래서 오히려 그것들을 멀리했다. 신발처럼. 소설 쓰기는 내게 그런 일이었다. 사랑하기 때문에 사랑하는 것이 아니라, 미워하지 않는 방법을 찾는 일. 그래서 이 소설집의 인물들 역시 무엇도 온전히 가지거나 버리지 못한 채 늘 차선을 선택한다.

소설에 전망이 없다는 말을 들었다. 아무리 끔찍한 일을 겪은 인물이라도 결말에서는 희망을 말해야 하고, 그것이 소설적 전망이자 우리가 소설을 읽는 이유일 것이다. 밤새 살인범을 쫓다 놓친 경찰이 비를 맞으며 추위에 떨고 있는 고양이를 지붕 아래로 옮겨주는 일처럼, 아주 사소한 행위만으로도 내일의 전망은 발생한다.

우리는 소설 속에서 누군가 지구를 구하는 장면을 보고 싶은 것은 아닐 것이다. 우리가 확인하고 싶은 것은 지루하고 따분하고 냄새 나고 끔찍하지만, 그럼에도 우리를 계속 살게 하는 어떤 순간들일 것이다. 그것이 소설이 지켜야 할 최소한의 윤리이자 이유일 것이다.

그래서 이 소설집의 작품들은 여러 가지 버전의 결말을 가지고 있다. 하지만 나는 끝내 전망을 쓰기가 두려웠다. 그래서 몇몇 작품은 처음 쓴 결말을 그대로 두었다. 그것이 여전히 어렵고, 어쩌면 닿을 수 없는 거짓처럼 느껴졌기 때문이다. 진실은 행복해지기보다는 불행하지 않기를 바라는 일 같다. 전망 없는 소설이 아니라, 전망의 빈자리를 남겨두었다.

그 빈자리에 누군가는 자신의 전망을 덧붙여주기를 바란다. 이 소설집 어딘가에서 당신의 나 같은 것, 당신의 내 것 같은 것이 한 조각이라도 발견되기를 바란다.

이 소설집의 소설들은 6년에 걸쳐 쓰였다. 다시 신발을 신고 문을 나설 때, 우리가 딛고 선 세상의 바닥이 단단하고 아름다웠으면 좋겠다. 이 소설 속 인물들이 이토록 끔찍한 불행을 자처하는 이유는, 먼저 디딘 땅이 뒤에 오는 사람에게 조금은 더 안전한 길이 된다고 믿기 때문이다.

여민, 여준, 여림에게 사랑한다고 말하고 싶다. 그리고 이 책이 나오기까지 도움을 준 많은 분들과 강출판사에 감사의 인사를 전한다.

이소정

수록 작품 발표 지면

날씨에 대해 우리가 했던 말 _『황해문화』 2023년 가을호

테라스 _『문장웹진』 2020년 7월호

밸런스 게임 _『동아일보』 2021년

오영과 해영 _미발표작

우리의 차와 미래의 문장들 _『문장웹진 콤마』 2023년 9월

지구의 밤 _『영화가 있는 문학의 오늘』 2021년 겨울호

수영장 _『문장웹진』 2021년 7월호

앨리스 증후군 _『부산일보』 2020년

휘궈 _미발표작

배드민턴 _『백조』 2021년 봄호

우리의 차와 미래의 문장들

© 이소정

1판 1쇄 발행 | 2026년 4월 6일

지은이 | 이소정
펴낸이 | 정홍수
편집 | 김현숙 이명주
펴낸곳 | (주)도서출판 강
출판등록 | 2000년 8월 9일(제2000-185호)

주소 | 서울시 마포구 동교로17안길 21 (우 04002)
전화 | 02-325-9566
팩시밀리 | 02-325-8486
전자우편 | gangpub@hanmail.net

값 17,000원
ISBN 978-89-8218-385-0   03810

* 이 책의 판권은 지은이와 도서출판 강에 있습니다.
  이 책 내용의 전부 또는 일부를 재사용하려면 반드시 양측의 서면 동의를 받아야 합니다.
* 잘못 만들어진 책은 구입처에서 교환해드립니다.

* 이 책은 2023년 대산문화재단 대산창작기금을 받아 출판되었습니다.